跨文化背景下比较文学中国学派建设发展研究

金宁黎　著

吉林大学出版社

·长春·

图书在版编目（CIP）数据

跨文化背景下比较文学中国学派建设发展研究 / 金宁黎著 . -- 长春 : 吉林大学出版社 , 2024.1

ISBN 978-7-5768-3093-4

Ⅰ . ①跨… Ⅱ . ①金… Ⅲ . ①比较文学 - 学派 - 研究 - 中国 Ⅳ . ① I0-03

中国国家版本馆 CIP 数据核字 (2024) 第 024484 号

书　　名　跨文化背景下比较文学中国学派建设发展研究
KUAWENHUA BEIJING XIA BIJIAOWENXUE ZHONGGUO XUEPAI JIANSHE FAZHAN YANJIU

作　　者　金宁黎
策划编辑　矫　正
责任编辑　矫　正
责任校对　柳　燕
装帧设计　久利图文
出版发行　吉林大学出版社
社　　址　长春市人民大街 4059 号
邮政编码　130021
发行电话　0431-89580028/29/21
网　　址　http://www.jlup.com.cn
电子邮箱　jldxcbs@sina.com
印　　刷　天津鑫恒彩印刷有限公司
开　　本　787mm × 1092mm　　1/16
印　　张　14.25
字　　数　200 千字
版　　次　2024 年 1 月　　第 1 版
印　　次　2024 年 1 月　　第 1 次
书　　号　ISBN 978-7-5768-3093-4
定　　价　78.00 元

前　言

中国比较文学是在中外文化碰撞与交流的特定历史时代语境中，基于中外文学对话与中国文学革新的内生需求而发展起来的。新中国成立70余年来，比较文学研究和学科发展之路栉风沐雨，已故前辈大师筚路蓝缕，当代老中青学人孜孜汲汲，坚守中国立场，本着沟通中外学术、促进文化交流、构建世界意识的初心，肩负打破学科藩篱、讲好中国故事、推动中国文化走向世界的历史使命，在学科理论建构和学术领域拓展等方面取得了辉煌成就，为中国政治、经济和文化的迅速发展做出了重要贡献。

中国比较文学的发展，换句话说，即是比较文学的中国学派的发展。“比较文学中国学派”是近四十年来中国比较文学发展中竖起的最鲜明的一杆大旗，也是最具有争议性的话题，但同时也是中国比较文学学科理论研究最有创新性、最亮丽的一道风景线。

比较文学中国学派这一名称最早可以追溯到20世纪70年代，它的提出在很大程度上应归功于当时中国台湾的学者。当时的台湾派出学生留洋学习，领略欧美比较文学的学术氛围，接触到大量的比较文学学术动态及前沿，率先掀起了中外文学比较的热潮。他们回来以后，注意到中国传统文学研究方法之不足，于是就萌发了通过比较文学研究来讨论中国文学的民族特征和取得文学研究方法的突破的想法。

1971年7月，在台湾淡江大学召开的第一届国际比较文学会议上，朱立元、颜元叔、叶维廉等学者提出了比较文学中国学派这一学术构想。与此同时，李达三、陈慧桦、古添洪等人，则致力于比较文学中国学派早期的理论催生和宣传。随后古添洪、陈慧桦又在台湾出版的比较文学论文集《比较文学的垦拓在台湾》的序言中，明确提出：“援用西方文学理论与方法并加以考验、调整以用之于中国文学的研究，是比较文学的中国派的特点。”[①] 这段话可算是关于比较文学中国学派较早的文字说明。

经过四十余年的建设发展，比较文学中国学派在继承传统的同时也提出了新的问题，开拓了新的领域。在比较诗学、跨文化、译介学、形象学研究方面都得到了重要的理论收获，尤其是比较文学变异学学科理论的构建，使比较文学形成了一套较为完整的学术话语，弥补了西方理论中的现有缺憾，使中国学者向世界发出了自己的声音。

任何一个学派的建立都不是自封的，它呼唤着学界真正的理论创新。整个中国正在发生广泛而深刻的社会变革，“第三阶段”的文化创新已经到了关键的转折点上，比较文学中国学派在民族复兴与文化复兴之路上，如何“走出去”“讲好中国故事”，构建中国哲学社会科学话语体系，是当务之急，也是立足之本。

基于此，本书以跨文化为视角研究比较文学中国学派建设发展问题，也是中国比较文学的发展问题。从法国学派、美国学派以及中国比较文学传统着手阐述比较文学理论的学术渊源；剖析中国比较文学 70 年发展历程及辉煌成就，回顾比较文学中国学派的发展历程；以经典案例解析为依托，分别从比较诗学研究、跨文化研究、译介学研究、形象学研究方面探讨中国学派的理论成果；重点阐述比较文学变异学原理体系及其对中国学术理论话语建设的借鉴意义；提出比较文学中国话语建构的方向与路径。以期为中国学界比较文学研究提供理论参考。

处在广泛而深刻的社会变革时代的比较文学中国学派必然有着自己的“中国道路”与“中国模式”，有着中国比较文学发生的特色路径。由此特色路径，我们有理由期待比较文学中国学派必将激发出有益于国际比较文学发展的“真正有价值的问题意识与独特的研究方法”，从文化复兴的文明重构的角度解决当代学术的发展问题，更好地促进伟大的民族复兴与全球化进程中的多元文化交流、发展及世界文明的进步。

---

① 古添洪，陈慧桦. 比较文学的垦拓在台湾 [M]. 台北：东大图书公司，1976：2.

目　录

第一章　比较文学理论的学术渊源

19 世纪初，法国人诺埃尔和拉普拉斯第一次提出了“比较文学”一词，经由法国传播到欧洲大陆，进而传播到美洲大陆、东方各国，但人们对“比较文学是什么”的理解和认识似乎从未得到过统一。法国学者、美国学者、苏联学者，甚至今天的中国学者，在不同的时期，站在不同的角度和立场，都发表过不同的言论和看法，甚至产生过激烈的论战，但“比较文学是什么”的问题仍然没有解决。尽管经过了一个多世纪正式的学术训练和正规的学术研究的实践，尽管国内外的学者对比较文学有诸多的讨论，但即便到现在，“比较文学”这简单的名称依然没有获得一个明确的内涵，东西学者在这一点上从未达成一致、尚未取得一个统一的认识，因而也就没有能产生出一些关键的核心的理念，没有提炼和凝聚出真正属于比较文学研究的具有精神导向性的学术术语。因此，比较文学在其理论建设上仍然是处于一种基本上分散的发展状态，在总体上仍然是一个颇受争议的学科。因此，我们需要从比较文学的学术渊源探究开始来认识它。

一、法国学派

比较文学产生于 19 世纪后半期，它的出现和发展绝不是偶然、孤立的现象，而是一系列社会经济政治文化发展的必然结果。19 世纪初，随着浪漫主义的兴起，各国之间的文学交流加强了，人们的视野越来越开阔，对本国文学和外国文学作比较研究成为一种迫切的需要。早在 1800 年，斯达尔夫人（Madame de Stael）就在她的《论文学》一书中对不同国家的文学作了比较，提出南方文学和北方文学之分的理论。“比较文学”这个词从 19 世纪初开始在法国就有人使用，1816 年，诺埃尔和拉普拉斯出版的一本书就叫作《比较文学教程》。1829 年，维尔曼（A. F. Villemain）曾把自己的一部著作称为《比较文学研究》。1836 年，基内（E.Quinet）将他在里昂大学主持的讲座命名为“比较文学”（Literatures Compares）。但在这个阶段，比较文学还不是一门独立的学科。

乐黛云认为：“比较文学的发展是从研究两国或两国以上文学的相互影响和关系开始的，它首先在欧洲法国和德国发展起来。”[①] 法国比较文学开创了以文献实证为特色的影响研究，代表着世界比较文学发展的第一阶段。

（一）法国学派的形成及主要观点

比较文学在 19 世纪末成为一门独立学科，以 1877 年世界第一本比较文学杂志《世界比较文学》（匈牙利）的出现、1886 年第一本比较文学专著《比较文学》（英国）的出版以及 1897 年第一个比较文学讲座（法国）的正式建立为标志[②]。

作为比较文学历史上最早形成的一个学派，法国学派大约形成于 20 世纪 20 年代，代表人物有巴尔登斯伯格（Fernand Baldensperger）、梵·第根（Paul Van Tieghem）、伽列（Jean-Marie Carre）、基亚（Marius-Francois Guyard）等。

在法国学派形成之前，法国学者泰克斯特（J.Texte）为比较文学的发展做出了卓越的贡献，被学界公认为法国第一位现代意义上的比较文学家。他的博士论文《让·雅克·卢梭和文学世界主义之起源》（1895）是第一部科学的比较文学专著。这篇论文第一次用实证主义的方法科学地论述了文学史上的重大问题，为此后的法国学派树立了榜样。早在 1892 年，泰克斯特就在里昂大学开设过比较文学性质的讲座。1897 年，他在里昂大学开设了正式的比较文学讲座“文艺复兴以来日耳曼文学对法国文学的影响”[③]。这个讲座广泛而有系统地研究了欧洲各国文学的相互联系和影响，是第一个经常性的讲座。此后，法国有不少大学相继开设了正式的比较文学讲座。

法国学派的形成与泰克斯特的继承者巴尔登斯伯格有着密切的关系。

---

① 乐黛云. 比较文学与中国现代文学 [M]. 北京：北京大学出版社，1987：38.

② 乐黛云. 比较文学发展的第三阶段 [J]. 社会科学，2005（9）：170.

③ 乐黛云. 比较文学原理 [M]. 长沙：湖南文艺出版社，1988：19.

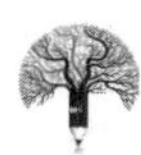

20世纪20年代，在法国形成了以巴尔登斯伯格为核心人物的比较文学研究，巴尔登斯伯格及其先驱者的研究方法和叙述观点上升成为系统化的理论。巴尔登斯伯格是第一个系统地采用严密的考证方法研究外国文学对法国文学影响的学者，一生著述丰富。他强调不同文学之间的关系研究，以及一些以接受问题为中心的综合性问题的研究。他认为学术研究应该言出有据，不能牵强附会。他说："仅仅对两个不同的对象同时看上一眼就作比较，仅仅靠记忆和印象的拼凑，靠一些主观臆想把可能游移不定的东西扯在一起来找点类似点，这样的比较决不可能产生论证的明晰性。"[①] 为了使比较文学不致陷入不着边际的空谈，巴尔登斯伯格强调实证性和科学性，总是用充分的实证材料来支持他的结论。"他以一套细致的实证主义方法来考察欧洲各国文学的联系与影响的存在，认为只有这种对细微迹象的实证考察才能把比较文学整顿为一门科学的，符合文学史的最严格的要求的一门学科。"[②] 这种以实证方法论述各国文学间的影响与联系的方法被确认为比较文学法国学派的主流。

第一个全面阐述法国学派观点的人是梵·第根。梵·第根认为，比较文学应像一切历史科学一样，把尽可能多的来源不同的事实采纳在一起，以便充分地对每一个事实加以解释，"比较"这两个字应该摆脱全部美学的涵义而取得一个科学的涵义。梵·第根说："比较文学的对象是本质地研究各国文学作品的相互关系。"[③] 他把关系分为三类：希腊、拉丁文学之间的关系，中世纪以来近代文学与古代文学的关系，近代各国文学之间的关系。他把比较文学的研究对象分为三类：输出者、接受者、传递者。把研究类型相应地分为誉舆学、源流学、媒介学。他把比较文学局限在两国文学之间，认为超出这个范围就应属于"总体文学"的范畴。简言之，梵·第根认为，比较文学研究的重心是两国文学之间的相互影响、借鉴；目的是找出文学影响的途径；方法是以一个国家的作品作为解释另一个国家作品

① 巴尔登斯伯格．比较文学：名称与实质 [M]// 干永昌，廖鸿钧，倪蕊琴．比较文学研究译文集．上海：上海译文出版社，1985：33.

② 乐黛云．比较文学原理 [M]．长沙：湖南文艺出版社，1988：20.

③ 保罗·梵·第根．比较文学论 [M]// 见干永昌，廖鸿钧，倪蕊琴．比较文学研究译文集．上海：上海译文出版社，1985：57.

的出发点。梵·第根的观点鲜明地体现着“法国学派”影响研究的特点，也就是，仅仅从文学史的科学性角度来要求比较文学，而排斥文学鉴赏和审美活动在文学发展中的作用。

法国学派的另一个重要代表人物基亚在1951年出版的《比较文学》一书中的观点和梵·第根的观点基本上是一致的。基亚指出：“比较文学就是国际文学的关系史。比较文学工作者站在语言或民族的边缘，注视着两种或多种文学之间在题材、思想、书籍或感情方面的彼此渗透。因此，他的工作方法就要与其研究内容的多样性相适应。”[①] 基亚把比较文学的研究对象分为七类：媒介、体裁、主题、作家、渊源、思想动向、国与国之间的固有看法。基亚对梵·第根的总体文学的提法持不同意见，认为梵·第根的总体文学实际上就是他所说的“思想动向”。乐黛云认为，基亚所著的《比较文学》一书对于梵·第根的《比较文学论》来说，“并无实质性的创新与超越”[②]。

总起来看，作为世界比较文学发展的第一阶段，法国学派的基本观点是比较文学归属于“国际文学关系”，它的研究对象与范围是不同民族文学和各国作家之间的相互关系；它的研究方法是强调事实联系的实证主义方法。

（二）法国学派的历史渊源及理论基础

法国学派对实证和考据的执着，与19世纪法国的实证主义哲学有着莫大的关系。在比较文学形成的过程中，它和文学研究的其他领域一样，受到当时流行的实证主义哲学的影响。实证主义哲学是法国哲学家孔德（A.Comte）创立的一个唯心主义哲学流派。孔德认为人类的知识只限于现象之间的相互关系，现象背后不存在任何绝对的东西，所以科学和哲学研究的任务就是考证事实以及它们之间的联系。19世纪50至70年代，实证主义哲学在法国知识界得到广泛传播，并渗透到意识形态的各个领域，同样也影响了这个时期的文学研究。在文学史研究方面，人们开始提倡考证，形成了一种新的风气。还有学者将达尔文的进化论思想运用于文学研究。

---

① 马·法·基亚. 比较文学[M]. 颜保，译. 北京：北京大学出版社，1983：4.

② 乐黛云. 比较文学原理[M]. 长沙：湖南文艺出版社，1988：22.

泰克斯特的老师、对比较文学的发展有着一定影响的法国文艺批评家布吕纳提埃尔（F. Bruntiere）就试图用进化论的观点来解释文学体裁的诞生、演变和衰亡。因为这些研究方法往往要涉及外国文学，因此在客观上促进了比较文学的发展。同时，比较文学也就带上了实证主义的色彩。由于比较文学和文学史的关系极为密切，所以法国的比较文学家强调考证，着重研究不同国家的文学、作家之间的相互影响。他们往往从渊源、借代、模仿、改编等方面去考察作家作品之间的联系，并力图用实际材料证明这种关系是确实存在的"事实联系"。

法国学派对有实际影响的文学关系史的重视，还与比较文学的"第一次危机"有着密不可分的关系。早在比较文学刚刚兴起之时，就有人对比较文学的学科合理性发出挑战，其中最突出的是克罗齐（Benedetto Croce）。克罗齐认为，比较是一种既普遍又方便的方法，可以应用于任何学科，也是文学研究不可或缺的工具，但它"只是一种研究的方法，无助于划定一种研究领域的界限"，因此，"比较"不可能成为一门独立学科的基石。克罗齐认为，外在的历史渊源研究，尽可归入全面的文学史研究中去，文学间的相类研究没有什么价值，因此，他的结论是，看不出比较文学有成为一门学科的可能。

克罗齐的反对，不能不引起法国比较文学学者们的震撼和反思。1931年，梵·第根撰写《比较文学论》，在书中反驳克罗齐对比较文学的非难。梵·第根指出，那"比较"是只在于把那些从各国不同的文学中取得的类似的书籍、典型人物、场面、文章等并列起来，从而证明它们的不同之处和相似之处，而除了得到一种好奇心的兴味，美学上的满足，以及有时得到一种爱好上的批判以至于高下等级的分别之外，是没有其他目标的。这样的"比较"，在养成鉴赏力和思索力是很有兴味而又很有用的，但却一点也没有历史的涵义：它并没有由于它本身的力量使人向文学史推进一步。他进一步论述："真正的'比较文学'的特质，正如一切历史科学的特质一样，是把尽可能多的来源不同的事实采纳在一起，以便充分地把每一个事实加以解释；是扩大认识的基础，以便找到尽可能多的种种结果的原因。总之，'比较'这两个字应该摆脱全部美学的涵义，而取得一个科学的涵义。而那对于用不相同的语言文字写的两种或许多种书籍、场面、主题，或文章等所有的同点和异点的考察，只是那使我们可以发现一种影响、一种假借，以及其他等等，并因而使我们可以局部地用一个作品解释另一个作品的必然的出发点而已。”[①] 梵·第根的意思是很明显的审美鉴赏式的比较没有历史的涵义，不是真正的比较文学，具有科学性的事实研究才具备历史的意义，才能更接近于文学史研究。

在对待克罗齐的非难上，基亚更进一步。既然克罗齐认为比较文学作为一门学科不可以建立在“比较”上，那就用“关系”来取代“比较”。所以基亚明确指出：“比较文学并非比较。比较文学实际上只是一种被误称了的科学方法，正确的定义应该是国际文学关系史。”[②]

法国学派对比较文学的贡献无疑是巨大的，但其局限性也相当明显。首先，由于时代的局限，法国学派把研究范围限制在欧洲文学内部，最多只涉及一下欧洲文学对其他各洲文学的影响，同时还把没有渊源关系的作家作品排除在外，这样就陷入了文学比较研究上的“欧洲中心论”的藩篱；其次，法国学派过分强调事实联系，往往不再寻求更高一层的抽象性、规律性的概括，在研究方法上单纯遵循实证主义，因而在某种意义上说，他们走上了缩小研究范围、限制研究领域的自我设限的道路。

法国学派的局限性主要在于在进行影响研究的时候，由于时代的关系，加上异国语言文学能力的匮乏和欧洲本位的思维藩篱，他们把研究范围仅仅局限于欧洲内部各国文学之间。

虽然法国学派的观点在后来遭到了这样那样的批评，但是，从比较文学学科理论体系创建的历史进程来看，法国学派对比较文学所作的规定蕴涵着不可否认的理论价值和历史意义。直到今天，法国学派所创立的规范，他们所强调的事实考证的研究方法，仍然是比较文学研究，特别是影响研究所遵循的。因此，中国的比较文学研究者这样评价法国学派：“他们以积极的态度、严谨的实证方法大力研究欧洲各民族文学之间相互影响的关系，确实必要地补充了国别文学史的研究，也为比较文学开辟和确立了自己的研究领域。更为重要的是，影响研究有助于养成良好的学风，防止比

---

① 保罗·梵·第根．比较文学论 [M]// 干永昌，廖鸿钧，倪蕊琴．比较文学研究译文集．上海：上海译文出版社，1985：56—57.

② 马·法·基亚．比较文学 [M]．颜保，译．北京：北京大学出版社，1983：1.

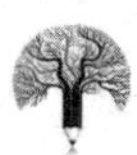

较文学从一开始就落入空泛之谈，以印象和感觉代替严谨的考证和有根据的思考。”[①]

二、美国学派

1958年，国际比较文学学会第二次年会在美国教堂山举行。在这次会议上，韦勒克（Rene Wellek）发表了书面报告《比较文学的危机》，对盛行已久的法国学派的影响研究进行了批判，由此开始了一场长达十年的比较文学“危机”之争。乐黛云认为，20世纪50年代后，代表世界比较文学发展第二阶段的美国比较文学，突破了法国学派将比较文学定位为文学关系史的学科藩篱，提倡无事实联系的平行研究和文学与其他学科之间的跨学科研究，取得了很大成绩。[②]

这说明在乐黛云看来，美国学派的主要成绩在于，它跨越了法国学派在比较文学研究中以事实联系为基本出发点的局限以及学科与学科之间的界限。

（一）美国学派的形成及主要观点

美国许多比较文学研究者都认为把比较文学局限于发生直接关系的国家之间，范围太窄。他们认为除“影响研究”外，还要去探讨不同文学体系的雷同和殊异。……他们认为比较文学应包括“没有任何关联的作品的平行的类同比较，因为虽不关联，也可有文体、结构、情调、观念上的类似”。另外，他们还认为“比较文学……是一种文学和另一种或多种文学的比较，同时也是文学与其他人类各种思想感情表达方式的比较”。以美国为中心的这些主张形成了一个学派，被认为是比较文学美国学派。[③]

不过，美国学派的形成也不是一夕之间发生的事情。美国比较文学史可以追溯到19世纪70年代。美国早期的比较文学研究仅仅是一种零星的、自发性的学术探讨。美国第一个比较文学系于1899年创立于哥伦比亚大学，五年后，哈佛大学也设立了比较文学系。1903年，美国第一本比较文学专

① 杨乃乔. 比较文学概论 [M]. 北京：北京大学出版社，2005：15.

② 乐黛云. 比较文学发展的第三阶段 [J]. 社会科学，2005（9）：173.

③ 乐黛云. 比较文学与中国现代文学 [M]. 北京：北京大学出版社，1987：40.

刊《比较文学杂志》创刊，著名法国比较文学家巴尔登斯伯格参加杂志的编辑工作，美国比较文学界开始出现生气。但是，当时美国比较文学作为一门学科在美国学术界和教育界并没有得到应有的地位。而且，在比较文学领域内，由于对比较文学缺乏一个统一、准确的定义，曾一度出现概念上的混乱。直到20世纪50年代，美国比较文学才进入迅速发展的时期。1952年，《比较文学与总体文学年鉴》问世，按年分析总结比较文学的发展和问题,为引导和推动比较文学在美国的发展起到了积极的作用。1954年，“国际比较文学学会”（ICLA）成立，学术界对比较文学的兴趣迅速增长，这对美国比较文学的发展也起到了推动作用。1958年，国际比较文学学会第二次年会在美国北卡罗来纳大学所在地教堂山举行。1960年，美国比较文学协会宣告成立。

随着20世纪50年代比较文学在美国的兴起，比较文学在理论和实践上有了很大的突破和发展。法国学派那种拘泥于实证、考据，注重“影响研究”的方法论遇到了美国学者的激烈挑战。1953年，雷内·韦勒克（Rene Wellek）在《比较文学与总体文学年鉴》第二卷中发表《比较文学的概念》，对当时学科研究中陈旧的方法论提出质疑并予以严厉的批评，认为法国学派过于重视“事实关系”，他们所倡导的民族文学间的关系研究仅仅注重文学的外部研究，不过是在拼凑实证主义的杂碎之物。1958年9月，韦勒克在教堂山会议上作了著名的《比较文学的危机》的报告，揭开了美国学派理论建构的帷幕。他指出，比较文学缺少明确的研究对象和专门的方法，比较文学研究不能脱离文学性，应当将文学文本本身置于其中心位置，而法国学派仅仅从外部机械地规定研究范畴，怂恿了文学研究中极端民族主义等不良倾向的滋生。韦勒克主张比较文学学者应该自由地研究各种文学问题，真正的文学学术研究关注的不是死板的事实，而是文学艺术的本质——文学性，因为“艺术品绝不仅仅是来源和影响的总和，它们是一个个整体，从别处获得的原材料在整体中不再是外来的死东西，而已同化于一个新结构之中”[①]。韦勒克的报告标志着美国学派的诞生。其他学者如哈利·列文（Harry Levin）、奥尔德里奇（O.Aldridge）和雷马克（Henry

① Rene Wellek.Concepts of Criticism[M].New Haven: Yale University Press,1963：285.

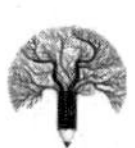

H.H.Remark）等也先后撰文批判法国学派的研究方法。

雷马克在1962年发表《比较文学的定义和功用》，更为全面地阐述了美国学派的观点，进一步指出法国学派“影响研究”的局限性。他指出：“影响研究如果主要限于找出和证明某种影响的存在，却忽略更重要的艺术理解和评价的问题，那么对于阐明文学作品的实质所做的贡献，就可能不及比较互相并没有影响或重点不在于指出这种影响的各种对作家、作品、文体、倾向性、文学传统等等的研究。”他认为：“纯比较性的题目其实是一个不可穷尽的宝藏，现代学者们几乎还一点也没有碰过，他们似乎忘记了我们这门学科的名字叫‘比较文学’，不是‘影响文学’。”[①] 雷马克在这篇文章中明确地提出了美国学派关于比较文学的定义和平行研究的方法：“比较文学是超出一个特定国家界限的文学研究，也是文学与其他知识和信仰领域之间的关系的研究，这些知识和信仰领域包括艺术（如绘画、雕塑、建筑、音乐）、哲学、历史、社会科学（如政治学、经济学、社会学）、自然科学、宗教等。简言之，比较文学是一国文学与另一国或多国文学的比较，是文学与人类其他表现领域的比较。”[②]

从雷马克对比较文学所作的代表性的定义来看，美国学派与法国学派在比较文学的界定上有两大不同之处。第一个不同之处在于，美国学派虽然和法国学派一样，认为比较文学是超出一国范围之外的文学研究，但双方强调的重点各不相同。同样是跨国界，法国学者强调的是“影响与被影响”，而美国学者强调的是互相没有影响或重点不在于指出这种影响的纯粹比较，其中包括作品的异同研究，也包括作品的对比研究；法国学者重视事实依据和具体的文献，而美国学者重视的是对文学的艺术理解和评价。第二个不同之处在于，美国学派认同跨学科的比较，认为比较文学是兼顾文学与其他更为广泛的知识领域关系的文学研究。

---

① Henry H.H.Remark.Comparative Literature:Its Definition and Function[M]//In Comparative Literature：Method and Pespective. Newton P.Stallknecht,Horst Frenz.Carbondale: Southern Illinois University Press,1961：3.

② Henry H.H. Remark.Comparative Literature,Its Definition and Function[M]//In Comparative Literature：Method and Pespective. Newton P.Stallknecht,Horst Frenz.Carbondale: Southern Illinois University Press,1961：3—4.

雷马克对这一点非常执着，乃至几十年后，他仍然不改初衷："1961 年，我们心中的目标和我今天所敦促的目标一致通过把各种文学现象与最基本、最密切相关的其他艺术进行系统比较，与其他人文学科，包括历史学、历史编纂学、哲学、心理学、宗教和神学等，然后与社会和社会科学，再后与自然和自然科学进行系统比较（比较的次序大体如此所述），相互砥砺，促使我们更清楚地，而不是模糊地理解各种文化现象。"①

此外，在法国学者对"比较文学"和"总体文学"的划分问题上，美国学者也提出了疑义。法国学者梵·第根在《比较文学论》中提出，民族文学只局限于一国之中，比较文学所探讨的是两个国家之间的文学现象，而总体文学则专门研究三个国家以上的文学现象。②美国学者则认为，把比较文学规定为两个国家的比较研究，而两国以上的研究则为总体文学，这种区分法未免武断和机械。雷马克发问道："为什么理查逊和卢梭的比较算是比较文学，而理查逊、卢梭和歌德的比较（这是数年以前埃利希·斯密特进行过的）就算是总体文学呢？难道'比较文学'这个术语就不能包括任何数目的国家文学的综合研究吗（弗里德利希的《比较文学纲要》则认为可以包括这类研究）？"③他认为"总体文学"这个术语意义太不明确，干脆建议避免使用这个术语。

（二）美国学派的历史渊源及理论基础

美国学派相对于拘泥于事实联系的法国学派，开拓了比较文学的研究视野，使比较文学有了更多世界性的因素，但是，美国学派因为自身的原因而忽视了对各国文学交流史的研究，这造成了美国学派的局限性。

正如法国学派的形成是受到实证主义和外界对学科攻击的影响，美国学派的形成也有其历史的特殊性。

---

① Henry H.H. Remark.Comparative Literature：Its Definition and Function[M]//In Comparative Literature：Method and Pespective. Newton P.Stallknecht,Horst Frenz.Carbondale: Southern Illinois University Press,1961：10.

② 保罗·梵·第根. 比较文学论 [M]// 干永昌，廖鸿钧，倪蕊琴. 比较文学研究译文集. 上海：上海译文出版社，1985：56-57.

③ Henry H.H.Remark." Comparative Literature,Its Definition and Function" [J].In Comparative Literature：Method and Pespective[M]by Newton P.Stallknecht and Horst Frenz,Southern Illinois University Press,1961：17.

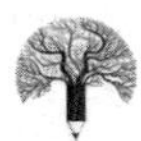

首先，美国是一个种族大熔炉，来自世界各地的居民将各自的文化传统带进了这个新世界并相互影响，开阔了文化视野。在美国没有产生狭隘的民族情感的土壤。因此，美国虽然深受欧洲文化的影响，但相比法国学派，美国学派更能在理论层面上平等地关注“欧洲中心”之外的文化。其次，美国是一个年轻的国家，在文化传统上无法同早在美国建国之前就拥有灿若繁星的文学巨匠的法国相提并论，早期创作的文学作品又只能算是英国文学在美国的翻版。因此，如果局限于法国学派所提倡的“影响研究”，美国学者只能被动地研究欧洲文学对美国文学的影响，除此之外难有施展的空间。为了改变这种被动的局面，美国学者萌生了开创无实际接触的民族文学间的平行比较的迫切愿望。

此外，美国学派形成的一个最重要的原因是新批评派思潮的影响。新批评派的主要特点是：从象征派的美学观点出发，把作品看成独立的、客观的象征物，是与外界绝缘的自给自足的有机体；认为文学在本质上是一种特殊的语言形式，批评的任务是对作品的文字进行分析，探究各个部分之间的相互作用和隐秘的关系；在批评方法论上持一种绝对的以文本为中心的态度——就作品论作品，而把产生文学作品的社会、历史原因和作者的思想、心理原因，以及读者的反应、文学的社会效果、文学作品的群体特征等等，一概推到文学研究的门外。

新批评派在与其他文学批评的论争中迅速发展、巩固，到20世纪四五十年代已成为美国大学里文学教学的主导力量，对美国的现代文学批评产生了巨大的影响，这当然也波及了比较文学界。事实上，许多比较文学家本人就是新批评派的倡导者和追随者。韦勒克就是其中的一位。正是基于新批评派注重作品本身的观点，韦勒克发出了比较文学研究要注意作品的“文学性”的呼吁：“我们必须面对‘文学性’问题，即文学艺术的本质这一美学中心问题。”[①]

在新批评派的影响下，美国学派力图摆脱实证主义研究的局限，拓宽文学研究的范围，不仅研究那些不同国家民族之间具有事实联系与影响的文学现象，而且研究处于不同时代、不同地理位置、没有直接联系的文学

①WELLEK R.Concepts of criticism[M].New Haven Yale University Press,1963：293.

现象之间的异同，从而寻找文学发展变化的自在规律。美国学派倡导的“平行研究”也就有助于打破欧洲文化中心论的藩篱，为比较文学开拓了广阔的天地。“平行研究”通过对相互间没有实际接触的文学作品、文学现象的比较分析发现其异与同，对探讨文学的内在联系、共同规律及各自的民族独特性具有很重大的意义。在提倡文学现象内在的平行研究的同时，美国学者进一步提出了文学与其他知识领域的广泛的比较研究，从而使比较文学研究成为人类整体文化研究的一个组成部分，进一步扩大了比较文学的范围。

美国学者力图使文学的比较研究以文学自身美学规律的探讨为重点，但这种做法有可能把文学的比较研究消解于一般的文学研究。美国学派受形式主义美学的影响，过分强调文学的“美学价值”，而将文学作品中一切不能以美学的研究方式解决的东西简单地排斥在研究范围之外。事实上，要完全排开社会、政治等外界因素来谈论文学的审美问题是根本不可能的。而且美国学派对纯理论性的问题探讨很多，而具体性的比较研究很少，这就从一个实证主义的极端走向另一个极端。

（三）法国学派与美国学派的融合

任何学科理论，都是在学科实践中一步步发展完善起来的，比较文学也不例外。比较文学中的“学派”概念是历史的产物，有着历史的局限性；但是同时，其观念也必然随着历史的发展而不断更新。乐黛云认为，比较文学研究不单要有影响研究，还要有平行研究、阐发研究。法国学派和美国学派的融合与进一步发展是学科发展的必然趋势。

从法国学派来看，乐黛云曾指出：“直到1963年巴黎大学比较文学教授艾金伯勒发表《比较不是理由》，法国的比较文学研究才真正进入一个崭新的阶段。”①

在《比较不是理由》一书中，艾金伯勒提出：“比较学者的首要任务，是反对一切沙文主义和地方主义。他们必须最终认识到，没有对人类文化价值几千年来所进行交流的不断认识，便不可能理解、鉴赏人类的文化，而交流的复杂性又决定了任何人也不能把比较文学当作一种语言形式或某

① 乐黛云．比较文学原理[M]．长沙：湖南文艺出版社，1988：22—23.

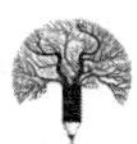

一个国家的事，包括那些地位特殊的国家在内。”[①]这就超越了当时法国学派和美国学派仅仅纠缠于研究对象、范式与方法的争论，而具有一种全新的世界视野。在此基础上，艾金伯勒提出了比较文学的改革方案，致力于比较文体学、韵律学、翻译技巧、比较诗学等方面的研究，认为比较文学是促进人类相互理解、有利于人类团结进步的事业。他既批评“法国学派”只注意文学作品的外部联系而忽视了文本的内在价值和规律，又批评“美国学派”对美学研究的准确性不够重视，进而提出要发展一种新的比较文学：“这种比较文学把历史方法和批评精神结合起来，把考据和文章分析结合起来，把社会学家的谨慎和美学理论家的勇气结合起来，这样比较文学立时便可以找到正确的对象和合适的方法。”[②]

在艾金伯勒兼收并蓄精神的召唤下，法国比较文学家纷纷打破陈规，采纳“美国学派”的合理建议，并意识到比较文学以欧洲为中心的弊病，开始重视欧洲以外文化传统的文学，研究领域也不断开拓和扩展。1967 年，毕梭瓦（C . Pichois）和卢梭（A.M. Rousseau）在其合著的《比较文学》一书中对比较文学所下的定义是：“比较文学是方法论的艺术，由文学和其他学科领域的知识通过类比、影响和亲缘关系而建立起来，或由事实和文学文本确立起来，不管在时空上相距多远，只要它们共属于同一传统的不同语言和文化，最终的目的都是更好地描述、理解和分享。”[③]他们认为比较文学的目的是描述、理解、欣赏一切文学的作品，以及通过考虑文学作品与艺术作品的关系来描述、理解、欣赏它们。这些观点跟梵・第根、基亚的理论相比，已经有了很大的差别。1978 年，基亚在《比较文学》第六版前言中指出，比较文学是“正在变化中的一门科学”，它“还年轻，比较文学工作者也还没有对它的范围，甚至它的方向取得一致的见解”，同时他还指出了比较文学演变“方向上的多样性”，“比较文学反映了文学本身在观念方面的演变。过去的文学，曾长期地囿于雅典、罗马和耶路撒

---

① 艾金伯勒. 比较不是理由——比较文学的危机 [J]. 罗芃，译. 国外文学，1984（2）：101—102.

② 艾金伯勒. 比较不是理由——比较文学的危机 [J]. 罗芃，译. 国外文学，1984（2）：121.

③ CHEVREL Y.Comparative literature today：Methods & perspectives[M].Phladelphia: Thomas Jefferson University Press,1995：2.

冷的世界里，现在它已面向亚洲和非洲的文化了”[①]。

与此同时，作为批判的一方，美国学者也开始注意检讨本学派的不足，不断完善理论体系。韦勒克相继发表《今日之比较文学》（1965年）和《比较文学的名称与性质》（1970年）两篇论文，回顾了在教堂山会议上对法国实证主义的批判。他认为自己当时的发言针对的是“法国学派”的“惯用的比较文学方法论”，即针对法国学派“对主题人为地划分，机械的渊源、影响概念”，然而却令人遗憾地被当成“美国学派攻击法国学派的宣言”。韦勒克最后的结论是应在“把文学作为艺术来研究与把文学放在历史与社会中去研究这两者之间保持平衡”[②]。

以韦勒克为先导，美国其他比较文学家也纷纷出版专著，融合“法国学派”的学术观点。1968年，美国印第安纳大学比较文学教授乌尔利希·韦斯坦因（Ulrich Weisstein）的《比较文学导论》德文版在德国出版，后经过修订于1973年在美国出版，改名为《比较文学与文学理论》。在书中，作者开宗明义地表示：“在尝试下定义的时候，我们愿意在自己限定的研究范围内取一条中间道路，即在法国学派的正统代表们（以梵·第根、伽列和基亚为主）所持的相当狭隘的概念和所谓的美国学派的阐释者们所持的较为宽泛的观点之间取中。”[③]韦斯坦因旗帜鲜明地表明了自己的中立立场，一方面，他反对法国学派把文学研究降格为材料的堆砌并且忽视美学价值的阐发；另一方面，他在赞同美国学派宽广的胸怀和视野的同时，也表明了自己相对审慎的观点，认为“这种追逐单纯平行类似已经存在或潜在过头的情形”[④]，主张各门艺术之间的相互阐发，只在各种艺术之间寻找研究的切入点，而不太看好对于文学与其他学科的相互关系进行的研究。

正如基亚所说，“值得庆幸的是，人们对比较文学的这种看法不是一份护照，从这个观点来看，许多美国人是‘法国化的’，许多法国人却是‘美国化的’”。[⑤]20世纪70年代以后，在法国和美国学者交汇融合、博采众

---

① 基亚．比较文学[M]．颜保，译．北京：北京大学出版社，1983：116，118，119.

② WELLEK R.Concepts of criticism[M].New Haven:Yale University Press,1963：295.

③ 韦斯坦因．比较文学与文学理论[M]．刘象愚，译．沈阳：辽宁人民出版社，1987：1.

④ 韦斯坦因．比较文学与文学理论[M]．刘象愚，译．沈阳：辽宁人民出版社，1987：5.

⑤ 基亚．比较文学[M]．颜保，译．北京：北京大学出版社，1983：2.

长的努力之下，比较文学的“学派之争”和“门户之见”已淡出历史舞台。影响研究并非法国学者所独有，平行研究、跨学科研究也并非美国学者之专利。法国学者和美国学者在许多方面已经日趋统一。

三、中国比较文学传统

“比较文学”作为一门学科在中国正式出现是在 20 世纪 20 年代末 30 年代初，但是，“比较文学在中国的确也不是什么新事物，且不说古代中国境内各民族文化（如荆楚文化、巴蜀文化、齐鲁文化、燕赵文化等）融合过程中，关于文学的比较、筛选和相互影响的研究，也不说魏晋以来佛教的传入以及印度思想文化对中国文学的影响以及当时对翻译、媒介的论述，就从近现代说起，中国比较文学的源头也可以上溯到鲁迅 1907 年作的《摩罗诗力说》和《文化偏至论》。[①]”

的确，中国的文学比较古已有之。远在春秋战国时代，孔子和荀子等人就已经进行了最早的文学比较。东汉与魏晋南北朝时期，由于印度佛教的传入、中外交往的频繁，中外文学得以融会，随之出现了有关译介、影响与平行比较等成分的记载。唐代是中国封建社会的黄金时代，也是中国古代史上中外交往空前频繁的时期，中外文化的交流更为频繁，使文学比较的内容比以往更为丰富。这时期出现了像段成式的《酉阳杂俎》、玄奘的《大唐西域记》、杜佑的《通典》这样的具有较多比较文学因素的著作。到了宋代，程朱理学兴盛，朝廷多实施闭关政策，中外文化交流受到抑制，此后，有比较文学渊源的研究逐渐式微。但是，在此期间，欧洲传教士东来，在一定程度上促进了东西方文化的交汇。

鸦片战争之后，中国面临亡国的危险。为了救亡图存，各阶层知识分子开始学习西方欧美的东西。以西学之长，比中学之短，西学东渐成了这一时期不可逆转的潮流。不少清末民初的学者，如黄遵宪、裘廷梁、林纾、梁启超、蒋智由、苏曼殊、周桂笙、严复、王国维等，都对中外文学发表了比较之论。梁启超最早注意到东方文明与西方文明的比较研究，提出了“文学是无国界的”，研究文学不能“限于本国”的见解。1904 年，王国维撰

① 乐黛云. 比较文学原理 [M]. 长沙：湖南文艺出版社，1988：31.

写《尼采与叔本华》和《〈红楼梦〉评论》，一方面立足于中国传统文化，既洞见其弱点，又看到其成就；另一方面又广泛吸取西方文化并深知其矛盾，将古今中西熔为一炉，以既不同于中国传统，也不同于西方传统的方式，在古今中西文化的发展脉络中参与实现中国文化的重大转折。在关于“真”的追求和文学批评的根本原则等方面开拓了前所未有的全新的视野。

鲁迅在 1907 年就写下了《摩罗诗力说》和《文化偏至论》。从比较文学的角度看，《摩罗诗力说》是中国第一篇真正的比较文学论文。鲁迅在文中比较分析了各民族文学发展的特色。他指出，印度、希伯来、伊朗、埃及等文化古国政治上的衰微带来了文学上的沉寂。鲁迅在对多种文化的对比考察中，论证了文学特别是诗歌对于民族文化、民族精神的伟大意义。鲁迅还研究过“摩罗诗派”在波兰、匈牙利等民族文学中的发展以及拜伦对俄罗斯文学的影响。他也比较过尼采与拜伦的不同，拜伦和易卜生的差异，并得出结论：“欲扬宗邦之真大，首在审己，亦必知人，比较既周，爰生自觉。”鲁迅的这种跨文化的对文学与文化的关系的考察，在中国文学发展史中是一种崭新的思想和方法。鲁迅无论是在文化与文学的跨学科研究、跨文化的平行研究，还是在接受和影响的研究等方面都做出了独特的贡献，成为中国比较文学当之无愧的先驱。

可见，在我国民族觉醒的胎动期，我国的中外文学比较已有了端倪，并且具有了综合比较的特点。也就是说，中国比较文学在开端即表现出其面向世界兼收并蓄以发展本民族文化的愿望。

（一）中国现代比较文学

可以说，中国现代比较文学研究是在继承了中国近代思潮中文学比较的特点之后，在欧洲比较文学的直接影响下发展起来的。

20 世纪 20 年代前后，新文化运动和新文学运动蓬勃兴起、迅速发展，学术思想空前活跃。许多文化革命的先行者积极引进西方思潮和学术思想，翻译介绍外国文学，探讨中外文化交流和中外文学关系。鲁迅、胡适、周作人、沈雁冰、郑振铎、许地山、冰心、梁实秋、钟敬文、赵景深、耿济之等学者、作家、翻译家，先后以各种文学形式和中外文学的关系为话题，在《民心周报》《小说月报》《晨报副刊》《努力周报》《文学周报》《哲学评论》

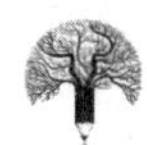

《东方杂志》《新社会》《民俗》等报刊上发表文章。1919 年，章锡琛在《新中国》杂志上发表翻译日本学者本间久雄的《新文学概论》译作，首次把“比较文学”的名称引入中国。

五四时期，茅盾（沈雁冰）为了建设新文学，输入外国文学观念和研究方法，开展了各种活动。他在 1919 年和 1920 年相继写成《托尔斯泰与今日之俄罗斯》《俄国近代文学杂谈》《自然主义与中国现代小说》《中国神话研究》等文，在文中反复比较了托尔斯泰、高尔基与英国作家狄更斯，法国作家莫泊桑、雨果，挪威作家易卜生的不同，考察了英、法、俄各国文学并总结出各自的特点，为促进中国文学自觉吸取西方文学的营养、走向新的发展阶段提出了许多有益的意见。

许地山是继梁启超之后较早从事中印文化比较研究的学者。他于 1925 年发表力作《梵剧体例及其在汉剧上的点点滴滴》，在文中考察了印度文学和中国戏曲的关系，对梵剧和中国戏剧进行了比较研究，是五四时期中国比较文学研究的重要成果。

正是在时代的推动和这些学者们的努力下，中国学术史上出现了空前的比较文学和文化交流的新气象，促进了比较文学研究在中国的发展。从比较文学在中国的发端过程可见，中国比较文学一开始就有了强烈的中外文学的对比意识，而不同于欧洲比较文学发端之初对事实联系的强调。因此，“中国比较文学不是古已有之，也不是舶来之物，它是立足于本土文学发展的内在需要，在全球交往的语境下产生的崭新的、有中国特色的人文现象。”[①]

“比较文学”作为一门学科在中国正式出现则是在 20 世纪 20 年代末 30 年代初。1929 至 1931 年，英国剑桥大学英国文学系主任、新批评派大师瑞恰兹在清华大学任教，开设了“比较文学”和“文学批评”两门课。吴宓、陈寅恪等也开设了一些与比较文学有关的课程。此后不久，傅东华、戴望舒分别翻译了罗力耶的《比较文学史》和梵·第根的《比较文学论》，第一次在中国系统介绍了比较文学的历史、理论和方法。20 世纪 30 年代中期，吴康发表《比较文学绪论》一文，对中西文学的分类、体裁进行了重点分析。朱光潜发表《中西诗在情趣上的比较》《长篇诗何以在中国不

① 乐黛云. 中国比较文学百年史整体观 [J]. 文艺研究，2005（2）：49.

发达》等论文，从多方面对中西诗在情趣上的异同作了分析。钱钟书的《中国古代戏剧中的悲剧》，从中外文化对比的角度考察中国传统悲剧观念及中国戏剧缺乏悲剧的原因。陈铨的专著《中德文学研究》全面评述了中国小说、戏剧、抒情诗在德国的传播和影响。梁宗岱则出版《诗与真》《诗与真二集》，对中西方文学进行了探讨。

20 世纪 40 年代，尽管受到战争的影响，中国的比较文学研究仍处于发展的势头，茅盾、郑振铎、许地山、季羡林、方重、范存忠等人都为中国比较文学的兴起做出了贡献，朱光潜的《文艺心理学》《诗论》，闻一多的《神话与诗》，钱钟书的《谈艺录》也发表在此时。有关比较文学方面的研究论文，在报刊上更是屡见不鲜。

20 世纪三四十年代比较文学实绩中最突出的，是朱光潜的《文艺心理学》《诗论》和钱钟书的《谈艺录》。《文艺心理学》和《诗论》的共同特点是寻求既能运用于西方文艺现象又能适用于中国文艺现象的共同规律；同时应用从西方文学总结出来的理论来阐发中国文学，也运用从中国文学总结出来的理论阐发西方文学。《谈艺录》则更多采用了超国别的研究方法，无论是阐明一种原理或是批判一种理论都是以大量中外文学事实来加以证明，从不简单做出孤立绝对的结论。

20 世纪五六十年代，中国比较文学研究的发展渐趋缓慢和曲折，并曾一度沉寂。但是，仍有许多学者如茅盾、巴金、郑振铎、冯雪峰、朱光潜、季羡林、戈宝权、钱钟书、杨周翰、范存忠等就中外文学关系做了大量的研究工作，发表了许多有影响的研究论著。莎士比亚、歌德、萧伯纳、泰戈尔、易卜生、普希金、果戈理、托尔斯泰、陀思妥耶夫斯基、高尔基、马雅可夫斯基等在中国的影响和传播都受到学者们的关注。

1978 年年底，中共十一届三中全会拨乱反正，宣布历时十年的“文化大革命”结束，中国大地万物复苏，国内政治环境逐步改善，教育和文化事业也开始复苏并走上正轨，这为比较文学的复兴和繁荣创造了良好的内部条件。同时，中国香港及台湾地区比较文学在 70 年代率先兴起以及外国比较文学的逐步成熟则为中国内地比较文学的发展创造了优良的外围环境。在台湾有 1970 年创刊的比较文学学术刊物《淡江评论》（*Tamkang Review*），在香港有《香港比较文学会通讯》，另有创刊于 1973 年、由香

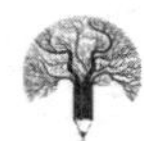

港中文大学翻译中心出版的英文杂志《译丛》，也可以刊载比较文学研究的文章。港台比较文学研究者中的重要成员有古添洪、陈慧桦、袁鹤祥、周英雄、郑树森、叶维廉、李达三、朱立民、王建元、黄维梁、梁秉钧、黄德伟、裴普贤、张汉良、袁鹤翔、陈炳良、钟玲等。

港台的比较文学学者重视东西方文学关系研究，注重探讨中西文学的根源。他们还重视比较文学中的汉学研究、以西方观点研究中国文学等方面的研究，试图撷取西方文学传统的精华来修正中国的文学理论。另外，他们还十分关注国际比较文学的动向及西方现当代的文学理论与批评方法，相继翻译出版了很多西方著名学者的著作，系统地介绍了西方批评理论和观念。总的看来，港台的比较文学研究侧重于中国文学与英美文学的比较研究，无论在理论上或方法上均倾向于“美国学派”的“平行研究”。在比较文学的研究方法上，港台比较文学学者提出了阐发研究。阐发研究的产生是由中国比较文学发展的特殊性所决定的，这种研究方法为解读中国文学提供了一个崭新的视角。

1979 年，钱钟书《管锥编》、王元化《文心雕龙创作论》的出版，标志着比较文学在中国的崛起，揭开了中国比较文学繁荣的序幕。进入 80 年代，几位资深学者陆续出版了比较文学方面的论著，如宗白华的《美学散步》（1981）、季羡林的《中印文化关系史论文集》（1982）、金克木的《比较文化论集》（1984）、杨周翰的《攻玉集》（1983）等。与此同时，中国比较文学开始自觉融入国际比较文学中去。在 1982 年召开的第十届国际比较文学学会大会上，来自北大的杨周翰以及港中大的郑树森当选为执行局理事；1985 年第十一届国际比较文学学会大会上，杨周翰被选为副会长。来自国际比较文学的影响进一步推动中国比较文学学科意识的强化，中国比较文学也开始朝着体系化、组织化方向发展，包括各大学比较文学课程的设置、独立的比较文学教研机构的建立等，最具标志意义的是 1985 年中国比较文学学会正式成立。同时，以杨周翰、乐黛云、杨乃乔、贾植芳、范存忠、曹顺庆等为代表的一批学者出版了多部比较文学专业教材和相关理论专著（如《比较文学导论》《比较文学原理》《超学科比较文学研究》《中外比较文论史》等），为比较文学学科的发展做出了突出贡献。

（二）学衡派

学衡派是活跃于 20 世纪初期的一个文化团体，因其创办的《学衡》杂志而得名，在中国现代思想文化史上影响深远。

《学衡》杂志创刊于 1922 年，《学衡》设有通论、述学、文苑、书评、杂缀等栏目。其主要撰稿人有柳诒徵、吴宓、缪凤林、王国维和胡先骕、汤用彤、刘伯明、梅光迪等人。他们是《学衡》的中坚力量。其办刊宗旨是“昌明国粹，融化新知”。在“昌明国粹”方面，他们的理由有三：第一，新旧乃相对而言，并无绝对界限，没有旧就没有新。第二，人文科学与自然科学不同，不能完全以进化论为依据。不一定“新”的就比“旧”的好，也不一定现在就胜于过去。第三，历史有“变”有“常”，“常”就是经过多次考验，在人类经验中积累起来的真理。这种真理不但万古常新，而且具有普遍的世界意义。“融化新知”，主要是指融化西方的新思想、新方法、新知识。学衡派十分强调吸收西方文化的重要性。但是，学衡派对于西学的融化吸收，与当时的一般鼓吹西化者有两点明显的不同：其一是特别强调对西方学说进行比较全面系统的研究，然后慎重择取。其二是特别强调引进西学须与中国文化传统相契合，必须适用于中国之需要。学衡派同人理想的新文化应是既不同于原来的东方文化，也不同于原来的西方文化，也就是说既不能全盘西化，又不能只在复古，而要在“昌明国粹，融化新知”的前提下，有所“创新”才能“继起”。[①]

学衡派“昌明国粹，融化新知”的主张显然突破了传统保守主义“中学为体，西学为用”的模式，因此，学衡派被称为“中国现代保守主义者”，他们与以李大钊、陈独秀为代表的激进派和以胡适等为代表的自由派一样，思考着同样的问题，具有共同的特点，“共同构成了 20 世纪初期的中国文化启蒙”[②]。学衡派在对待传统文化方面不冥顽守旧，在对待西方文学上也不盲目接受，而是通过引进西学促进传统文化的更新和发展。

通过对中国比较文学渊源及学科发展史的考察，我们得出结论：“作为世界比较文学第三阶段的代表，中国比较文学立足于本土文化，努力吸

① 乐黛云．跨文化之桥 [M]．北京：北京大学出版社，2002：194—195.

② 乐黛云．跨文化之桥 [M]．北京：北京大学出版社，2002：183.

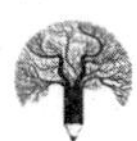

收和消化外来文化的营养，体现了博大的文化襟怀。中国比较文学的根本特征就是由这种开放的文化襟怀所决定的。首先是中国比较文学对东西方比较文学的兼收并蓄。……20 世纪中国学术中的比较文学具有国际性、世界性和前沿性。它接受了法国学派的传播与影响的实证研究，也受到了美国学派平行研究和跨学科研究的影响，同时突破了法国学派与美国学派的欧洲中心、西方中心的狭隘性，使比较文学真正成为一门沟通东西方文学和文化的学问，与此同时，从各种不同角度，在各个不同领域，将比较文学研究推向深入。”①

总之，中国比较文学充分吸取了历史上法国学派和美国学派的研究成果，但是，中国比较文学并不只是被动地接纳外来的学科理念，而是在具体的研究实践上超越了法国学派和美国学派的局限性，做出了自己的判断。

跨异质文化、跨文明研究是中国比较文学学者与西方比较文学学者不同的历史遭遇和使命，也是中国比较文学的特色和亮点，理所应当地成为中国学派最耀眼的旗帜：“法国学派和美国学派已经跨越了两堵‘墙’：第一堵是跨越国家界限的墙，第二堵是跨越学科界限的墙。而现在，我们在面临着第三堵墙，那就是东西方异质文化这堵墙。跨越这堵墙，意味着一个更艰难的历程，同时也意味着一个更辉煌的未来。”②跨文明研究才可以真正地打破法国学派和美国学派的西方中心主义，以一种世界性的眼光关注世界各大文明——中华文明、印度文明、希腊文明、阿拉伯文明等等，研究它们的交往与冲突，对话与和谐，并深入比较各文明间价值信仰、思维模式、民族风俗等文化模子的异同。值得注意的是，在跨文明研究中，各文明之间的地位是平等的。它们各有特色，各自有各自看待世界和解释宇宙的方式，但是它们之间没有高低优劣之分。文学是一个国家在一个时期文化的浓缩，文明的见证，比较文学跨文明研究也就给了各大文明对话交流的舞台。也就是说，跨文明研究打破西方中心主义，让非欧洲文明也能发出自己的声音，展示自己的形象，提升自己的文化软实力。

---

① 乐黛云. 中国比较文学百年史整体观 [J]. 文艺研究，2005（2）：53.

② 曹顺庆. 论比较文学中国学派 [M]// 跨文化比较诗学论稿. 银川：广西师范大学出版社，2004：31，32.

第二章　比较文学中国学派的文化考察

在70余年发展历程中，中国比较文学走出沉寂期的徘徊，邂逅欧风美雨，融汇古今中外文化，创新中国学术话语体系，在学科专业和理论建设以及相关研究领域取得了瞩目的成就。创建比较文学中国学派既是学科自身发展的需要，又是历史逻辑的必然，代表着一个国家的学术创新能力和文化自觉程度，体现了中国学者为世界学术作出贡献的远大志向。

一、当代中国比较文学发展概述

中国比较文学是在中外文化碰撞与交流的特定历史时代语境中，基于中外文学对话与中国文学革新的内生需求而发展起来的。新中国成立70余年来，比较文学研究和学科发展之路栉风沐雨，已故前辈大师筚路蓝缕，当代老中青学人孜孜汲汲，坚守中国立场，本着沟通中外学术、促进文化交流、构建世界意识的初心，肩负打破学科藩篱、讲好中国故事、推动中国文化走向世界的历史使命，在学科理论建构和学术领域拓展等方面取得了辉煌成就，为中国政治、经济和文化的迅速发展做出了重要贡献。

（一）比较文学学科建设及其成果

新中国成立70多年来，比较文学与新中国社会发展相伴相随，学科建制经历了从无到有、从自觉自发的开课计划到正式教学体系的建构，设立了本、硕、博一体化的专业人才培养机制。几代学人围绕学科定义、研究内容和研究范式等学科理论建设的关键议题，进行了不懈的努力和探索，其间有曲折动荡的苦涩徘徊，有披荆斩棘的艰辛草创，更有当下异彩纷呈的累累硕果。

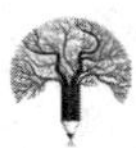

1. 学科建设情况概览

比较文学在中国的“学科前史”源远流长，但作为严格意义上的一门现代学科之诞生，则要追溯至1929年在清华大学开设的“比较文学”系列课程及其教材的编写。当时课程设置和学科布局的开放性和国际化，为后来比较文学作为一门学科正式引入中国奠定了坚实的基础[①]。新中国成立后，受到国际政治和国内环境的影响，比较文学在大陆和港台地区的发展轨迹大相径庭：在大陆沉寂徘徊将近30年的比较文学在港台地区得以发展崛起，70年代相继开设了比较文学博士班，成立了比较文学学会，1976年古添洪和陈慧桦在《比较文学的垦拓在台湾》的序言中首次提出构建“中国学派”这一倡议[②]。改革开放的春风唤醒了祖国大陆沉睡多年的中国比较文学，学科建设迎来了全面复兴。1980年，赵毅衡提出设立比较文学学科的建议，学界和教育界迅速回应，随后多所高校陆续开设比较文学概论课程，多个比较文学硕士和博士学位授权点获得国务院学位委员会批准。1998年，比较文学与世界文学被正式确定为中国语言文学一级学科下的二级学科，完成了本、硕、博体系化的学科建制历程。与此同时，学术机构建设和学术活动也全面开花。1984年，《中国比较文学》创刊，《比较文学与世界文学》和《中外文化与文论》等高质量学术杂志也相继发行。1985年，深圳大学举办中国比较文学学会成立大会暨首届学术讨论会，选举杨周翰为会长，由季羡林、杨周翰、乐黛云等人组成第一届理事会，奠定了中国比较文学的学科基础。中国比较文学学会迄今已成功举办12届年会暨国际学术研讨会，历届年会的主题从最初的“比较文学在中国的复兴”和“文学的空间与局限”，到后来的“跨文化语境中的比较文学”和“比较文学与当代人文精神”，到最近的“比较文学与中国：百年回顾与展望”“比较文学视野中的世界文学”，反映出中国比较文学从复兴到成长再到汇通国际学界的成长轨迹。首任会长杨周翰和第二任会长乐黛云等学者都参与了国际比较文学学会理事会工作。在2016年维也纳大会上，中国比较文学学会获得国际比较文学学会第22届大会暨国际会议主办权。凡此表明，茁壮

① 王宁. 比较文学在中国：历史的回顾及当代发展方向 [J]. 上海交通大学学报，2018（6）：110—117.

② 古添洪，陈慧桦. 比较文学的垦拓在台湾 [M]. 台北：东大图书公司，1976：1—2.

成长的中国比较文学已然成为当今国际文学界的一股重要力量。

2. 学科建设成果丰硕

伴随着改革开放的春风，比较文学学科建设一路高歌，学科史、学科理论、教材和工具书等方面成果达到比较完整和体系化水平，迅速形成规模效应。徐志啸的开创性学术专著《中国比较文学简史》，以全景式描述展现了比较文学在我国的历史渊源及发展成为独立学科的历程，钩沉各时期富有代表性的个人学术活动和研究成果。乐黛云和王向远合作完成的《比较文学研究》，通过中国比较文学发展的百年历史来验证和思考其学科意义、定位和目标，指出比较文学的产生标志着中国文学封闭状态的终结和自觉融入世界文学的开始。曹顺庆主编的《比较文学学科史》，以时间为纵轴，不同国家的学科发展为横轴，从纵横两个切面描述比较文学学科理论的发展概貌。此外产生较大影响的学术专著还有王福和等人的《比较文学原理的实践阐释》、严绍璗和陈思和主编的《跨文化研究：什么是比较文学》，以及港台方面袁鹤翔的《香港比较文学发展简述》、李达三的《台湾比较文学发展简史回顾与展望》等。

其一，是比较文学学科理论建设取得突破性进展。研究内容和对象在广度和深度上持续推进，以跨越性和文学性为特征的研究领域渐趋广阔，广泛涉及中外文学关系、比较文学与比较文化、跨学科等内容，其中既有传统的文学思潮和文学运动、比较诗学、译介学、形象学研究，又有新兴的中外阐释学、海外华人文学和文学人类学等。新旧领域交叉重叠，跨文化和跨学科视角始终贯穿其中。同时学科理论重点关注以下几点：（1）关于学科边界和属性问题；（2）关于学科研究范式的论辩；（3）关于区域性和民族性院校的比较文学教学以及教学法、课程设置以及人才培养等学科教学的探讨。学科理论建设主要成果有乐黛云的《比较文学与比较文化十讲》、孙景尧的《沟通》、曹顺庆的《比较文学学科理论研究》、方汉文的《比较文学高等原理》等。

其二，是中国学派和学科话语体系的创新构建。中国学派一直都是中国比较文学学科建设研究的关键词，其最先由台湾学者于20世纪六七十年代提出，80年代后随着中国大陆比较文学的复兴，开始引起学者关注。至90年代，受西方后殖民主义理论影响，“失语症”和中国学科话语建构的

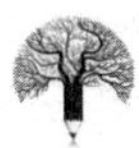

课题急剧升温，“中国学派”再次引发学界激烈争鸣。以季羡林、杨周翰和贾植芳为代表的学者持愿景观，认为中国学派应有自己的研究路径方法，但“所谓中国学派，我认为我们不妨根据需要和可能做一个设想，同时也必须通过足够的实践，才能水到渠成”[①]。以严绍璗为代表的审慎观则担心过分关注学派的空洞概念将导致学者无法专注于真正的比较文学研究[②]。以曹顺庆为旗手的拥护观则表明愿“以跨文化的阐发法、东西异同的比较法等构筑中国学派跨文化研究的理论大厦”[③]。对此，其他学者也纷纷做出回应。这场论辩，深刻反映了中国学者强烈的学科自觉意识和建构中国话语体系的深切民族担当精神。

经过多年的不懈探索，从“法国学派”“美国学派”到形成中的“中国学派”，从“影响研究”“平行研究”到“阐发法”“总体比较研究法”和“变异学”，中国的比较文学学者不断开拓进取，创新研究方法，拓展研究视野，更新研究内容，积极吸纳古今中外思想文化资源，砥砺前行，在学科复兴和重建中完成了一次次学科理论的垦拓和建构。作为中国比较文学的扛鼎人物之一，乐黛云为构建当代中国比较文学学科体系并使之逐步成熟做出了巨大贡献。她率先提出中国比较文学是世界比较文学第三阶段的集中表现者，并据此进一步提出“跨文化比较文学”的内涵论和发生论，“多元共存”与“和而不同”的基本原则论，以文学理论为研究核心的核心论等系列论述[④]。这些学说对中国比较文学的复兴和学科建设产生了纲领性的指导意义。

其三，是教材和工具书的建设成果。70余年来配套教材和工具书的出版在数量和质量上均达到了相当高的水平。1984年，由卢康华和孙景尧合著出版了第一部学科教材《比较文学导论》。随后，不同版本教材百花齐放，为学科发展和人才培养提供了重要保障。据统计，1984年以来有接近150

---

① 杨周翰. 镜子与七巧板[M]. 北京：中国社会科学出版社，1990：3.

② 严绍璗. 双边文化关系研究与“原典性的实证”的方法论问题[J]. 中国比较文学，1996(1)：1—21.

③ 曹顺庆. 比较文学中国学派基本理论特征及其方法论体系初探[J]. 中国比较文学，1995(1)：18—40.

④ 曾繁仁. 乐黛云教授在比较文学学科重建中的贡献[J]. 北京大学学报（哲学社会科学版），2010，47(5)：108—117.

种概论问世，其中影响较大的有乐黛云和陈跃红等合编的《比较文学原理新编》、陈惇和刘象愚合著的《比较文学概论》、杨乃乔主编的《比较文学概论》等。代表性工具书有杨周翰和乐黛云编写的《中国比较文学年鉴》、唐建清和詹悦兰编著的《中国比较文学百年书目》、王向远主编的《中国比较文学论文索引》等。毋庸置疑，70 年来比较文学的学科建设已取得长足进展，但也出现了一些值得注意的现象和偏颇。比如工具书和教材出版和发行方面，存在大量重复和重叠的教材编写和编著，关于学科概念和学科理论的讨论大同小异，缺乏创新和突破。许多教材只编不著，缺乏开拓性和创意，出现东拼西凑的乱象，造成学科建设资源的严重浪费。比较文学学科理论的中国话语体系建设，是最棘手的难题之一。中国比较文学从新中国成立后 30 年的沉寂期到最近 40 年的跨越式发展，相对于比较文学其他领域的蓬勃发展，为学界广泛认可的、凸显中国比较文学研究特色的学科理论体系还是付之阙如。

（二）比较文学研究领域及其成果

在学科建设蒸蒸日上的同时，中国比较文学研究也在各个领域以不同视角展开，取得了辉煌成果，尤其是学术论文、专著和系列丛书成果迭出，凸显研究的规模化特征。研究领域和研究对象覆盖比较文学各个层面，既有以作家和作品为研究对象的中外文学关系研究及译介学，又有勘探中西文论发展路径的比较诗学，还有跨学科、跨文化研究、形象学和华文文学研究等，在继续寻求人类文明文化类同性的同时把目光投向新兴的异质性和变异性探索，其间不乏广征博引和纵横捭阖的宏观论述，更不缺鞭辟入里和力透纸背的微观剖析。经过 70 余年的努力，中外文学关系史得到了基本梳理和描述，中国文学的特色及其在世界文学中的地位得到了确认，中国比较文学继法国和美国比较文学学派之后，以其实力雄厚的科研队伍、丰硕辉煌的成果和日益广泛的国际影响力扛起了全球第三阶段比较文学代表的大旗。

1. 中外文学关系研究

中外文学关系研究对比较文学具有基础性和起始性意义，是中国比较文学学术传统最丰厚的领域。钱钟书先生早在 20 世纪 80 年代就说过：“要

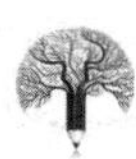

发展我们自己的比较文学，重要的任务之一就是清理一下中国文学与外国文学的关系。”[①] 多年来，比较文学学者深入文学各个层面，或抉隐索微、考辨梳理、还原交流史实，或立足于新文学的发生去考察异国文学资源的变异转化并做出新的诠释和阐发等，真正展现了中国比较文学的特色和成就。即使是在新中国成立后30年的沉寂期，以中苏、中印和中英等为主的中外文学关系研究仍然有不俗的表现：（1）前辈学者季羡林的《中印文化关系史论丛》论述了印度文学对中国文学的主导性影响，是比较文学东方研究方面公认的权威著作和中外比较研究的典范。（2）以戈宝权和冯雪峰为代表的俄苏文学及鲁迅研究，对20世纪俄国文学作品在中国的传播和影响进行了系统的梳理。(3)范存忠的《十七八世纪英国流行的中国戏》和《〈赵氏孤儿〉杂剧在启蒙时期的英国》，以其高水平和创新性成为该时期中西研究的代表性论文[②]。改革开放之后，比较文学学者的学科主体意识逐渐苏醒。钱钟书的《管锥编》拉开了比较文学复兴的大幕。这部划时代的巨著旁征博引中西名家文学与艺术作品，追根溯源考察中西文学现象和审美价值，具有中外文学关系研究的典范意义，带动了大批论著和丛书的出版。主要有：(1)赵毅衡的《远游的诗神：中国古典诗歌对美国新诗运动的影响》论述了美国现代新诗运动所受的中国诗歌的影响，以其创新性和系统性被学界广为称道[③]。（2）乐黛云和钱林森等主编的“中国文学在国外”丛书。法国比较文学大师艾田蒲（Rene Etiemble）教授亲自作序，充分肯定了中外文学文化研究的价值和意义。（3）21世纪初问世的大型比较文学丛书“外国作家与中国文化”，全书各卷均由比较文学界知名学者担纲主笔，贯通古今，系统总结了各时期中国文化对外国文学的影响，结合个案研究，重新编织中外文学关系史，体现出平等对话的精神。（4）2015年，山东教育出版社推出17卷“中外文学交流史”丛书。这套皇皇巨著由钱林森和周宁等10余名全国比较文学界知名学者、中外文学与文化关系研究领域的知名专家倾注十年心血锻造而成，涉及内容广、语种多、时间跨度大，立足于世界文学与世界文化的宏阔语境，通过个案分析分国别系统展现中外

---

① 张隆溪. 钱锺书谈比较文学与“文学比较”[J]. 读书，1981（10）：132—138.

② 王向远. 中国比较文学百年史[M]. 北京：中国社会科学出版社，2013：90—108.

③ 王向远. 中国比较文学百年史[M]. 北京：中国社会科学出版社，2013：279.

文学与文化交流的历史渊源，透析了中外文化相互碰撞与交融的精神实质，具有里程碑意义。2016年，国家社科基金重大项目、陈建华主编的12卷本“中国外国文学研究的学术历程”出版发行，丛书全面扫描自晚清至今的中国外国文学研究全景，展现了当代社会语境下学界构建外国文学研究新范式的多元化可能性。在中外文学思潮研究方面，主要有温儒敏和彭启华之于中国现实主义文艺思潮的《新文学现实主义的流变》《现实主义反思与探索》，罗钢和罗成琰之于中国浪漫主义文艺思潮的《浪漫主义文艺思想研究》《现代中国的浪漫文学思潮》，唐正序和陈厚诚主编的《20世纪中国文学与西方现代主义思潮》，王宁之于弗洛伊德主义的《文学与精神分析学——王宁文化学术批评文选之三》以及艾晓明的左翼文学思潮研究，戴锦华、孟悦、杨莉馨等的女性主义思潮研究，解志熙的中国现代唯美—颓废主义思潮等。

比较文学复兴后的40年，中外文学关系研究硕果累累，实证影响的史料梳理日趋丰富，体现了中外文学关系研究的发展轨迹和主流变化，研究视角、内容和方法都有了新突破和进展。乐黛云、严绍璗、孙景尧、钱林森、赵毅衡、陈建华、陈思和、郁龙余、周宁等学者多年深耕细作于中外文学关系研究，不再囿于个别作家和作品的单向度阐释或简单比附，而是以清理中外文学关系为出发点，从宏观到微观，从理论到文本和个案的双向互动研究，运用历史语境与作家作品的循环切换视角，重新界定中国文学在世界文学坐标中的位置，准确评价中国文学对世界文学的贡献，致力于反思和叙述中国本土现代文化和文学经验，开创了中外文学研究和而不同、平等对话的多元繁荣局面。在当前中国作为世界经济大国崛起的关键历史节点上，当代中外文学关系研究出现了一个新动向，即辨析与反思以往的研究方法与研究范式，重新论证和追认中国文学的主体性。这方面研究成果突出体现在钱林森和周宁主编的17卷“中外文学交流史”丛书中。

此外，1999—2000年间，经陈思和倡议，《中国比较文学》杂志开设了“中国文学中的世界性因素”专栏。陈思和提出在中国文学框架里探讨“世界性因素”的主张，认为中国文学不完全是在外来思想和文学思潮的刺激影响下发展起来的，而是有其内在发展规律和审美意识，中国文学以自身

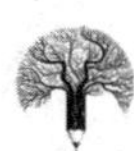

的独特面貌加入并丰富着世界文学的内容[①]。此说法引起学界热烈关注和回应，《中国比较文学》杂志发表了十余篇专题论文。作为研究视野和研究方法的“中国文学中的世界性因素”这一命题及其讨论推动了中外文学关系研究范式的更新和研究视野的拓展，为全球化时代在世界文学格局下进行中外文学有效对话，重新考察文学的民族性与世界性关系，提供了很好的借鉴。同时，该命题又极具前瞻性，与当前方兴未艾的世界文学概念即打破传统的欧洲中心主义有着趋同的价值取向。根据世界文学的理想图景，民族文学与世界文学的发展是融为一体的，是世界文学的一部分，此观点与陈思和的“中国文学是世界文学的一部分”不谋而合。在今天全球化进程中还有一个不容忽视的趋向，那就是从20世纪90年代至今愈演愈烈的“全球化”与“地方化”矛盾，带来了文化趋同与文化多元、文化合流与文化孤立的分化和对立，由此回到中外文学关系研究的一个普遍问题，即如何看待“中国立场”或“中国中心”与“世界文学”或“跨文学空间”之间的对立？张晓红和刘小玲从世界文学和世界主义的互相交织和互相补益的话语体系入手，深入剖析世界文学与民族文学之间的复杂关系，提出打通世界主义与民族文学，打造具有中国特色的世界文学，加强民族文学与世界文学之间的交流互动，实现“越是民族的，越是世界的”价值目标[②]。这一主张为解决民族性与世界性的矛盾，在世界文学格局下测绘中国文学位置提供了建设性洞见。

面对史料收集日趋完整、研究范式不断更新的中外文学关系研究，也必须清醒看到其中的问题。目前的中外文学关系研究仍以传统的影响研究为主，侧重于史料梳理和证据考辨。如何在占有充分和完整材料基础上，深入推进原理范式的研讨，创新提炼出一套广为国际学界认可的理论框架体系，用之于探讨中外文学关系，以及中国文学对世界文学文化的贡献，目前看来还有很长的路要走。

---

① 陈思和．20世纪中外文学关系研究中的“世界性因素”的几点思考[J]．中国比较文学，2001（1）：8—39.

② 张晓红，刘小玲．全球本土化语境中的世界文学和世界主义[J]．国际比较文学，2018（3）：265—269.

2. 比较诗学研究

比较诗学主要指中外文艺理论的比较研究或以文艺理论为材料的比较美学研究。改革开放后的理论热潮引发了比较诗学研究热，遂成为比较文学下面的分支学科。四十年来，比较诗学研究大致经过了从宏观概貌的粗略比较，到概念范畴的对举对比，再到系统化和多元化的拓展研究三个阶段。在初始阶段，主要有钱钟书、王元化和宗白华等学者的研究；20世纪80年代初，周来祥在综合吸收前人成果的基础上，更加系统地对中西古典美学理论做以宏观比较，在当时学界产生了很大影响。随后有蒋孔阳、叶朗和曹顺庆等人的研究，此阶段集中探讨中西诗学和美学的命题、概念和范畴方面，其中曹顺庆的《中西比较诗学》通过提炼确立十几对中西诗学的相关范畴，以同异互辨的思路，概括中西诗学的根本特点，开辟了中西诗学比较研究的新阶段，把此前中西诗学比较的“表现”与“再现”、“写实”与“写意”之类的粗略比较推进到了以概念范畴为中心的具体深入分析，即比较诗学的第二阶段。主要成果有乐黛云等合编的《世界诗学大辞典》和曹顺庆的《东方文论选》两部恰逢其时的重要工具书。此阶段诗学研究的显著变化就是注重不同文化体系的诗学研究和界定，通过汇通和类比达到互证互识，使原本被忽略的印度、阿拉伯和日本等国的诗学可以与欧美同台对话。其他成果还有黄药眠和童庆炳等合编的《中西比较诗学体系》、刘若愚的《中国诗学》、罗钢的《历史汇流中的抉择——中国现代文艺思想家与西方文论》等。90年代后期，随着研究的不断推进，研究者逐渐意识到诗学问题必须还原到理论层面，考察不同文化思维方式与审美旨趣的深刻差异，因而诗学研究突破单纯概念范畴对比，在哲学本体论高度得到提升，进入了第三阶段。代表作有张隆溪的《道与逻各斯》、杨乃乔的《悖立与整合——东方儒道诗学与西方诗学的本体论、语言论比较》。

进入21世纪后，比较诗学研究异军突起，朝着理论深度、中国化和体系化继续迈进，出现了不少颇具分量的成果，如陈跃红关于当代诗学阐释学与中西比较诗学的研究、刘介民的古今中外比较诗学研究。美国华裔学者蔡宗齐的《比较诗学结构：中西文论研究的三种视角》，以哲思和整体性的探究勾勒中西诗学不同的理论范式，也是一部掷地有声的力作。

近年来，研究者以敏锐的问题意识和开阔的学术视野，本着理论探究

与实践应用的双重观照，多方位把握比较诗学的基础性与前沿性话题，围绕世界诗学和中国文论的现代性途径和跨文化与中国诗学建设展开热烈的探讨。一个热点课题就是关于世界文学、世界诗学及其相关概念的历史梳理，语义变迁与全球化、时代转型的互动关系等方面，坚持自信的民族文化立场，从中国问题意识来理解“世界文学”。其中，王宁的“世界诗学”构想敏锐把握到了国际比较文学界近年来“世界转向”的研究趋势及其两种表现形式：世界主义和世界文学。他所勾勒的世界诗学，旨在建构一种具有共同准则和共同美学原则的文学阐释理论。另外，不少实证研究发现外国文学文论中的中国古代文学和文化思想的影响因素，足以说明不仅是现当代文学，中国传统文学也一直在参与“世界文学”的生成。从跨文化文学理论旅行来看，中西跨语言和跨文化交流碰撞古已有之。纵观人类发展的历史长河，“中学西渐”远比“西学东渐”更为久远。

中国文论的现代性途径和中国文论建设，是另一个研究热点。当前中西诗学的研究目标之一就是为世界文论话语体系的建构提供中国经验、中国话题和中国路径。比较诗学的前提首先要正视古典诗学与现代诗学之间的继承与革新，本土诗学和外来诗学之间的拒斥与接受；新时期中国诗学建设要融会贯通马克思主义诗学、西方诗学、古典诗学和现代诗学等四种重要的诗学资源[①]。传统诗学的现代性转型是将其概念体系置于传统和现代的历史现实之中，通过并置现代中学和西学概念理论体系进行互阐互证。然而，针对中西理论话语体系能否对话和如何交流的问题，学者们争论不休。有的学者认为，当下中西诗学对话危机在于停留在理解与沟通层面和以西释中的机械套用，而转向中西诗学的语言阐释则是破解危机的良方[②]。但是也有学者认为“以西释中”是无法回避的时代宿命，所以今日的比较诗学研究以及方法论的建构，更应该沿着王国维开拓的道路向前推进[③]。

经过40余年的努力，比较诗学从以西方诗学为基准，中国诗学为西方诗学做脚注，无条件服膺西方理论到追问中国文化在哪里，探寻中西诗学

① 刘圣鹏. 比较诗学的知识类型和典型问题[J]. 广西社会科学，2014（12）：172—177.

② 范方俊. 中西比较诗学的对话危机及诗学话语转型[J]. 江淮论坛，2013（2）：165—170.

③ 刘耘华. 中西文化差异与比较诗学方法论建构的若干问题[J]. 上海师范大学学报（哲学社会科学版），2015，44（3）：83—92.

的共同本源和互识互证互补的转型，真实反映了中国学者走出西方中心主义和唤醒本土诗学意识的学术轨迹，更是其参与“全球化”并进入世界文学新阶段的一场热身。但是我们也应看到，在当下理论式微的“后理论时代”，长期困扰学界的“失语症”还是没有得到很好的解决。40年改革开放带来的欧风美雨对中国当代文学理论的发展产生深远影响，中西诗学研究对外国文论继续拿来和深度开采，为当代中国文论建设寻求可资借鉴的理论资源；但与此同时，学界更需要积极探索中国文论的现代性途径，创新中国学术话语体系，走出失语的困境。

3. 跨学科研究

在1962年的经典论文《比较文学的定义和功用》中，亨利·雷马克首次定义了比较文学的跨学科研究。此文经张隆溪翻译后刊发于《国外文学》，正式启动了20世纪80年代比较文学跨学科研究的中国之旅。其实，更早之前，如钱钟书的《管锥编》《读〈拉奥孔〉》《论通感》都是早期跨学科方法研究的成功案例，只是钱先生并未如此冠名而已。放眼整个20世纪，跨学科研究的学科理论成果比较少见，唯一的一本在国内公开标举“跨学科”的论著是乐黛云和王宁主编的《超学科比较文学研究》。前辈学者杨周翰作序时评价道：“《超学科比较文学研究》为我国比较文学学者指出了一个新的研究方向。”[①]

进入21世纪后，关于跨学科的边界、定义、目标，以及如何运用其理念与方法介入文学研究等方面的探讨快速升温。总体来看，学界的分歧主要表现在跨学科研究方法、研究内容和研究路径三个层面上。首先，跨学科是否也必须跨文化。对此，王向远指出，目前我国比较文学学科理论方面的教材和著作大都全盘接受美国学派的观点，不加区别地把所有“跨学科研究”都视为比较文学，导致了比较文学学科范围的无节制扩大与膨胀。他继而强调“跨学科研究”必须同时又是跨语言、跨文化、跨民族的研究，才属比较文学研究范围[②]。而作为“泛比较文学”的支持者，何云波则认为，跨学科研究可以跨文化也可以不跨文化。他首先界定跨学科研究“是同一民族范围内的不同艺术门类、学科的比较”，没有跨文化的跨学科更

① 乐黛云，王宁. 超学科比较文学研究[M]. 北京：中国社会科学出版社，1989：2.

② 王向远. 试论比较文学的“超文学研究”[J]. 中国文学研究，2003（1）：3—7.

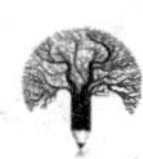

能彰显真正意义上的科际比较，而有了跨文化，往往突出了文化比较的意义而遮蔽了跨学科的特质。不过，他又提醒，在进行跨学科研究时，由于东西文明文化的根本异质性和学科内涵的差异性，引入跨文化的视野势所必然①。

其次是跨学科的研究内容是否必须以文学为中心的问题。包括王宁、乐黛云、刘象愚、陈跃红、蒋述卓等在内的大多数学者都明确指出跨学科研究必须以文学为中心。一些质疑者则认为，由于多年来关于"以文学为中心"语焉不详，特别是时代变迁使得文学的定义日趋扩展，比较文学也从"跨学科的文学研究"走向"跨学科研究"。此外，21 世纪以来，比较文学的比较文化转向，使得跨学科研究的文学性只在于它"从文学出发"，而不宜过多约束和强制要"回归文学"。

这一时期跨学科研究的主要成果有：（1）外来文化思潮如宗教、哲学思想与中国文学关系的研究，如马焯荣的《中西宗教与文学》、孙昌武的《佛教与中国文学》、王本朝的《20 世纪中国文学与基督教文化》等。这些论著视野开阔，贯通古今中外，有史料梳理的宏观理论，有作家作品个案的微观分析，全面概括和考察了基督教和佛教等中西宗教对中国古典文学、近现代文学的影响。李奭学和林熙强主编的 4 卷本《晚明天主教翻译文学笺注》，则是近年文学与宗教关系研究的力作。（2）其他跨学科论著，如张隆溪的《从比较文学到世界文学》和张汉良的《文学的边界：语言符号的考察》，两部论文集均收录了作者在各自领域所做的文学与语言学、符号学等不同学科整合的研究成果。（3）文学与神学、人类学研究，如叶舒宪的《金枝玉叶：比较神话学的中国视角》《千面女神》和《熊图腾：中国祖先神话探源》。作者运用了人类学、神话学、宗教学和心理学的知识，以跨学科和跨文化的视野，通过原型图像学方法精辟阐释了女神和熊图腾的象征意义。重要的跨学科论著还有杨慧林的《在文学与神学的边界》。此外，不少论文围绕文学与哲学、宗教、绘画、电影、生态、科技、法律等学科的跨界研究展开探讨，借此推动了比较文学方法论的探索和提升。

① 何云波. 比较文学: 越界与融通——兼评马焯荣先生的"泛比较文学论"[J]. 四川师范大学学报，2007（1）：95—100.

4. 跨文化研究

比较文学从组织机构、研究对象到研究方法都受到文化研究的深刻影响，两者在学科形态、研究宗旨和研究对象诸多层面有一种深层内在的契合。在20世纪最后十几年间，从比较文学走向跨文化已然成为国际学术发展的主流，这股浪潮也涌到了中国学界。1992年，北京大学比较文学研究所更名为比较文学与比较文化研究所。其实，在中国跨文化研究古已有之，近代更是成果迭出。新中国成立后，钱钟书和季羡林等前辈学者就自觉把中外文学关系研究纳入文化视域中予以探讨，只是他们没有冠之以“跨文化”而已。

20世纪90年代前后，跨文化的比较文学研究方兴未艾。直到21世纪，跨文化的学科理论基本围绕两大课题展开：一是国内外“文化转向”和“学科危机”的探讨与争鸣。在探讨中既有基本内涵、研究内容、历史演变、研究现状的梳理，也有关于文化研究和文学研究两者学科性问题的讨论以及如何化危为机、以阐发法和跨文化为特色构建中国学派的研究。二是关于文化与文学及其思想的关系问题。跨文化的非经典取向，使得世界文学的重新构图成为可能；引入“文化诗学”概念，以增加跨文化研究的审美张力。关于世界性和全球化大潮冲击下的文化和文学的民族性问题，在20世纪90年代只是作为问题提出，到了21世纪则演变为一个应对世界文化冲击的关键词，涉及文化的多元与异质、中西文化的冲突与迁移等探讨。学界认识到，将比较文学纳入文化研究范畴，注重在跨文化阐释中寻求具有世界性的文学共通性，在共通的文学规律中发现文学的特异性。离开跨文化视界，只做传统上孤立的文学文本研究，难以真正解释文学现象、把握文学规律。从传统的比较文学向比较文化转向，是学科发展的必然。

20世纪末，乐黛云在展望21世纪比较文学发展的总趋势时，将其概括为：异质文化文学之间的互补互证互识、在多种文化体系中的相互比照和阐释、更加深入文化内层的研究和跨学科研究四个倾向[①]，其中前三个都是紧扣文化研究展开的。回顾21世纪以来比较文学的发展，乐先生的“互识、互证、互补，和而不同、多元共生”的跨文化理念也一直引导着中国比较

① 乐黛云．文化相对主义与跨文化文学研究 [J]．文学评论，1997（4）：61—71.

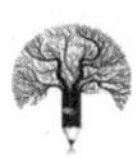

文学研究的大方向。在21世纪，跨文化研究一改90年代以理论分析为主、缺乏具体的文学文化批评实践的做法，在理论构建、文学批评和个案研究等方面都取得了长足进展，高水平学术论著和丛书不断问世，不少成果在前文已提及。此处仅略述乐黛云编著的部分书目：（1）《跨文化之桥》，收录近50篇文章，涵盖全球化与多元化、中西文论的比较和对中国当代文学的重新解读三方面内容，探讨文化转型与新人文精神、文化相对主义与比较文学、中西诗学对话中的话语体系等跨文化研究问题。（2）乐黛云和勒·比雄主编的专题研究文集《独角兽与龙——在寻找中西文化普遍性中的误读》。该文集收录了中外知名学者和作家从各自视角来看中外文化的论文，就文化的同一性和差异性之辩证关系、文化误读与文化对话、文化比较与比较文化研究等一系列重要议题发表了独特的见解。（3）“跨文化沟通个案研究丛书”(2005)，该丛书选取沟通古今中外文化并对中外学术、思想以及中国文化等领域有卓越贡献的13位中国学术名家为研究对象，由当今国内学界专门从事相关研究的优秀学者分别执笔，旨在推进多极制衡和文化的多元发展。此外影响较大的还有中国大百科全书出版社于2016年陆续推出的15册“跨文化研究”丛书，以及刘象愚的《从比较文学到比较文化》、周宪的《文化间的理论旅行：比较文学与跨文化研究论集》等。

尽管语言和文化差异容易使人产生隔阂和偏见，但文学从来都是穿越国别民族界限、消弭误解、通向人类命运共同体的桥梁。多年来，比较文学的跨文化学术群体在乐黛云、张隆溪、王宁和刘象愚等学者的引领下不懈探索，解决学科面临的民族文化复兴和多元文化共存的诸多复杂的新矛盾和新问题。

5. 译介学研究

在异质文化之间互补、互证、互识的过程中，翻译是非常重要的媒介，是比较文学研究不可或缺的重要组成部分。对中外文学影响、接受和传播形式的考察与分析往往始于译作，由此形成比较文学下的一个重要分支学科——译介学。

新中国成立后的翻译文学研究相对活跃，学界就文学“可译与不可译”问题展开讨论，集中探讨了诗歌等文体和文学风格的可译性。钱钟书以林纾的翻译为中心，阐述了翻译文学理论中的系列问题，提出“神似论”和“化境论”是当时最突出的成果，标志着中国翻译文学在理论上的独创。台湾地区陈祖文的《译诗的理论与实践》收录作者关于诗歌翻译理论的探讨和具体的诗译，同时译作后附有解读和赏析。改革开放后，翻译学研究，尤其是西方文论的译介急剧升温，形成一股强劲的欧风美雨，对此后的中国文学理论和文艺批评产生了深远的影响。与此同时，译介学在学科理论建设、翻译理论与实践研究方面也取得了丰硕成果。

首先是学科理论建设，主要涉及翻译史和译介个案的梳理分析和翻译学科理论构建。第一，在古今翻译史和译论的梳理方面，20世纪八九十年代的译介学研究以翻译理论及其历史的梳理和系统化归纳为主。例如，罗新璋的《翻译论文集》收集了从汉末到1980年的180余篇翻译论文，是当时研究中国译论最集中的资料。陈福康的《中国译学理论史稿》则进一步梳理了汉代到1980年中国译学理论的发展史以及重要理论家的译学理论。沈苏儒的《论信达雅——严复翻译理论研究》专项研究翻译文学理论史，剖析了近百年不同翻译家对“信达雅”的态度，考察了泰特勒的“翻译三原则”、奈达的“动态对等论”及纽马克“文本中心论”等外国翻译理论。进入21世纪，译介学涉及跨文化和跨国别领域。如钱剑锋的《严复的“雅”与二叶亭四迷的“言文一致”》，用跨文化比较文学方法对中日翻译理论进行平行研究。王向远的《日本文学汉译史》是国内外第一部日本文学汉译史著作，也是我国第一部国别文学翻译史，以翻译家及译本为中心，深入系统地评述各历史时期日本文学汉译的翻译观、译作风格的读者反应及其对中国文学的影响，书中涉及两千多个译本和数百名翻译家，资料详实、论述精辟。21世纪后出版的《中国翻译研究（1949—2009）》以及《改革开放以来中国翻译研究概论（1978—2018）》，由翻译学界深耕多年的权威学者许钧和穆雷主笔，这两部论著以全面详实的文献资料，深刻、具体地记录了新中国建立以来，到改革开放，再到当下中国从一个翻译大国发展成为一个让国际同行刮目相看的翻译强国的历史进程，以及翻译学科建设成果，是翻译学界的集大成论著。第二，学科理论建设成果主要有谢天振的《译介学》《翻译的理论建构与文化透视》等。在翻译学科理论构建方面做出有益尝试的研究成果包括谭载喜的《翻译学》、郑海凌的《文学翻译学》、谢天振的《译介学导论》等。许钧的《文学翻译批评研究》和

周仪、罗平的《翻译与批评》，则是对我国翻译文学批评理论建构的先行探索。王宁的《文化翻译与经典阐释》创造性地在中文语境下提出文化研究的翻译学转向，并将其拓展为跨东西方文化的翻译学转向，实现与国际文化翻译理论界直接进行高层次的对话与衔接。新近的丛书“中国当代翻译研究文库”集中展示中国当代翻译研究学者的代表性论著，丛书计划推出中文版后由各位作者改写成英文版在英语世界出版和发行，这一举措将切实有效地促进中国人文学术走出国门，跻身国际学界。2014年6月，王宁的专题研究文集《比较文学、世界文学与翻译研究》作为首推著作之一，由复旦大学出版社出版，该书以新颖的理论观点和丰富的案例分析见长，体现了鲜明的前沿性、跨学科性和全球本土性等学术特点。

其次是译介理论和实践研究，探讨的课题主要有：（1）翻译与译介学的区别。随着翻译理论和实践的全面深化，翻译学与译介学的关系问题引起了广泛关注。学界就各自的研究范围、主客体关系、研究方法与路径方面的区别展开探讨，指出翻译研究与比较文学关系密切，两者有诸多重合和共通之处，但翻译学不能取代译介学，因为译介学是以与翻译活动相关的文化活动为主要对象的比较研究，强调研究的“比较文学性”。谢天振在《翻译研究新视野》中指出，“比较文学学者对翻译所作的研究（在比较文学中我们称之为译介学研究）与相当一部分传统意义上的翻译研究并不一样，在某些方面甚至还存在着实质性的差异”。（2）翻译的文化转向和比较文学的翻译转向。当代比较文学发生的文化转向，使翻译研究与比较文学的关系愈发密切，比较文学领域出现一定程度的翻译转向，为当前国际比较文学，同时也为未来的中国比较文学研究开疆拓土。王宁有多篇论文谈及，通过分析本雅明和德里达的思想及其重大影响，论述了当代翻译研究中的文化转向，及其背后解构主义所起到的推进作用。王宁提出，基于中国视角以及跨中西文化对话的视角重新定义翻译，是对雅各布森定义的质疑和重构，翻译研究应该是一个独立的学科，同时与人文社会科学乃至自然科学各相关学科发生对话关系。其他学者则针对苏珊·巴斯奈特的比较文学学科死亡、被翻译取代的论述予以回应和质疑，围绕比较文学、翻译研究和译介学之间的关系，各自的学科属性、发展史以及与文化研究盘根错节的联系展开热烈的争鸣和探讨。（3）走出去与翻译。在“中国文学走出去”

成为文化界共识，且已上升为国家文化战略的时代背景下，学者尝试在理论层面探讨“走出去”与译介之间的关系。谢天振指出，“走出去”并不仅仅是将中国文学作品翻译成外文的翻译问题，而是把弱势文化向强势文化译介的一种文化行为，译入与译出这两个表面相似的翻译行为之间存在着重要区别，译介行为也面临时间差与语言差的问题。其他学者也以论著或论文的形式，从理论和译介个案方面入手，围绕译介传播、中国立场、翻译与文化的整合、提升译品质量等问题为中国文化走出去建言献策。就此论题，译介学研究还出现一个新动向，引入形象学和比较诗学跨文化学科视角，拓展了译介学研究的视野，提升了译介学的理论层次。同时，还涌现出一大批总结和介绍中国当代作家、作品译介及在海外传播现状的文章，关注到译者、作为推介者的政府、译介机构、经纪人等译介过程各个环节行为主体的种种行为和策略对译介效果的影响，以及对中国文学海外传播与被接受程度的决定作用，成为译介学研究的新热点。其中不乏鞭辟入里的论文论述，比如王宁剖析了文学奖项与翻译在文学作品经典化和世界化过程中的重要作用，指出世界文学背景下的翻译已上升至对文化互动和多元文化进行重新定位的高度。

随着近年来译介学的持续推进，相关的著述继续增加，视角和选题也更加开阔新颖，触及了不少新问题。在中外互译和译介个案方面的研究取得很大进展，尤其是对古代文学经典和中国现当代作家、作品译介及在海外传播现状的研究，以及对林纾、周氏兄弟、胡适、林语堂、梁实秋、傅雷等一批中国现代翻译家的研究都有了更深的认识和推进。近年来，中国出版的国内学者思考翻译理论的“中华翻译研究丛书”，详尽地评价近几十年来英美法苏翻译理论的“外国翻译理论研究丛书”，全面展示翻译家创作风采的“巴别塔文丛”等，都是中国译介学的标志性成果。总体而言，当下译介学对从古代到现当代的翻译史、翻译文论文献等做了相对完整、初具体系的梳理和构建，取得突出成果。研究范式不断变化和调整，研究深度的推进和广度的拓展，表现了中国学者对探索如何通过提升译介质量来促进中国文学“走出去”的民族文化自觉性。我国翻译历史源远流长，有着丰厚的理论和实践资源，如何进一步深挖古代译论精髓、衔接贯通现当代中外译论、实现古代译论的体系化，古为今用地构建中国特色翻译理

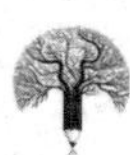

论话语体系，译介研究负重而致远。

6. 形象学研究、海外华文文学研究

形象学脱胎于影响研究，又注重跨文化视野，关注作家在作品中如何理解、描述和阐释作为他者的异国异族，探索其中的创造过程和规律，分析其背后的社会心理和深层文化观。中国比较文学形象学主要研究对象是国外文学中的中国形象和中国文学中的异国异族形象。20 世纪 90 年代，孟华等学者大量译介了形象学理论与方法等方面的研究成果，夯实形象学的基础性工作，在中国比较文学界产生了较大影响。在随后 30 年的发展中，国内形象学研究在理论和实践层面取得较大进展，成为比较文学领域的一个重要生长点。主要论著有：（1）《文化类同与文化利用——世界文化总体对话中的中国形象》和《关于“异”的研究》，是分别来自美国和德国的两位汉学家史景迁和顾彬的研究成果，为中国学界的异国形象研究提供了新视角和新方法。（2）乐黛云和张辉主编的《文化传递与文学形象》，主要收录外国学者的译文以及部分中国学者关于文学形象的研究成果，侧重文化研究与文学形象之间的关系研究。（3）孟华主编的《比较文学形象学》是一本关于形象学理论研究的论文集，涵盖了理论、方法论和具体实例的探讨和阐发。（4）周宁主编的八卷丛书“中国形象：西方的学说与传说”分专题探讨了 7 世纪以来西方文化里中国形象的生成和演变。（5）特定国家文学作品中的中国形象研究有：欧阳昱的《表现他者：澳大利亚小说中的中国人（1888-1988）》、卫景宜的《西方语境中的中国故事》、张弘的《跨越太平洋的雨虹：美国作家与中国文化》、宋伟杰的《中国・文学・美国：美国小说戏剧中的中国形象》、姜智芹的《文学想象与文化利用：英国文学中的中国形象》等专著。上述多姿多彩的硕果中，周宁的《跨文化研究：以中国形象为方法》是一部堪称理论建构和实例分析并重的力作。周宁采用跨文化视角，从形象学角度完成了跨文化形象学的理论建构与实践，把比较文学意义上的形象研究扩展到历史、哲学和社会学等领域的异国形象研究，详细分析西方中国形象的生成模式，深入探讨了中国形象元素进入世界体系的差异。

近几年形象学的研究趋向有两点值得注意：其一是研究内容的多元化，比如选取中外旅行文学游记、双语作家的译创作品为研究对象，抑或探讨作家如何更新和重建自己的文化身份，抑或分析其作品如何系统、客观、真实地向西方构建中国文化形象；其二是以文化转向为主导的跨学科文化形象研究，从翻译学和影视媒体学等学科视角探讨中国文学文化形象的话语建构过程及在西方的运作模式，批判西方的文化霸权和种族优越意识。在当代中国文化自觉的语境下，作为比较文学经典研究分支的形象学近年来焕发出强大的学术活力，尤其是在形象学理论方面，探讨的重点不再是传统的异国形象塑造，而是要求研究者回应时代的迫切需要，积极加入关于中国国家形象塑造与展示问题的前沿思考，从跨文化传播角度探讨西方现代性世界观念秩序里东方主义话语的研究策略。

海外华文文学的学科发展紧随20世纪80年代的改革开放进程。40年来，在特定的时代氛围和资源土壤中迅速成为有初步学科形态的一个领域。在饶芃子的推动下，中国学者通过与各地区、国家的华文作家和学者的对话、交流、互动，多个方面展开华文文学的探索和研究，成果丰硕，从而奠定了暨南大学作为海外华文文学研究重镇的地位。谢天振、陈思和、宋炳辉合编的“当代中国比较文学研究文库”，收录了饶芃子的论文集《比较文学与海外华文文学》。目前的发展方向是在文化、诗学和文本承传的层面具体深入解读其中的代表性和经典作品，从中外多元文化互动视角寻觅其存在和发展的轨迹，展示其蕴含着的独特文化内涵和文学命题，梳理出一个连贯的经典谱系，阐释其世界性和民族性相结合的特征和审美价值。

70年中国比较文学经过沉寂期的徘徊，沐浴着改革开放的春风，激情邂逅欧风美雨，融汇在新世纪的东西跨文化浪潮中，在当下多元国际学术舞台上谱写中国学术话语体系的创新篇章。回首过去，从最初个体分散的自发研究，到后来自觉的学科意识，到学术共同体的发展壮大，再到获得国家教育学术体制上的正式席位，走过了不平凡的70年。从学科启蒙到逐步建立起来的跨文化跨学科学术思想研究体系，几经波折。从在国内外学术讲坛上的“无语”和“失语”状态，到逐步争取中国比较文学的话语权，在国际学界发出中国好声音，是一个逐渐树立文化自信的过程。2019年，中国大陆首次举办国际比较文学学会大会，这是国际比较文学界对70年来中国比较文学研究辉煌成就的认可和首肯，是新时代中国比较文学走向世界、世界比较文学重心转移的一个重要标志。跨文化视界的变焦与“中国

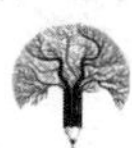

学派”建构的虚实，构成中国比较文学学科的张力和活力。但是，我们也应该清醒地看到比较文学学科发展所面临的瓶颈、短板和困难。虽然我们有着中国文化文学几千年积淀的厚重历史传统，但在空前繁荣的比较文学表象之下，却长期未能形成一套独树一帜的中国理论话语体系。在当下全球经济一体化、文化多元化与全球本土化之间错综复杂的张力所织就的巨网中，如何融汇西方理论话语与本民族优秀文化文学资源，构建一套既能融入国际学术主流，又能彰显中华民族特色，为国际学界广泛认可和接受的中国特色话语体系，彻底摆脱长期以来困扰学界的失语症和无语症，我们任重而道远。

二、比较文学中国学派的缘起与发展

回顾比较文学中国学派的发展历程，我们不难发现，比较文学中国学派这一名称并非由中国大陆学者首倡，而是由中国台湾学者酝酿并率先提出的，随后影响至大陆学术界，进而推动了中国比较文学事业的蓬勃发展。这其中的背景是什么，该事件又富含了怎样的意义，这些问题都值得深入探讨。

（一）缘起

20 世纪 70 年代初，中国台湾一批优秀的年轻学人漂洋过海，留学欧美，系统学习和接受了西方新的文学理论观念与方法。回台后，他们便渴望用新理论新方法进行中西文学比较，借以弥补中国传统研究方法的不足，更好地揭示中国文学的民族特征。1971 年 7 月，台湾淡江大学承办首届跨境比较文学会议。在此期间，朱立元、颜元叔、叶维廉、胡辉恒等学者就提出比较文学中国学派的一些想法进行了初步交流。1976 年，古添洪、陈慧桦（陈鹏翔）正式提出：“在晚近中西间的文学比较中，又显示出一种新的研究途径。我国文学，丰富含蓄；但对于研究文学的方法，却缺乏系统性，缺乏既能深探本源又能平实可辨的理论；故晚近受西方文学训练的中国学者，回头研究中国古典或近代文学时，即援用西方的理论与方法，以开发中国文学的宝藏。由于这援用西方的理论与方法，即涉及西方文学，而其援用亦往往加以调整，即对原理论与方法作一考验、作一修正，故此种文学亦可目之为比较文学。我们不妨大胆宣言说，这援用西方文学理论与方法并加以考验、调整以用之于中国文学的研究，是比较文学中的中国派。”[①] 这一观点表明，台湾学者是针对中国文学研究缺乏理论与方法的系统性、晚近中国学者常援引西方文学理论与方法来研究中国文学的实际情况，提出了建立中国自己的学派的想法。这无疑是中国学者主动借鉴西方、开辟学术研究新路径的豪迈誓言。正如后来有学者评论的那样：“这是‘比较文学中国学派’第一次在学术界亮相，也是第一次从定义和研究方法上对中国学派本质进行的系统论述”，“标志着中国比较文学在经历了漫长的发展道路之后，开始从研究实践走上理论自觉的必由之路，开始走上构建自己学科理论的新征程”[②]。

当时在台湾大学任教的美国学者李达三，也是积极传播西方比较文学理论、热心倡导比较文学中国学派的重要人物之一。其实，李达三的观点较之台湾学者的观点更为重要和全面，也更切中要害。1977年10月，他在《中外文学》第6卷第5期上发表的《比较文学中国学派》一文中指出，提出比较文学中国学派旨在“与比较文学中早已定于一尊的西方思想模式分庭抗礼。由于这些观念是源自对中国文学及比较文学有兴趣的学者，我们就将含有这些观念的学者统称为比较文学的‘中国学派’”。虽然李达三认为中国学派对法国学派和美国学派的不偏不倚是“一种变通之道”，特别是这一观点后来遭到中国学者的尖锐批评，但因其观点直截了当地触及了建立中国学派的根本目的，所以其预见性与合理性不能被忽视。第一，他提出建立中国学派是为了同比较文学中的西方思想模式分庭抗礼，打破国际比较文学界长期存在的欧洲中心主义的藩篱。第二，中国学派首先要从“民族性”认同出发，接着步入“更为广阔的文化自觉”，然后推进西方国家以外其他国家的文学运动，从而使更多的人明白西方文学只是世界文学中的重要部分之一。换言之，就是呼唤人们把东西方文学视为一个平等的整体，中国学派当“以自己的术语，按自己的条件，道出为人忽视的非西方诸文学之宝藏”。第三，中国学派应该“采取一种复合性的研究方法”，“毋须为哪一种研究方法的优劣争辩不休，因为任何一种方法自有其优点，同

① 古添洪，陈慧桦. 比较文学的垦拓在台湾 [M]. 台北：东大图书公司，1976：1—2.

② 孟昭毅. 比较文学通论 [M]. 天津：天津人民出版社，2000：98.

时需要其他方法的相辅相成，才能尽善尽美”。[①] 站在当下的立场重新审视李达三这位美国学者 40 多年前的观点，其破除欧洲中心主义的思想、民族性与文化自觉的提醒、对非西方文学的重视以及对多样化方法运用的倡导，都不能不让我们由衷钦佩他独到的眼光和视野。

此后，诸如朱维之、季羡林、杨周翰、贾植芳、黄宝生等学者都十分关注比较文学中国学派的建设，并积极为之鼓与呼。朱维之 1983 年在天津召开的比较文学会议上，提出中国学派应该兼有法国学派、美国学派的特点，但绝不是它们的补充。[②] 季羡林在为《中国比较文学》杂志所写的发刊词中，更是开门见山地指出：我们创建中国学派是想“把比较文学的研究从狭隘的西方中心的小圈子里解放出来”，并强调在同一个文化圈内进行比较，视野决不会开阔，只有把东方文学纳入比较的视野才能扩展眼界，研究成果才会更有深度和广度。他此后进一步把“以中国为主”和关注“东方文学”概括为中国学派的两个特点。[③] 黄宝生结合诸多学者的意见后也意识到，正在兴起的中国学派是以中国文学为本体，以东西方文学比较为主要特色的学派。[④] 贾植芳称其为“富有历史意义的创举”。[⑤] 显而易见，在大方向上，季羡林的观点与李达三的设想是一致的。在当时，正是由于中国学派所蕴含的自觉的理论意识，尤其是它所彰显的明确目标和发展方向，这一提法很快获得了大陆学者的积极呼应，遂使建立中国学派成为“比较文学在中国获得‘新生’以来学者们的一个共同心愿”[⑥]。因此，中国学者创建比较文学中国学派的初衷，从一开始就与学术的开放创新思想同步。立足中国看世界，以中国为主展开比较文学研究，成为中国学者打破西方中心论、呈现自我主体价值的基本原则，蕴含了中国学者对民族文化自觉和文化自

① 李达三．比较文学中国学派 [M]// 黄维樑，曹顺庆．中国比较文学学科理论的垦拓——台湾学者论文选．北京：北京大学出版社，1998：139—143.

② 孟昭毅．朱维之先生与比较文学 [J]．中国比较文学，2005（3）：70—77.

③ 季羡林．文化交流与比较文学——《中国比较文学年鉴》前言 [J]．国外文学，1986（3）：3.

④ 黄宝生．建立比较文学的中国学派：读《中国比较文学》创刊号 [J]．世界文学，1985（5）：260—264.

⑤ 参见中国比较文学杂志笔谈会．建立比较文学阵地　开展比较文学研究 [J]．中国比较文学，1984（创刊号）：4—31.

⑥ 黄宝生．建立比较文学的中国学派：读《中国比较文学》创刊号 [J]．世界文学，1985（5）：260—264.

信意识的执着追求。

（二）发展

依据比较文学中国学派自身的逻辑发展轨迹，我们大致可以把它划分为三个阶段。第一阶段（1979—1994 年）是学派的初创或奠基期。1984 年，中国大陆第一份比较文学专业期刊《中国比较文学》创刊，卢康华、孙景尧合著的国内第一部比较文学专著《比较文学导论》由黑龙江人民出版社出版发行，这"一刊一著"的面世为比较文学研究的复兴提供了重要的平台支撑，作出了专业引领性的突出贡献。1985 年成立的中国比较文学学会，成为领导和推动中国比较文学事业健康有序发展、主动展开对外学术交流的重要机构，中国比较文学学者从此有了属于自己的学术组织。在这一阶段，学者们主要围绕是否建立中国学派、如何建立及其基本内涵与意义等展开探讨。其中尽管有学者对建立中国学派持不同见解，但是赞成的声音仍然占据主流。中国比较文学复兴后出版的第一部学科史著作《比较文学及其在中国的兴起》[①]，就积极响应了建立中国学派的主张。总体而言，这一时期的讨论尚缺乏对中国学派理论与方法系统深入的学理阐释。不过，跨文化研究、重视差异等重要思路在这个时期已初露端倪。

第二阶段（1995—2004 年）为学派理论的自觉构建期。1995 年，曹顺庆发表长篇论文《比较文学中国学派基本理论特征及其方法论体系初探》，结合中国比较文学复兴十余年来的大量研究实践经验，汇总中外学者基本共识，首次系统阐述了比较文学中国学派的基本理论特征及其方法论体系。作者认为，中国学派以"跨文化研究"为基本理论特征，以跨文化的"阐发法"、中西互补的"异同比较法"、探求民族特色及文化根源的"模子寻根法"、促进中西沟通的"对话法"及旨在追求理论重构的"整合与建构法"等五种方法为支柱，构筑中国学派"跨文化研究"的理论大厦。[②] 此文在学界产生了广泛影响，刘介民、刘献彪、钱林森、古添洪等著名学者纷纷撰文予以高度评价，其中钱林森称赞该文"对比较文学中国学派的基本理论结构

① 参见刘献彪．比较文学及其在中国的兴起 [M]．南宁：广西人民出版社，1986.

② 曹顺庆．比较文学中国学派基本理论特征及其方法论体系初探 [J]．中国比较文学，1995（1）：18—40.

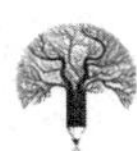

和特征作如此清晰的总体框架勾勒”，是“迄今为止这一话题表述得最为完整、系统、最为深刻的一次”。[①] 该文也激发了众多学者围绕“跨文化”与“阐发法”展开讨论，逐渐完成了以“跨文化”为特点的比较文学第三阶段学科理论构建，比较文学可比性的基础由原来第一阶段法国学派的“同源性”、第二阶段美国学派的“类同性”扩大到了中国学派提出的“差异性”。除此之外，著名翻译理论家谢天振从 20 世纪 80 年代后期就开始发表系列文章力倡译介学理论，并于 1999 年出版专著《译介学》[②]。译介学研究“把我们的目光引向翻译以外的因素，让我们看到决定翻译效果、决定翻译行为的成功与否，不光是靠译者个人的主观努力与追求，还要受到语言、读者、接受环境等诸多因素的制约”，进而从翻译层面“揭示了不同的文学、文化之间的交流、融合、抵制与碰撞”[③]。该研究无疑是对中国学派建设的积极呼应和有力支持。

第三阶段（2005 年至今）是学派理论继续推进并不断有所收获的时期。其间，曹顺庆提出的变异学理论，以变异性为可比性基础，明确跨国、跨语际、跨文化变异和文学的他国化等文学变异学的四个层面研究。他把“变异”提升到学科概念的高度，创立了“变异学”这一被法国学派和美国学派所忽视的新范畴[④]，将原来归在实证性影响研究中的“译介学”“形象学”划入变异学研究范畴，重新规范并拓展了比较文学的研究范式，是比较文学第三阶段学科理论体系的重要突破。与此同时，聂珍钊在借鉴西方伦理批评、继承中国道德批评传统的基础上，提出并系统阐发了文学伦理学批评方法，该方法目前已被广泛运用于外国文学和比较文学研究领域。该理论立足于解决世界文学中具有普遍意义的共性问题，以伦理选择论、文学伦理表达论、文学文本论、斯芬克斯因子论等属于自己的一套理论批评话语体系，来解读包括莎士比亚《哈姆雷特》在内的众多西方经典作家作品，对破除西方中心论迈出了富有建设性的一步。有学者指出，“这一理论不是西方的乃至外国的某些理论的照搬，也不是在某种外来理论上加上点中国元素，而

① 钱林森．比较文学中国学派与跨文化研究 [J]．中外文化与文论，1996（2）：139—142.

② 参见谢天振．译介学 [M]．上海：上海外语教育出版社，1999.

③ 谢天振．译介学：理念创新与学术前景 [J]．外语学刊，2019（4）：95—102.

④ 参见王向远．比较文学系谱学 [M] 北京：北京师范大学出版社，2009：237.

是一种基于中国立场的独特学术话语的构建”[①]。另外，对世界文学的再讨论也是当下比较文学界最为热门的学术话题之一，已成为比较文学新的发展方向。由于受西方中心主义思维模式的主导，世界文学曾被狭隘地视为西方文学的别名，最终造成比较文学疆域的日益狭窄。在全球化语境中重提世界文学，有助于比较文学走出危机和困境。美国比较文学学者丹穆若什（David Damrosch）说：“在过去十年间，世界文学的视野已有很大的拓展，其关注的焦点不再局限于原先的欧洲大国、大家的经典著作，也转向了其他国家的文学作品，这是当代比较文学研究领域中最显著的变化”[②]。这一变化正是“比较文学学科建立之初就已经存在的观念的再生”。[③]中国比较文学在拓展世界文学名著范围，尤其是在加强东方各国优秀文学作品的翻译和研究方面更当责无旁贷，这也是季羡林、杨周翰等前辈学者最初构建中国学派的题中应有之义。

值得注意的是，建立中国学派既然有明确、充分的理由，为何仍会产生分歧？国内学者质疑的主要理由是，学派多是由后人总结形成的，无须刻意追求，而且主观划定一个中国学派，有悖于比较文学开放的特征。所以在学派问题上不宜有太多的人为色彩，“学派这一概念隐含着将视域圈定在某个中心之内的危险”[④]。当初积极支持创建中国学派的严绍璗后来也改口称，匆忙树起中国学派的旗帜，容易堕入学派的空洞概念之中，不如把主要精力放在切切实实的研究方面。王向远更是直言不讳地批评：急于为中国比较文学“制订什么‘独特的理论和方法论体系’，这就不免带有相当大的虚拟性，其理论价值也大打折扣”[⑤]。与此同时，一些西方学者基于所谓“国际观点”也明确反对建立中国学派。美国学者韦斯坦因 1984 年

---

① 刘建军．文学伦理学批评：中国特色的学术话语构建 [J]．外国文学研究，2014（4）：14—18.

② 大卫·丹穆若什．后经典、超经典时代的世界文学 [M]// 苏源熙．全球化时代的比较文学，任一鸣，等译．北京：北京大学出版社，2015：54.

③ 大卫·达姆罗什．一个学科的再生：比较文学的全球起源 [M]// 陈永国，尹星．新方向：比较文学与世界文学读本．北京：北京大学出版社，2010：41.

④ 乐黛云，陈跃红，王宇根，等．比较文学原理新编 [M]．北京：北京大学出版社，1998：59—60.

⑤ 王向远．“阐发研究”及“中国学派”：文字虚构与理论泡沫 [J]．中国比较文学，2002（1）：33—42.

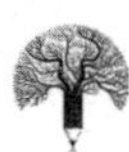

在中国讲学时说，法国学派与美国学派这种被人为切分的做法已经遭受批评，所以他对建立中国学派可能发展成为“中国中心主义”表示忧虑。[①]时任国际比较文学学会主席的荷兰学者佛克马，在1988年第12届国际比较文学学会年会暨学术讨论会的致辞中认为，建立中国学派是用“新形式的隔绝”来取代过去法国学派和美国学派的隔绝，影响了学术发展。对此，廖鸿钧反驳说，我们建立中国学派，不是倡导中国中心论，而是旨在认真探讨中外文学的相互关系，将不同历史时期各国的优秀文学遗产作为人类共有的精神财富加以比较研究，坚决反对把“学派”和“中心”混为一谈的逻辑错误。[②]智量认为，学派是学术研究中的客观存在，它的形成从来都有利于真理的揭示，只会使真理愈辩愈明。他指出“民族性”和“东方性”应该是中国学派的重要特色。[③]孙景尧在《为“中国学派”一辩》中更是强调，中国学派的提出，正是为了清除比较文学学科中的欧洲中心主义，以便更有力地显示学科本身的国际性与开放性特点。中国学派致力于东西方文学之间的比较研究，正是当今国际文学研究的崭新阶段，也是对长期限定在欧洲范围内的国际比较文学事业的一种“解放”“补充”“矫正”与“贡献”，中国学者为建立与发展中国学派而作的努力，“是只会具有民族特色而不会去追求‘民族主义的弊病’，更不会去构筑什么‘新形式的隔绝’”[④]。孟昭毅后来回应认为，创建中国学派是中国比较文学发展的大趋势，对它提出这样或那样问题的本身，就说明它“正在成为国际学术界一支不容忽视的新军”[⑤]。从这个意义上说，中国学派是当今世界比较文学研究中一面引人注目的旗帜，也是这个领域“最重要的事件之一”[⑥]。围绕是否建立比较文学中国学派这一分歧，我们可以清楚地看到，积极构建中国学派的学者们并不因反对声音而止步，特别是面对西方学术权威，不再

① 参见韩冀宁．维斯坦因教授谈比较文学中国学派 [J]．中国比较文学，1986（1）：380—381.

② 参见廖鸿钧．列宁的哲学思想与文艺思想对比较文学研究的指导意义 [J]．中国比较文学，1986（1）：131—138.

③ 智量．比较文学在中国 [J]．文艺理论研究，1988（1）：58—66.

④ 孙景尧．为“中国学派”一辩 [J]．文学评论，1991（3）：42—47.

⑤ 孟昭毅．中国当代比较文学三十年——寻找文学性原点 [J]．广东社会科学，2010（5）：144—150.

⑥ 杨乃乔．比较文学概论 [M]．北京：北京大学出版社，2002：198.

唯唯诺诺，也不再被西方观点左右。中国学者一方面敢于在第一时间站出来挑战西方学术权威，据理力争；另一方面他们坚守信念，潜心研究，不断努力以实绩说话，旗帜鲜明地展示了对平等话语权利的追求和对学术责任的主动担当，体现了民族文化意识的自觉和身份认同的国家情怀。当然，国内一些学者反对建立学派，并非给“呼吁创建‘中国学派’的中国学人泼冷水，而是从反面调换一种视角，给人某种启迪，使中国学者反复掂量深思”。①这也客观地体现了中国学者审慎的研究态度。他们的意见无疑能提醒学派创建者们不要头脑膨胀盲目乐观，在挑战面前，当冷静把握问题，明确任重而道远。

值得一提的是，在反对“欧洲中心主义”的问题上，有学者如孙景尧已经意识到应防止“一刀切”的非理性做法。他认为，“欧洲中心”是欧洲在发展进程中广泛吸收各国优秀文化遗产的结果，当属人类共有的文化财富。它和“作为各种显性或隐性帝国主义意识的欧洲中心主义”是有区别的。在这个问题上，我们不能隔断历史，脱离实际，应该多些辩证思考。乐黛云也认为，我们任何时候都不能以反对西方中心论为由去否定西方优秀文化，“只能在这个已有的、雄厚的基础上前进”，否则将“导致人类文化的全面倒退”。②对此，有学者评论道，只有正视“历史形成的欧洲中心与源远流长的中华文明同为中国学派跨文化研究的两极”，中国学派才能展开中西文明间真正平等的交流与对话。③这一重要的却又往往被遮蔽的问题被这些学者明白无误地指出，的确难能可贵，更需要我们谨慎对待和认真甄别。

三、建立中国学派的文化反思

比较文学发展的第三个阶段是在20世纪80年代后。1979年，钱钟书的《管锥编》首先鸣响了中国比较文学复兴与学科建立的礼炮。20世纪80年代后，在以北京大学比较文学研究所乐黛云为核心的学术群体的大力推

① 邓楠. 比较文学中国学派之我见 [J]. 中国比较文学，1997（3）：130—132.

② 乐黛云. 比较文学与比较文化十讲 [M]. 上海：复旦大学出版社，2004：9.

③ 参见纪建勋. 廓清横亘于中国学派发展道路上的障碍——再论孙景尧比较文学学科方法论思想 [J]. 中国比较文学，2014（3）：163—173.

动和组织下，中国比较文学走向了学术上的体制化和国际化，其标志是中国比较文学学会于1985年在深圳正式成立，并成为国际比较文学学会的分支机构，各省、市、自治区的比较文学学会也相继成立，大陆和香港、台湾的比较文学研究逐渐合流，国际交流日渐频繁，学术氛围渐趋浓厚，一大批有分量的研究成果纷纷问世。

同时，一些学者提出了关于建立比较文学中国学派的理论主张，强调比较文学学科的中国特色。比如季羡林先生在1981年就提出："以我们东方文学基础之雄厚，历史之悠久，我们中国文学在其中更占有独特的地位，只要我们肯努力学习，认真钻研，比较文学中国学派必须能建立起来。"①在之后的《比较文学导论》一书中，卢康华和孙景尧两位先生在讨论中国学派的建设问题时，也提到"以我国优秀传统与民族特色为立足点和出发点"②，即以民族文化的特质作为中国学派理论建构的一个重要基础。尤其是从20世纪90年代开始，以曹顺庆先生为代表的一些比较文学研究者，更为关注中西文化的异质性带给比较文学中国学派理论建设的启发。可以说，中国学派跨异质文化的比较文学研究成了继法国学派和美国学派之后的比较文学学科理论发展的第三个阶段。中国学者举起了"跨文化"和"异质性"这两杆大旗。以世界性的胸怀来从事不同国家、不同文明和不同学科之间的跨越式文学比较研究。其目的在于以世界性眼光来总结文学规律和文学特性，加强世界文学的相互了解与整合，推动世界文学的发展。防止全球文化和文学研究的一语独白，防止帝国主义的文化侵略和以全球化为名的西方中心主义。

实际上，直到15世纪欧洲文明的"救亡图存"时代到来之前，欧洲人在固步自封、骄傲自大方面，一点也不比我们的明王朝或清王朝逊色。欧美历史学家们已经发现：当时欧洲人对科学和技术的兴趣，低于亚洲的远邻。当时欧洲人以为，世界上的一切真理，早已被亚里士多德这样的古圣先贤们发现或已经被上帝通过《圣经》昭示，留给后人的至多剩下一些整理完善的工作而已。所谓文艺复兴，以及更晚得多的启蒙运动，并非欧美文明内部自发生长起来的瑰宝，而是他们在阿拉伯文明挑战面前的应激反

① 季羡林：比较文学与民间文学[M]. 北京：北京大学出版社，1991：152.

② 卢康华，孙景尧. 比较文学导论[M]. 哈尔滨：黑龙江人民出版社，1984：332.

应。最应当记住的是：文艺复兴依据的绝大多数典籍，是从当时的阿拉伯语典籍中转译过来的。对于欧洲文明来说，这些典籍当时其实是“洋学”。也就是说每一种文化在与强势的外来文化相遇的时候，都会首先被其深深地吸引，然后就是孜孜不倦地吸收。华夏文明在面临生死时刻，激发出来的求变图存的欲望，并不弱于欧洲文明。在近代，我们这个民族为了救亡，已经几乎彻底否定了自己的历史、文化、宗教和典章。

一种文明要不断反思和完善自己，能将现代性的追求与民族主义的诉求对立起来。文化的进化要反对“全盘西化论”和“民族主义”的“文明血统论”。回顾华夏文明或欧美文明走过的道路，不同文明之间的差异远小于它们自身在历史跨度上的差异。例如，14 世纪的欧美文明在妄自尊大和自我封闭上，和 18 世纪的华夏文明也许更为相似，而和 20 世纪的欧美文明相去甚远。因此，文明的成长和个人的成长一样，具有非常强大的开放性与可塑性，文明和文明之间在天然禀赋上的差别是有限的。

文明之间的竞争，不是历史上传承下来的“禀赋”之间的竞争，而是文明继承者之间因时随地的竞争。在某一个历史时刻，某个文明的继承者们，如果凑巧能够做出适应时代的抉择，就可能博得竞争优势。15 世纪的欧洲人就是这样，在文明存亡关头做出了正确抉择。他们选择了开辟远洋航道，发现了地球上最后一块具有重要战略地位的大陆。这个小小的、具有很大偶然性的一步飞跃，使得直到今天的此后几百年中，欧美文明在文明竞争中都拥有了难以逾越的地理优势。

在改革开放的初期，从形而上学层面的人文学说而言，我们对待西方文化的态度也是以“拿来主义”为价值取向，就是以西方学说为指导，来改造东方传统思想学术，或把东方和中国的学术思想削足适履地套入西方学术思想的框架。以至观念层面的概念、范畴的释义，以西方的内涵为内涵，西方的是非标准为是非标准，西方的真理为真理，而不得违反。这与中国历史上其他时期面对先进的外来文化最初所采取的手段是一样的。长此以往，使东方文化的自立、自主、自尊、自信的主体性受到挫伤和丧失，民族的独立性意识、自尊心受到损害和削弱。这些又与殖民文化的渗透和殖民文化心理的滋长相表里。于是近现代的东方和中国的学术思想，在很大程度上是在西方学术思想的后面爬行的。以引进、接纳、消化西方学术思

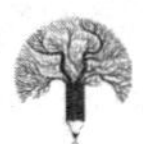

想为任务，以西方的思潮为思潮。如实用主义思潮、新实在论思潮、尼采热、弗洛伊德热、萨特热、分析哲学热等等，无一不紧跟西方，唯恐跟之不及。这样东方和中国失去了对人类共同面临的问题的关注及相应的回应，在人类所面临的前沿问题上，听不到东方和中国文化应有的声音、主张和设想。东方文化几乎放弃了，或者说不自觉地退出了人类和世界的舞台，西方文化占据了人类和世界的殿堂。这就助长了西方文化傲视世界的气势，处处居世界浪尖。

人们都希望世界是文化上可以沟通的统一体，因此，各种文明都经历了自发传播与主动殖民的过程，都力图散布到它的极限，基督教如此，伊斯兰教如此，佛教如此，中华文化和西方文明也不例外——而这个极限受到政治的经济的等多方面的制约，尤其是对方的文化的反抗和自我保护的制约。人类社会的演化，实质上是文化的进化；文化的进化，取决于文化的选择。文化发展的总趋势是趋向大同，但是每个民族的文化在趋同的过程中会本能地反抗。其中比较强的文化占据了优势，很快成为其他民族文化趋向的目标。也就是说真正同一的世界文化是不可能实现的，同一的世界文化是无法实现自我更新的，只有在世界文化内部存在相互竞争的力量，世界文化本身才能不断自我更新，旧时期的文化总被新时期的文化所替代。对于国家和民族来说，只有选择了比较先进的文化，并不断将其与本土文化结合才能获得文化的进化和更新。而比较文学中国学派的提出也源于这一初衷。我们在充分习得了世界比较文学成果的同时，也不愿意继续在西方后面亦步亦趋，而想在这一学科领域创立自己的学派。

第三章　中国学派比较诗学研究

比较文学曾经被赋予了这样一个重要的职责——“跨文化研究，特别是跨文化研究中的文学研究，即比较文学作为不同文化之间互相沟通和理解的重要桥梁”[①]。中西比较诗学正是伴随着比较文学的产生而产生的，并在现代中国不断发展，进而逐渐成为人们十分关注的研究领域。处在不同文化背景下的中国文论和西方文论，两者之间的比较研究正是为了在不同文化之间探寻中西文学理论存在的共通性和差异性。随着中西各个方面的交流不断深化，中西比较诗学也开始不断得到学者们的关注，对此进行研究的学者也络绎不绝。20世纪下半叶，伴随着改革开放的不断深入，中国开始陆续出现学习西方理论的热潮，不少诗学批评家开始着手进行中西比较的研究并期望可以做到融贯中西。

本章主要介绍朱光潜、刘若愚、叶嘉莹比较诗学理论。

一、中国学派比较诗学研究理论

在西方，文学的要素包含作家、作品、读者和世界，认为文学是对客观世界的模仿。现实主义把文学看作是大街上移动的一面镜子，文学完全真实地反映客观世界，不夹带作者的个人情感，作家的创作客观地反映现实世界，作家是现实的记录员；浪漫主义认为，文学反映灵魂和内在世界；现代主义认为，文学应该揭露扭曲的心灵和存在的荒诞；后现代主义则认为，文学是生活的平面化的摄影。这些理论，把文学作为一种关照客观世界的手段，认为文学的任务就是向人们展示这些。作为理论性的诗学自然不免受到西方文学观念的影响，诗人是受到个性压制的人，诗人作诗是因

① 曹顺庆. 中西比较诗学 [M] 成都：巴蜀书社，2008：1.

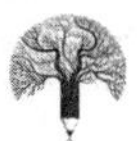

为需要释放被挤压的欲望，而诗就是一种寻求灵魂净化的手段，诗的语言是传达信息，文学就是由语言构成的传播形式，也是集表现存贮为一体的符号系统，而这种符号系统中的语言结构，只有与其他文本相互映照才能实现意义的生成。

在中国，文学是人与世界的沟通与结合，而诗是天人之合，外部世界经过作者的内化，转化为主客体统一的事物，诗也是诗人内心情感的流露，是诗人情志的抒发，所谓“情动于中而形于言”则为诗，说的就是这个道理。诗歌能否引发读者的广泛联想或引起共鸣，是诗歌的标志，关于诗歌语言，中国自古就有“诗赋欲丽”“诗缘情而绮靡”之说，诗歌是作者因情而发的，这种感情不受外界礼义约束，是自然界的真感情。

比较诗学作为中西文论对话的中介，自然而然充当起架构中西两种异质空间的媒介，不论是跨国界还是跨语言跨学科的研究，中西两种不同的思维方式都有明确的特点，因为无论是中国还是西方，对文学问题的探讨始终围绕作家、读者、世界和作品四个方面，如：“‘言、意’——语言和意义；‘载道与缘情’——社会与自我；‘物、我’——主体与客体；‘形、神’——形式与内容；‘虚、实’——真实与虚构；‘正、变’——继承与发展等等都可以作为中西诗学对话的中介。”[①] 处于这种中介位置的比较诗学，既连接了中西的地理空间，也对建立在中西文化传统上的诗学理论进行比较研究，然而只是进行理论上的比较并非比较诗学的价值所在，中西比较诗学通过中西文学理论的相互比照，把握人类心理和文学活动的共通性，使得中西诗学两大体系可以汇通，就如王国维所说：“中西二学，盛则俱盛，衰则俱衰，风气既开，互相推助。”[②] 同时，对话本身就并非封闭式的自言自语，也不是同时代的平行比照，这种跨越空间的文学研究在很多学者纵跨千年的对话那里取得很好的验证，比如 20 世纪初，美国的惠特曼自由体诗风靡中国，为当时中国的浪漫派诗人送去了养料，滋养了郭沫若等一代人，可以说比较诗学是一个全面开放的对话形式，不受时间和疆界的限制，它是时代转型的产物，也包含很多层内容，同时也是多元化的，需要我们站在不同的高度思考它。

① 乐黛云. 文化转型时期与中西诗学对话 [J]. 传统文化与现代化，1993（3）：3.

② 王国维. 观堂别集 [M]. 上海：上海古籍书店，1983：9.

（一）关于比较诗学

关于比较诗学，学界早已给中国的比较诗学划定了范围：“诗学，指文学理论，比较诗学就是对不同国家的文学理论进行比较。”①

“比较诗学是指在跨文化、跨国度的文学理论之间寻求共同的文学规律、共同的美学据点的可能性，以及用外国的文学理论来阐释本国的文学现象，研究和总结本国的文学思想、技巧和理论的学问。”②

从此意义上来看，我们现在所研究的诗学的确如此。然而诗学本身最初的涵义却是中西有别，这种差异的产生来自各个方面。总的来说，可以归纳为外部的和内部的，而从外在看来，就是人与自然之间的关系，这种关系首先需要我们考虑外部的自然环境。众所周知，中国自古以来就是农业大国，而中国的地理环境多以陆地为主，耕种是中国古人主要的生产和生活方式，这就表明，在中国，人不能离开属于自己的那块领地，否则将无法生存，而且中国人本身就非常相信自然的力量，强调人与自然的和睦和谐，期望借助自然的力量达到永恒；但西方国家的地理环境多是海岸线较长的地带，近海的地区，陆地自然不仅仅是人能够生存的空间之一，向往更优质生活的人们开始扩大自己的活动范围，由此产生了越来越强烈的冒险精神，不断地向外扩张，探索本土之外的世界，相对于陆地面积较少的国家，经商和贸易也是维持生活的手段，如此冒险和激进的生活方式，使西方人相信自然是可知的，是可以驾驭和超越的。因地理环境的不同造就了中西方人内部思维方式的差异就异常明显：以农业为主的中国，缺少思辨和分析，看重整体大局，凡事不拘小节，强调为人处世的中庸之道，更注重和谐和统一；以贸易为主的西方，缺少大局观，过分看重细枝末节和理性思辨，强调推理，注重概念的明晰，缺少语言的美感和精神境界的领悟，过分清晰的描述使人乏味，甚至容易钻牛角尖。

介于上述的中西方差异的阐述，可以更好地分析诗学产生的背景：我们都知道，最早引用“诗学”这一说法的不是中国人，这一词最早出现在古希腊亚里士多德的《诗学》中，这是第一次系统研究文学理论的尝试，

---

① 乐黛云，叶朗，倪培耕．世界诗学大辞典 [M]．沈阳：春风文艺出版社，1993：27.

② 刘介民．比较文学方法论 [M]．天津：天津人民出版社，1993：339.

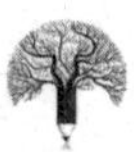

罗马时期的贺拉斯的《诗艺》比前者影响更大，这样，诗学才着重于讨论诗歌和修辞，也是在文艺复兴之后，《诗学》才成为现世的经典之作，18世纪，德国的“文学科学”学派将诗学引入文学理论，直到俄国的形式主义和后来的现代形式文论，诗学才成为文学理论的一般术语被确定下来。俄国形式主义代言人雅各布森在其1956年发表的《结束语：语言学与诗学》著作中指出：由于诗学的主要对象是语言艺术与其他艺术，及语言艺术与其他语言行为之间的特异性质，诗学在文学研究中当之无愧地占据主导地位。二战之后产生了很多文学派别，如英美新批评、原型批评、文学阐释学、结构主义、结构主义和西方马克思主义、女性主义等思潮都给诗学的发展留下印记，共同构成西方诗学的重要成分。不过中国虽然没有专门的诗学词汇或者与此对应的概念，但并不意味着中国没有诗学，在早于亚里士多德100多年前，孔子已经提出了诗的四种功能“兴”“观”“群”“怨”，老庄也以“虚静”“自然”“心斋”“坐忘”“得意而忘言”等语言来说明古人超脱功利探索绝对自由与自然合一的审美追求。庄子的空寂出世教义与冲淡无为的精神相结合，体现了中国诗学的总体精神风貌，到了魏晋时期，出现了“意象”“风骨”“神思”“隐秀”和“声无哀乐”“传神写照”“迁想妙得”“气韵生动”等，关于文学创作的新命题，同时，刘勰的《文心雕龙》熔儒、释、道三家为一炉，博古通今，成为我国第一部系统的文学理论巨著。鲁迅曾如此评价魏晋南北朝时期的文学自觉：“东则有刘彦和之《文心》，西则有亚里士多德之《诗学》，解析神质，包举洪纤，开源发流，为世楷式。”[①]充分肯定了这部作品在文学理论界的地位，唐代司空图的《二十四诗品》及宋代严羽的《沧浪诗话》都属于诗学研究的范围，这些作品进一步奠定了中国诗学的研究体系，中国诗论的主要形式是以诗论诗，用诗的语言来解读理论，通过典故和文本注释来加以证明。清代的王夫之和叶燮又对此进行深化，又有大量小说和戏剧理论的出现，中国诗学才渐渐开始成熟。

（二）中西比较诗学的方法论

可以说，中西比较诗学的建立标志就是曹顺庆《中西比较诗学》的出版，一门学科的建立到完善的标志，就是有一套自己的方法论体系，将一

① 鲁迅. 鲁迅全集（第八卷）[M]：北京：人民文学出版社，1981：332.

种研究方法上升至哲学的高度，因为方法论在学科中起到指导作用，方法论的选择也是关系到一门学科发展方向的重要问题，而对于中西比较诗学，学者们对其开始理论探究始于20世纪70年代的台湾，往后的几十年里，不断有学者进行补充纠正和完善，但主要的方法论有以下几种：

1. “双向阐发法”

这种方法主要指两种或多种民族文学之间的相互阐发，它来源于“阐发法”，最早由台湾学者古添洪提出，因为在比较诗学发展初期，中国的比较诗学研究始终是在用西方的诗学标准来看待中国文学作品，导致中国文学作品的艺术价值被低估，同时也伤害了中国学者的自信心，这种西方中心主义的做法也使得比较诗学研究陷入瓶颈期，无法正视其他民族的优秀作品。后来，陈惇、刘象愚合著的《比较文学概论》首次明确指出“双向阐发”的概念。他们认为不能仅用西方的理论来阐述中国文学，或者只用中国的模式去解释西方的文学，需要多民族文学之间的互相阐发、发明。

2. 范畴的比较研究

对于范畴的比较研究，除了曹顺庆的《中西比较诗学》之外，还有童庆炳及其老师黄药眠主编的《中西比较诗学体系》，通过对诗学范畴的选取，整合西方文论中与中国文论有共通之处的概念进行比照，找到共同规律，达到求同存异的效果，其中的范畴多数来自刘勰的《文心雕龙》。随着比较的深入研究，学者们希望借助研究成果，建构自己的话语权，摆脱西方中心主义，向世界展现中国文学的瑰宝。可以说，范畴的研究是建立在公平公正的基础上展开的，所选内容都是有文章可考，并且又为学者们熟知的概念。

3. 文化模子寻根法

这种方法需要学者用客观历史的眼光看待问题，对于每种研究，希望可以找到深藏于概念之后的历史文化传统，从根源上探讨中西文化差异的原因，使中西比较诗学在进行文化探源工作的时候，可以挖掘各个民族和国家的历史传统，从而找到某种共同之处，找到可比性。最有代表性的就是张隆溪的《道与逻各斯》，从哲学的角度寻根，找出理论的来源。

除了以上三种方法之外，还有异同比较法、对话研究法和整合与建构研究法。曹顺庆教授认为这几种方法同时并存，但又存在着严密的内在逻

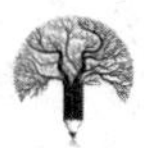

辑演进关系。阐发研究是一种“开辟道路”式的研究，中西文学的双向阐发使中国文学真正介入国际性文学交流与对话，成为寻求中西融会通道的最佳突破口。异同比较法则是“正面交锋”式的研究，是中西文学、理论的直接的比较和对照，是突破了“西方中心”的以我为主的主动出击。寻根法与对话研究是跨文化研究在方法论上的具体化。文化模子寻根法是避免浅度比附、将研究引向深入的有效方法。对话研究重在沟通，关涉话语规则与平等意识等方面问题。整合与建构研究则是前面各种研究的进一步深入，最终导向世界文学观念的重新建构。如此系统、完整、深入的研究确实具有开创性意义。

二、中国学派比较诗学研究经典案例解析

（一）朱光潜的《诗论》

朱光潜的《诗论》对创建中国比较文学学派有着重要的贡献。《诗论》中，朱光潜不仅以平行研究的方法，积极开展中西文学的比较，更是较早地运用西方理论阐释、分析中国文学作品，使中国文学作品获得别开生面的意义，揭示了“阐发研究”不同凡响的理论价值。同时，他在中西诗学、美学双向阐发方面卓有成效的努力，有力纠正了早期阐发研究单向阐发的偏颇，向西方学者彰显了中国古代诗学、美学在阐释西方文学作品中不可替代的作用，同时也促进了中国古代诗学、美学走向世界。

第一，朱光潜先生在《诗论》中运用平行研究的方法，论述中西诗在情趣上的相同与不同，给人极大的启迪，打破了此前比较文学囿于西方地域内的局限，还让西方学者开始了解中国文学，让中国文学走向了世界。须知，拓展了比较文学的研究范围，正是一个新学派得以成立的依据之一。

他指出：“西方诗和中国诗的情趣都集中于几种普泛的题材，其中最重要者有（一）人伦（二）自然（三）宗教和哲学几种。”[①] 这是相似点，也是不同点。诗的情趣集中于这三种题材，这是相同的，但诗的情趣在每一种题材内表现的内涵及偏向程度既有相同又有不同。拿诗表现人伦来说，朱光潜认为“朋友的交情和君臣的恩谊在西方诗中不甚重要，而在中国诗

① 朱光潜．诗论 [M]．北京：北京出版社，2011：85.

中则几与爱情占同等位置”①。中国叙人伦的诗大半是君臣、朋友间赠答酬唱的作品。而恋爱诗远不如西方诗的重要。中国有的诗表面看是爱情诗，实则却是表达理想的政治诗。如屈原的《离骚》，诗中倾诉着对美人的思念与爱慕，其实是作者忠君爱国思想的宣泄。即便是爱情诗，西方的爱情诗表现的是热烈奔放，而中国的爱情诗则是委婉含蓄。造成这样的原因，朱光潜从中西文化的根源上分析，十分到位。他指出：“第一，西方社会表面上虽以国家为基础，骨子里却侧重个人主义。”②“中国社会表面上虽以家庭为基础，骨子里却侧重兼善主义。”“第二，西方……女子地位较高，教育也比较完善，在学问和情趣上往往可以与男子忻合。”“中国受儒家思想的影响，女子地位较低。夫妇恩爱常起于伦理观念，在实际上志同道合的乐趣颇不易得。”③第三，“西方人重视恋爱……中国人重视婚姻而轻视恋爱。……潦倒无聊，悲观厌世的人才肯公然寄情于声色”④。虽然朱光潜没有从经济形态上分析社会风气、民族性格带给中西伦理诗的不同，但这种从诗作的差异深究民族文化传统的根源，或者说从民族文化传统的不同揭示诗作差异的深层次原因，正是平行研究的命脉所在。它剔除了为比较而比较这一比较文学研究的诟病，直抵比较文学研究的目的，在当时确为不易。同样，诗歌情趣在对自然的描写上，中西诗歌也存在着极大的差异。朱光潜分析道，中西方歌颂自然的诗都产生较迟，但相较而言，中国的自然诗起于晋宋之交，远比西方产生浪漫主义运动的自然诗要早一千三百年的光景。而且就中西方自然诗的总体风格来说，“一个以委婉、微妙简隽胜，一个以直率、深刻铺陈胜”⑤“西方诗人所爱好的自然是大海，是狂风暴雨，是峭崖荒谷，是日景；中国诗人所爱好的自然是明溪疏柳，是微风细雨，是湖光山色，是月景”⑥。这样的比较大体正确，西方主要是商业性的社会经济形态，海上贸易是其主要的经济活动，天人对立思想较为严重；

---

① 朱光潜. 诗论 [M]. 北京：北京出版社，2011：85—86.

② 朱光潜. 诗论 [M]. 北京：北京出版社，2011：86.

③ 朱光潜. 诗论 [M]. 北京：北京出版社，2011：86.

④ 朱光潜. 诗论 [M]. 北京：北京出版社，2011：87.

⑤ 朱光潜. 诗论 [M]. 北京：北京出版社，2011：89.

⑥ 朱光潜. 诗论 [M]. 北京：北京出版社，2011：89.

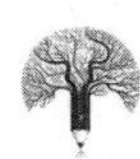

中国古代是农业性的社会经济形态，先民们大都恪守“天地自然，孕成万物”的理念，“日出而作，日入而息”，小桥流水、月光疏影，造成中国先民对自然有一种亲切感、依附感，很早就产生“天人合一”的思想。由此形成中西方自然诗在题材和手法上的不同也就不奇怪了，朱光潜的分析无疑正确。但朱光潜对中西诗歌情趣深浅的结论却不能令人信服。他认为中国诗总体而言较为肤浅与不深刻，这是因为中国古人哲学思想的平易和宗教情操的淡薄。中国诗是否肤浅与不深刻，原因是否仅是哲学思想的平易和宗教情操的淡薄？朱光潜显然受黑格尔认为中国人缺少思辨性的影响，这大可商榷。但有一点是不容置疑的，即如朱光潜所说：中国人“处处都脚踏实地走，偏重实际而不务玄想，所以就哲学说，伦理的信条最发达，而有系统的玄学则寂然无闻”[①]“中国民族性是最‘实用的’，最‘人道的’。它的长处在此，它的短处也在此”。[②]这确实是不争的事实，但由此就判定中国诗为肤浅，我们却难以苟同。屈原、李贺、李商隐的诗就颇耐人寻味，而且中国古代哲人老子、墨子等也不缺思辨能力。不过朱光潜先生始终将中西文学的比较深入到中西文化传统的深层次中剖析原因，是值得称道的。

第二，朱光潜先生较早地运用西方科学的理论评析中国诗歌手法的意义，体现了“阐发研究”的实绩。

朱光潜先生早年留学欧洲，曾一度醉心于西方心理学。他先后在 20 世纪 30 年代出版过《变态心理学派别》《文艺心理学》《变态心理学》等书，同时用英文写出《悲剧心理学》博士论文，获得法国斯特拉斯堡大学的博士学位，该书也于 1933 年由该大学出版社出版。以后他又痴迷于美学，尤其对黑格尔、克罗齐、维科的美学情有独钟，有着很高的学术建树。这就使得朱光潜先生能较早地运用西方美学理论尤其是心理学理论分析中国诗歌的创作手法与价值。朱光潜对西方的“移情说”研究颇深，他常用西方的移情理论分析作品。他认为作者在创作中，只有将内在的情趣和外来的意象相互融合，才能创作出不朽之作。朱光潜说：“物我两忘的结果是物我同一。观赏者在兴高采烈之际，无暇区别物我，于是我的生命和物的生命往复交流，在无意之中，我以我的性格灌输到物，同时也把物的姿态吸

① 朱光潜．诗论 [M]．北京：北京出版社，2011：92.

② 朱光潜．诗论 [M]．北京：北京出版社，2011：92.

收于我。比如观赏一棵古松，玩味到聚精会神的时候，我们常不知不觉地把自己心中的清风亮节的气概移注到松，同时又把松的苍劲的姿态吸收于我，于是古松俨然变成一个人，人也俨然变成一棵古松。总而言之，在美感经验中，我和物的界限完全消灭，我没入大自然，大自然也没入我，我和大自然打成一气，在一块生展，在一块震颤。"[①] 这种物我同一的现象即是德国美学家所说的"移情作用"。

"移情作用"就是主体在观照外物时，把自己的情感也移到外物身上去，仿佛觉得外物也有同样的情感。但移情作用不只是一种情感的外射，外射作用由我及物，是单方面的；移情作用由我及物，也由物及我，是两方面的。在外射作用中，物我不必同一；在移情作用中，物我必须同一。所以，朱光潜说："移情作用不单是由我及物的，同时也是由物及我的；它不仅把我的性格和情感移注于物，同时也把物的姿态吸收于我。所谓美感经验，其实不过是在聚精会神之中，我的情趣和物的情趣往复回流而已。"[②] 这样产生的作品才是有意境的作品，才具有感染人的魅力。他举例说，陶潜的"悠然见南山"、李白的"相看两不厌，惟有敬亭山"、辛弃疾的"我见青山多妩媚，青山见我应如是"、姜夔的"数峰清苦，商略黄昏雨"，之所以成为千古绝唱，流芳百世，都是作者面对物象，产生了移情作用。朱光潜说："每人所见到的世界都是他自己所创造的。"[③] 陶潜、李白、辛弃疾、姜夔所见到的都是山，"在实际上却因所贯注的情趣不同，各是一种境界"[④]，所以，"物的意蕴深浅与人的性分情趣深浅成正比例，深入所见于物者亦深，浅入所见于物者亦浅。诗人与常人的分别就在于此"[⑤]。这正是创作好诗的诀窍所在。好诗应是诗人的独特发现，应包蕴诗人的真挚情感。朱光潜的剖析在当时的确振聋发聩，令人耳目一新。

朱光潜还用移情作用分析中国古代诗歌的欣赏。他举姜夔的"数峰清苦，商略黄昏雨"为例，说明"欣赏与创造并无分别"。诗人写这句诗，

① 朱光潜．文艺心理学 [M]// 朱光潜全集（第一卷）．合肥：安徽教育出版社，1987：214.

② 朱光潜．谈美 [M]．北京：开明出版社，2018：23.

③ 朱光潜．诗论 [M]．北京：北京出版社，2011：62.

④ 朱光潜．诗论 [M]．北京：北京出版社，2011：62.

⑤ 朱光潜．诗论 [M]．北京：北京出版社，2011：62.

先就在观赏自然中见到这种境界，感到这种情趣，然后用这九个字把它传达出来，读者在读这句诗时，同样要用心灵综合作用，领略出姜夔原来所见到的境界，每个人所能领略到这诗的境界，完全取决于读者各人“性格、情趣和经验的返照”，“各人在对象中取得多少，就看他在自我中能够付与多少，无所付与便不能有所取得”[①]。也就是说，欣赏作品也需有移情过程。创作时，作者与所咏对象进行情感交流，达到物我同一；读者欣赏作品时，也只有与作品心心相印，默契无间，产生情感交流，才能进入欣赏极致。朱光潜还指出，中国不少古诗有令读者常读常新的感觉，或者能百代流传、脍炙人口，就在于作品留下给读者再创造的空间，欣赏一首诗就是再造一首诗。“每次再造时，都要凭当时当境的整个的情趣和经验做基础，所以每时每境所再造的都必定是一首新鲜的诗。”[②]“真正的诗的境界是无限的，永远新鲜的。”[③]朱光潜也就用西方心理学的理论解释了中国古代优秀诗作百读不厌、历久弥新的原因。这里，还应引起我们关注的是，朱光潜的“欣赏也是在创造”的结论，实际上启发了后人开启接受美学的思想。

此外，《诗论》中，朱光潜先生还用西方的“游戏说”解释中国古代民歌的不朽价值，同样取得了令人瞩目的成就。朱光潜在《诗论》中说：“艺术和游戏都像斯宾塞所说的，有几分是余力的流露，是富裕生命的表现。”[④]其实，文学艺术起源于游戏，是西方较为普遍的观点之一。康德、弗洛伊德都曾谈论过文学艺术与游戏的关系。康德在《实用观点的人类学》一书中提到心灵游戏的观点，曹俊峰在《康德美学引论》中指出：“康德论述心灵的游戏和幻象时，透露出一种思想：艺术和审美活动就是对心灵特别是感性的欺骗，就是人为了欺骗自己的感性而人为创造出来的。”[⑤]“心灵需要游戏，也需要欺骗，这就是艺术和一般审美活动的根源。”[⑥]康德在《判断力批判》中进一步提出了“自由游戏”的概念，认为审美活动的本质就

① 朱光潜. 诗论 [M]. 北京：北京出版社，2011：63.
② 朱光潜. 诗论 [M]. 北京：北京出版社，2011：63.
③ 朱光潜. 诗论 [M]. 北京：北京出版社，2011：63.
④ 朱光潜. 诗论 [M]. 北京：北京出版社，2011：48—49.
⑤ 曹俊峰. 康德美学引论 [M]. 天津：天津教育出版社，2012：75.
⑥ 曹俊峰. 康德美学引论 [M]. 天津：天津教育出版社，2012：75.

是自由游戏。在人的认识活动和伦理活动中，想象力、知性和理性都不是自由的，都必须受到约束，而只有人的审美活动，想象力、知性和理性才能处于自由游戏之中，审美活动的每一过程、每一方面都是自由游戏的结果。弗洛伊德在揭示创作与梦的联系时，也认为作家在创作中就像儿童在游戏中一样，都是在充满激情地创造一个幻想的世界，并在幻想世界中得到满足的乐趣。这就说明西方的游戏说，都强调艺术创作是自由的、非功利的，仅仅是满足人的审美愉悦、发泄旺盛的生命力或为“力比多”寻找出路。朱光潜用这样的观点分析中国民间歌谣，不仅说明了歌谣中一些手法产生的必然，还正确评价了歌谣的社会价值。朱光潜说：“民间诗也有一种传统的技巧，最显而易见的是文字游戏。”① 民间诗的手法有三种：“第一种是用文字开玩笑，通常叫做‘谐’；第二种用文字捉迷藏，通常叫做‘谜’或‘隐’；第三种……通常无适当名称，就干脆地叫做‘文字游戏’亦无不可。”② 在艺术中他举三棒鼓、拉戏胡琴、相声、口技、拳术之类，诗歌中特别指出民俗歌谣。他从《北平歌谣》举两首民谣为例，说明歌谣的这种搬砖弄瓦式的文字游戏，重点不在歌谣的内容意义，而在声音的滑稽凑合，深得民众的喜爱，“他们仿佛觉得这样圆转自如的声音凑合有一种说不出来的巧妙”③。这种巧妙体现了人的本质力量、创造精神，显示了“限制中争得的自由”④“规范中溢出的生气”⑤ 的价值，这也是艺术使人留恋的所在。朱光潜先生用西方的理论高度评价了中国古代歌谣的艺术成就，有利于中国民间艺术的发展，也体现了比较文学的价值作用和这一时期中国比较文学研究的成果。

第三，朱光潜先生最早尝试中西诗学的相互阐释与印证，纠正了早期“阐发研究”单向阐发的偏颇。

中国和西方文化传统的迥异及相对独立发展，以及各自民族偏爱的文学样式的差异，造成中西方文论有着显著不同。中国古代文论讲神韵、性灵、

---

① 朱光潜．诗论 [M]．北京：北京出版社，2011：25.

② 朱光潜．诗论 [M]．北京：北京出版社，2011：25.

③ 朱光潜．诗论 [M]．北京：北京出版社，2011：50.

④ 朱光潜．诗论 [M]．北京：北京出版社，2011：49.

⑤ 朱光潜．诗论 [M]．北京：北京出版社，2011：49.

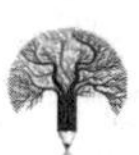

意境，重感悟，有着较多的直观性，不像西方重分析、重论辩，有着很强的系统性。中国古代文论的概念具有多义性、模糊性的特点，不如西方文论范畴的明晰与确定。中国古代的美学观点强调美与善的结合，而西方的美学观普遍认可美与真的一致。因而，中西诗学、美学的比较，可以互相印证，取长补短。由此建立更为科学、全面的诗学、美学理论。在这方面，朱光潜先生是有着重要贡献的。

朱光潜十分赞同王国维关于诗词的“境界说”，但他又折中了克罗齐的“直觉说”、里普斯的“移情说”、布洛的“距离说”及谷鲁斯的“内模仿说”，并对王国维的境界说作了分析与发挥。朱光潜认为，“每首诗都自成一种境界”[①]，正如王国维所说的“境非独谓景物也。喜怒哀乐，亦人心中之一境界”[②]。朱光潜对此作了进一步阐述，他说：“诗是人生世相的反映”[③]“诗对于人生世相必有取舍，有剪裁……必有作者的性格和情趣的浸润渗透”。[④]境界就是情景合一的产物。朱光潜接着用西方的移情理论来说明“内在的情趣常和外来的意象相融合而互相影响”[⑤]。他举例说，比如欣赏自然风景，一方面，心情随风景千变万化；另一方面，风景也随心情而变化生长。情景相生而且契合无间，“即景生情，因情生景”，这正是情景相融的美好境界，也是移情产生的美好诗境。移情作用不仅仅是将主观的情感外射到物的身上，而且也由物及我，最后达到“一切景语皆情语”、物我同一的地步。好诗的境界就在于“在刹那间见终古，在微尘中显大千，在有限中寓无限”，以小见大，给人浮想联翩、含不尽之意于言外的感受。朱光潜先生认为“诗的境界是用‘直觉’见出来的”[⑥]，是观者直接对形象的感性认识，而非运用概念的理性认识。当然，朱光潜先生并不否定思考和联想对于诗的重要，但“思索之后，一旦豁然贯通，全诗的境界于是像

① 朱光潜. 诗论 [M]. 北京：北京出版社，2011：54.

② 王国维. 人间词话 [M]. 桂林：漓江出版社，2017：14.

③ 朱光潜. 诗论 [M]. 北京：北京出版社，2011：54.

④ 朱光潜. 诗论 [M]. 北京：北京出版社，2011：54.

⑤ 朱光潜. 诗论 [M]. 北京：北京出版社，2011：60.

⑥ 朱光潜. 诗论 [M]. 北京：北京出版社，2011：57.

灵光一现似的突现在眼前，使人心旷神怡，忘怀一切”[①]。朱光潜认为，这就是“想象”，也就是“直觉”。朱光潜先生就是这样，在中西理论的互参中，将王国维的“境界说”上升到理论层面，给人心悦诚服的阐释。朱光潜先生还用西方象征派理论，对王国维关于诗的“隔”与“不隔”的理论提出不同看法。王国维在《人间词话》中，将诗的境界分为“隔”与“不隔”两种。“隔”与“不隔”的区别在于语言的运用，“语语都在目前”便是“不隔”，否则就是“隔”。他举例说“池塘生春草”“空梁落燕泥”便是“不隔”，而“酒祓清愁，花销英气”则“隔”矣。王国维是赞赏“不隔”的境界的。朱光潜不同意王国维的这一看法，他说：“王氏所说的‘语语都在目前’的标准太偏重‘显’”，而“象征派则以过于明显为忌，他们的诗有可能正如王氏所谓‘隔雾看花’，迷离恍惚，如瓦格纳的音乐”[②]。“不隔”的诗有可能太过于显，不见得是好诗；“隔”的诗也可能像瓦格纳的音乐，是好诗。朱光潜继续论道：“‘显’易流于粗浅，‘隐’易流于晦涩。……但是‘显’也有不粗浅的，‘隐’也有不晦涩的。”[③]朱光潜先生还指出，由于人的生理与心理的不同，对诗的“显”与“隐”也各有偏爱。“有人接受诗偏重视觉器官，一切要能用眼睛看得见，所以要求诗须‘显’，须如造型艺术。也有人接受诗偏重听觉与筋肉感觉，最易受音乐节奏的感动，所以要求诗须‘隐’，须如音乐，才富于暗示性。”[④]朱光潜先生用人的心理差异说明，不能简单地认为“不隔”的诗优于“隔”的诗，“隐”与“显”各有千秋，因人而异，不可一概而论。

朱光潜先生就是这样，立足于世界文学的高度，运用中西诗学比较的手法，一方面对王国维的“境界说”提供了西方相关理论的互参与阐释，使“境界说”具有坚实的理论支撑；另一方面也弥补了“境界说”囿于一国诗歌的理论缺憾，使这一理论更为科学与全面。朱光潜先生在中国比较文学理论上的贡献是有目共睹而令人称道的。

---

① 朱光潜. 诗论 [M]. 北京：北京出版社，2011：58.

② 朱光潜. 诗论 [M]. 北京：北京出版社，2011：65.

③ 朱光潜. 诗论 [M]. 北京：北京出版社，2011：65.

④ 朱光潜. 诗论 [M]. 北京：北京出版社，2011：66.

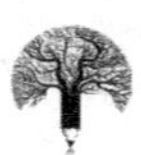

（二）刘若愚的“世界性文学理论”

1. “世界性文论”的提出

研究中国诗学的学者们往往被一个问题困扰，这个问题就是如何创造出一种能够包含中国各种传统批评流派的诗学理论的分析方法，因为中国的传统文学批评有着太多的流派，所以也就存在着许多诗学理论，它们之间的关系有着两面性，既相互补充，又相互对立，所以很难从一个点或者面对其进行分条缕析的研究。对待这一问题，长期生活在海外的中国学者，开创了崭新的局面，他们努力利用自身身处西方学术环境的优势，以西方理论为参照，找寻中西文学理论的契合点，以期达到最终使中国文论走向世界的目的。刘若愚的《中国文学理论》便是在这种背景下产生的。

他在该书中以艾布拉姆斯的诗学理论体系为基础，将中国文学理论分为六类，通过这六种理论对中国的文学理论进行重新归纳整合，使中国零散的理论体系化。刘若愚在写这本书时一方面是为了把中国的诗学准确地介绍给西方的读者们，另一方面也是为了使中国诗学走出单方面的汉学学术圈，融入到世界文学理论之林中去，这也就决定了他必须将中国诗学加以整理和整合，揉放到诗学体系中去，以方便西方读者能够以自己熟悉的本土理论去接受中国诗学。这样既让他们感受到通俗易懂，又可以用系统的批评方法去解读东方文学而开拓视野。

刘若愚的比较诗学体系其实在《中国文学理论》之前便已有体现，1962年，他所发表的《中国诗学》在西方学术界享有盛名，他在中文版序中已指出此书是“为了帮助西方读者了解中国诗歌而作的”。《中国诗学》虽然是刘若愚的早期著作，但是它却体现出了刘若愚在西方理论影响下，对中国诗学研究的三个不同路向的考察：第一，西方汉学家首先需要处理的是两种文化背景之间具体而言是两种语言的问题；第二，从西方学术理论观念出发，中国传统的文学理论需要加以系统化，只有系统化之后，中国传统文学理论才能够为西方读者所理解，并且逐步融入世界文学理论之林；第三，研究中国诗学理论的目的是要融汇西方与中国传统的诗学观念，从而建立起自己的诗学观念，并理论联系实际，把自己的诗学观念落实到对中国传统文学作品的解读之中。[①]

作为从小一直到进入大学均在国内学习的华裔学者，刘若愚在平衡中西诗学时，有着自己的观点：

首先，传统的批评表现的并不是一家之言，而是汇各家诗观于一炉，……其次，传统的中国批评术语、概念本身在用于英语之前应该予以解释；再者，传统的中国批评家是为饱学的读者而著文，他们二者之间有着共同的文化教育修养，因之他们以为解释术语或指出引文的出处纯系多余，而用英文写作的批评家对此却不能视之等闲，即使当今一些用汉学写作的文人也认为，真正熟悉中国文学传统的读者也是寥如晨星；最后，事实是，一个用英语写作的人，不管主观是否愿意，正在使语际间的批评家变而成为比较文学的研究者。

采取比较方法研究中国诗歌，有助于攻读中国诗歌的学生留意其他国家的诗歌和批评传统，也可以使治西方诗学的学生了解中国的诗歌和诗歌批评，这将会避免文化沙文主义和狭隘的门户之见。此外，这种研究方法也会使人们以更为宽阔的视野观察中国诗歌，在研究方而能更上一层楼，正是通过比较研究方能使人们认识到以某种语言所作的诗歌本身具有的特色。一个中国的批评家如果对其他国家的语言一无所知，就不会了解格律是中国诗歌一个显著的特点。[②]

通过他的描述，我们不难看出他的偏好，他出生在中国，并且是在国内接受系统教育的。直到后来他到了西方国家，才以教师和学者的身份从事教学和写作，他关于中国古文论的成果也主要是为中国诗歌的英语译文而写。正如刘若愚在《中国古诗评析》中所说的，采用比较方法研究中国诗歌可以让读者们更清晰地了解中国诗学。因此，在《中国文学理论》一书中，刘若愚试图“为中西批评观的综合铺出比迄今存在的更为适切的道路，以便为中国文学的实际批评提供健全的基础”[③]，而他的终极目的却在于使中国传统文论能够与世界其他传统的文学理论进行比较，进而形成一个具有普遍解释力的“世界性文学理论”。

① 詹杭伦．刘若愚及其比较诗学体系 [J]．文艺研究，2005（2）：57—63，159.

② 刘若愚．中国古诗评析 [M]．王周若龄，周领顺，译．开封：河南大学出版社，1989：6-7.

③ 刘若愚．中国文学理论 [M]．杜国清，译．南京：江苏教育出版社，2006.

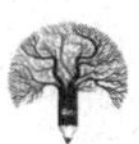

中国的诗学思想和诗学研究也只有走向国际，与世界上其他国家的理论体系相融通，才能获得“世界性文学理论”的身份。这一点也正如哈佛大学的李欧梵所言：从一个主观印象的角度来揣测，刘先生从第一本重要著作《中国诗的艺术》开始，就想建立一个关于中国古典诗词的理论架构，希望中诗英译为桥梁，和世界上其他理论体系相沟通。从全球化的角度来定位，在世界文学理论的家族谱系中，中国诗学应属一个重要成员，而不应该是一位富含诗学思想但又不为国际学界所了解的无言缺席者。①

刘若愚“世界性文学理论”的提出，就相当于给自己树立了一个目标。而他也一直朝着这个方向努力，他自己坦言在思想上不可避免地受到了自小接受的中国教育和西方环境理论的熏陶，作为向西洋读者介绍中国传统文学的解释者，刘若愚一向以为中国的文学批评（Chinese literary criticism）与对中国文学的批评（the criticism of Chinese literature）之间的关系是一个至关重要的难题，并且他还一直致力于中国和西方的批评概念、方法和标准的综合。②

2. “世界性文论”的融合和体现

在中国传统的诗歌观中，刘若愚就自己多年来对中国古典诗歌批评中各种论说的研究和分析，分别对它们做出概括的介绍，论述其源流及发展脉络，经过与其他诗观的比较，指出其长于别者的地方，强于别者之点以及它对中国诗歌的影响，并同时给予自己认为是恰切的批评。刘若愚的批评与叙述，虽非正面阐述自己的观点，但其所崇所尚，已经跃然纸上，且常遇精致之见。在传统的中国诗歌观中，刘若愚对于玄学观的妙悟说更感兴趣，在作者看来，在文学领域里，凡是基于表现宇宙自然原理的理论都归于玄学观。它在中国的文学理论中虽不算最为古老最负影响力的学说，但它对整个的文学发展的作用却是不可忽视的。刘若愚对词有着较深的见解，如在他的《中国诗学》中略述了作为境界与语言之双重探索的诗的理论。

他对此理论的见解一部分来自被他称为妙悟派（intuitionalist）的一些批评家——严羽、王夫之、王士祯以及王国维等，而一部分则来自象征主

① 杨乃乔. 路径与窗口——论刘若愚及在美国学界崛起的华裔比较诗学研究族群[J]，北京大学学报（哲学社会科学版），2008（5）：67—76.

② 刘若愚. 中国文学理论[M]. 杜国清，译. 南京：江苏教育出版社，2006：211.

义以及象征主义后的西洋诗人批评家，像马拉美和艾略特；同时在方法论上，他对中国诗学的讨论受到了一些“新批评家”（new critics）的影响，主要的代表人物是理查兹（I.A.Richards）和燕卜荪（William Empson）。在此之前他对现象学的批评（phenomenological criticism）所知甚少，直到 19 世纪 60 年代开始关注以法国美学家杜夫海纳和波兰哲学家英伽登为代表的现象学理论家后，他才发现他们的一些观念和他本人的观念之间有着很大的类似点，并为之感到震惊。

但是对这些类似点，刘若愚认为并不是纯属偶然，可能因为自己受到了中国批评家的影响，而这些批评家恰好与西方理论家存在相似性，它们也可能就来自西方现象学与中国道家之间根本哲学的相似性，刘若愚将这种相似性简要地概括为：

第一，认为文学是宇宙之“道”的表现，这种中国人的形而上学概念与杜夫海纳认为艺术是“存在”（Being）之表现这种概念是可以并比的，而道家的“道”本身的概念，与海德格尔所阐明的现象学存在主义的“存在”概念（phenomenological-existential concept of Being）是可以并比的。第二，持有形而上学文学理论的一些中国批评家（即使他们可能并非只持有这种理论而排斥其他），主张物我合一和情景不分，正像有些现象学家主张“主体”（subject）与“客体”（object）合一，“知觉”（noesis）与“知觉”对象（noema）不分一样。第三，受道家影响的中国批评家与现象学家都提倡一种二度直觉，那是在对现实中止判断之后达到的。最后，两者都承认语言的矛盾性（paradoxical nature）——作为一种不充分而又必需的方式用以表现难以表现者，以及再发现主观性和客观性的区分并不存在的、概念之前与语言之前的意识状态①。

在此提到的这种相似性，不仅是指刘若愚本人与现象学家的相似，同时也暗含着中国传统的文学理论观与西方文论的相通之处。正如刘若愚在《中国文学理论》的导论中所表达的最终目的，是“提出渊源悠久而大体上独立发展的中国批评思想传统的各种文学理论，使它们能够与来自其他传统的理论比较，从而有助于达到一个最后可能的世界性的文学理论（an

① 刘若愚．中国文学理论 [M]．杜国清，译．南京：江苏教育出版社，2006：213—214.

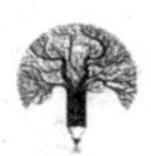

eventual universal theory of literature）。”[①]

刘若愚这样做不是将中西的观念并列在一起以机械的方式加以综合，而是一直致力于发展自己的理论。他并不自称自己的理论“代表中西理论各占一半的完美混合，或者它是百分之百的独创”。[②]我们认为，刘若愚是同时受到中西两方面的影响的，在此基础上，他的理论即是综合的工作。

（三）叶嘉莹的“中国新文论”

1. “中国新文论”的提出

以西方的理论来分析中国古典诗词、观照中国传统诗学意义重大。叶嘉莹在早期写作《王国维及其文学批评》时即看到借用西方理论对中国古典文学重新加以阐释和评价也已经成为一种必然的趋势，产生这种观点有着多种原因，其中最主要的因素便是王国维对她的影响，王国维认为中国的文学思想的确缺少理论体系，他的这种观点直接影响了叶嘉莹，使后者提出中国传统诗学需要借助西方思想进行补足和扩展的观点。

想完成对中国传统诗学的补足，就要求我们借鉴西方思想理论和方法，对中国古典文论进行重新的阐述，重新认识中国文论中的基本范畴，以期在以历史为背景的世界文化的大坐标中为之找到一个适当而正确的位置，为中国文论的自身发展和走向世界做铺垫。她的这一观点是在 20 世纪 70 年代提出的，当时正值改革开放初期，学术界也像社会各界一样开始出现向西方学习的热潮，对西方理论方法的引入成为一种时尚。叶嘉莹认为在改革开放的浪潮中，各种领域都需要观念的创新，古典诗词在这方面的需要尤其迫切。因为，中华民族有着悠久的历史传统，我们的文化智慧是早熟的，中医中药需要科学去探索和证实，古典诗词也一样，我们的祖先曾透过他们智慧的体悟留下了很多不能用科学解释但却有某种真正价值和意义的美好的东西，我们要用现代化的理论来证明它们的价值，为它们在世界文化的大坐标系中找到应有的位置。[③]

可是，“在现在的开放政策下，青年们中间已经涌现了一股向西方追

---

① 刘若愚．中国文学理论 [M]．杜国清，译．南京：江苏教育出版社，2006：3.

② 刘若愚．中国文学理论 [M]．杜国清，译．南京：江苏教育出版社，2006：215.

③ 安易．让古典词走上现代化道路——记叶嘉莹教授 [N]．今日晚报，1994-10-21.

求新知的热潮，而古典文学的研讨和教学似乎也已陷入了一种不求新不足以自存的地步"①。"作为一个多年来从事古典诗歌之研读与教学的工作者，我对他们的这种态度，可以说是一则以忧，一则以喜。忧的是古典诗歌的传承，在此一代青年中已形成了一种很大的危机；而喜的则是他们的态度也正好提醒了我们对古典诗歌的教学和研读都不应该再因循故步，而面临了一个不求新不足以自存的转捩点。……因为现在毕竟已进入到一个一切研究都需要有世界性之宏观的信息的时代，我们自然也应该把我们的古典诗歌的传统放在世界的大坐标中去找寻一个正确的位置。"②可见，学习西方理论方法，并使之参与到中国传统文论的重新建构中来是时代发展的要求，试图撇开西方文论构建中国新文论体系是不可能的。因此，"以西方文论来阐释中国古典诗词、来观照中国传统诗学，正是在异质文化诗学的启发下，从新的观点对中国古典诗词进行解说，从新的角度来审视，评价中国传统诗学，保留传统诗学的精华，扬弃其不科学、不合理的部分，补充新的养分，能够发现中国传统诗学新的意义空间"③。而这也正是叶嘉莹倡导以西方文论补足扩展中国文学批评的真意所在。

关于中西诗学进行对话时，我们应采取的态度和应坚持的原则，叶嘉莹认为，对于西方文学理论要采取"求同存异"的态度，"既不可坚持古老之传统，固步自封，拒人于千里之外，也不可迷信西方之理论俯仰，随人为削足取容之举"④。因为人类拥有共同的本质，中西文论存在许多相通的节点，表现在形式上亦有许多相同方面："西方诗论中之所谓意象、联想、结构、字质等，则都是属于诗歌中之'能写之'的重要的因素，这些因素原为古今中外一切诗歌之所同具，即如在中国传统文学批评中所曾涉及的神思、气骨、格韵诸说，便都与文学中这些'能写之'的因素有着密切的关系。"⑤中西文学存在的这些或人性内在的共通性，或"能写之"表现形式上的相同点，都为中西文论的交流对话夯实了基础。然而，我们也不应

① 叶嘉莹．我的诗词道路 [M]．石家庄：河北教育出版社，1997：96.

② 叶嘉莹．我的诗词道路 [M]．石家庄：河北教育出版社，1997：88.

③ 李春青．文化诗学视野中的古代文论研究 [J]．文学评论，2001（6）：49.

④ 叶嘉莹．迦陵论诗丛稿 [M]．石家庄：河北教育出版社，1997：326.

⑤ 叶嘉莹．我的诗词道路 [M]．石家庄：河北教育出版社，1997：52.

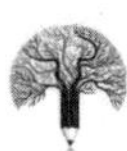

忽视文化间普遍存在的历史、风俗、文学传统等方面的差异，叶嘉莹从格律、写作、语言、思辨等角度对它们的差异性进行了比较。如认为西方诗写作时偏重安排，中国诗写作时偏重感发，西方诗歌理论更重视安排的技巧，而中国的诗论则更重视兴发感动的生命，而且西方诗论比较重视从“一本”到“万殊”，而中国诗论则似乎更重视从“万殊”所由来的“一本”，这是中西诗论的传统在本身之上的一点差别。在具体运用西方理论时，叶嘉莹主张我们所要采取的首先是“择其需要而取之”，并加以融合的原则和方法，但是“外来的新理论不能完全取代中国的传统批评，应将新理论融合到中国旧传统中去”。[①]

2. 维中华之体——兴发感动说

“兴发感动”可以说是叶嘉莹文学批评理论的核心，这一学说也可以说是叶嘉莹解读中国古典诗词、分析古代文论、评价作家作品的立论之本。叶嘉莹的“兴发感动”说继承了中国传统的“兴”论，并在西方文学理论观照下，吸纳了西方文学批评的某些观念和术语，增加了一些新质，成为一个具有中西融合特点的诗学概念。

关于中国古典诗歌之以“兴发感动”为其主要之特质，叶嘉莹多次在她的著述中提及，早在1975年发表的《钟嵘〈诗品〉评诗之理论标准及其实践》一文中，她就曾根据《诗品·序》开端所提出的“气之动物，物之感人，故摇荡性情，形诸舞咏”一段话，来阐释钟嵘所认识的诗歌“其本质原来乃是心物相感应之下的，发自性情的产物”，并根据他所提出的“春风春鸟，秋月秋蝉……斯四候之感诸诗者也”一段话，以及其“嘉会寄诗以亲，离群托诗以怨……凡斯种种，感荡心灵”一段话，归结出钟嵘所体会到的，使内心与外物相感应之因素，“实在乃是兼有外界之时节景物与人世之生活、遭际二者而言的”[②]。谈到诗歌的表达方式时，叶嘉莹在该文中也曾根据钟嵘的序文归纳出他的意旨：“主张比、兴与赋体兼用，而且除了‘丹采’的润饰以外，还需要具有一种‘风力’，也就是由心灵中感发而出的力量，以支持振起诗歌之表达效果。”[③]

---

① 叶嘉莹. 迦陵论诗丛稿 [M]. 石家庄：河北教育出版社，1997：306.

② 叶嘉莹. 迦陵论诗丛稿 [M]. 北京：北京大学出版社，2008：310.

③ 叶嘉莹. 迦陵论诗丛稿 [M]. 北京：北京大学出版社，2008：311.

此后，她于1976年发表的《〈人间词话〉境界说与中国传统诗说之关系》中，对严羽的“兴趣说”、王士祯的“神韵说”，以及王国维的“境界说”进行了详细的分析，可以看成是对中国古典诗歌重视兴发感动作用评诗传统的一次详细回溯。在叶嘉莹看来，“兴趣说”以“感发作用本身之活动”为其核心，“神韵说”以“由感发所引起的言外之情”为其核心；而“境界说”以“感受作用在作品中具体之呈现”为其核心。并作出结论，说在中国诗论中，除了重视声律、格调、用字、用典等，偏重形式之艺术美一派的各家主张外，其他凡是从内容本质着眼的，概无不曾对词中兴发感动之力量有所体会和重视，只是因为不同之时代各有不同之思想背景，因此各家诗论当然也就不免各有其偏重之点。[①]

其后于1981年发表的《中国古典诗歌中形象与情意之关系例说》一文中，叶先生对诗歌中兴发感动之作用做了更进一步的探讨，在该文中，叶嘉莹引用中国最早的一部诗歌总集《诗经》中的一些范例，说明了“赋”“比”“兴”三种表达方式，它们所表示的“实在不仅是表达情意的一种普通的技巧，而更是对于情意之感发的由来和性质的一种基本的区分”。“赋”的作品是“以直接对情事的陈述来引起读者之感发的”；“比”的作品是“借用物象来引起读者之感发的”；“兴”的作品则是“作者之感发既有物象所引起，便也同时以此种感发来唤起读者之感发的”。在该文中，叶嘉莹对三者进行了进一步的比较，并在余论中列举了西方诗论中对形象之使用的几种基本模式来与赋比兴作比较，即明喻（simile）、隐喻（metaphor）、转喻（metonymy）、象征（symbol）、拟人（personification）、举隅（synecdoche）、寓托（allegory）、外应物象（objective correlative），通过和中国的“赋比兴”作比较，各以中国古典诗为例证做说明，进而得出结论：“如果就中国传统中的‘赋比兴’三种表达方式而言，则以上所举引的这些模式，可以说都仅是属于‘比’的范畴。而就‘心与物’的关系而言，则所有这些术语所代表的实在都仅只是‘由心及物’的经过思索安排的关系而已，至于‘兴’之一词则在英文的批评术语中，根本就找不到一个相当的字可以翻译，这种情形实在也就正显示了西方所重视的是对

① 王一川. 中国现代文论中的若隐传统——以“感兴”论为个案[J]. 文艺争鸣，2010（5）：97—113.

于意象模式如何安排制作的技巧，因此他们才会为这种安排制作的模式，定立了这么多不同的名目，而他们却没有一个相当于中国的‘兴’字的术语，这也就说明了他们对于诗歌中这种以直接感发为主的特质，和以直接感发为主的写作方式并未予以足够的重视。”[①]

3. 中西融合下的兴发感动

在以上所有提到的著作中，叶嘉莹并未具体定义何为“兴发感动”，但从其具体的论述中，我们可以看出，这里的“兴发感动”拥有十分丰富的内涵，包含了作品的创作、欣赏等不同环节。在《碧山词析论》一文中，叶嘉莹指出：“‘兴发感动’之力的产生，原当得之于内心与外在事物相接触时的一种敏锐直接的感动，这种感动可以得之于自然界花开叶落的引发，也可以得之于人事界的离合悲欢的遭遇。”[②] 在此，叶嘉莹阐明了兴发感动的起源，当世人的那颗敏感的心和外界接触之时，自然界的各种现象，万物灵长、人情世故等都引起世人心灵的撼动、情感的荡漾，然后在心中凝聚成一种兴发感动的情意。和中国人一样，西方也对外界事物的关系进行了细致的讨论和研究，其中，现象学中对主体意识和客观外物之间关系的研究就非常典型。

叶嘉莹对照西方现象学的观点，将其和中国传统诗论中关于心物交感的观点进行了比较，她说：我们重视内心与外物感应的这一点，与西方的现象学也有暗合之处。现象学重视内心主体与外物客体接触的意识活动。他们所说的主体就是人的意识，我们中国称之为心。当你的主体意识与外在客体的现象接触的时候，就一定会引起你主体意识之中的一种活动，所谓现象学就是要研究你这个主体投向客体的时候，你的主体意识的活动。你可以感受，你可以感动，可以是回忆，可以是联想，各种活动都包括在其中了，我们所讲交相感应的作用就是相当于西方现象学所说的主体意识与客体的外物现象相接触的时候所产生的活动，这本来就是人类的一个共同的意识活动[③]。

而“至于诗歌之创作之重视心物交感之作用，自然也是由于这种作用，

① 叶嘉莹. 迦陵论诗丛稿 [M]. 北京：北京大学出版社，2008：357.

② 叶嘉莹. 迦陵论诗丛稿 [M]. 北京：北京大学出版社，2008：212—213.

③ 叶嘉莹. 唐宋十七讲 [M]. 石家庄：河北教育出版社，1997：437—438.

既是人类在意识活动中之基本共相，因此乃成为了创作活动之兴发感动之基本源泉的缘故”[①]。

“兴”是中国诗论中一个有着强大生命力的诗学理论，自从它进入文论家的研究视野中，便一直为人们所青睐。比如殷璠的“兴象说”，司空图的“韵味说”，严羽的“兴趣说”，王士祯的“神韵说”等都是以“兴”为理论核心的，不过他们的侧重点不同：殷璠的“兴象说”包括审美感受、审美意象、审美效果三个环节；司空图的“韵味说”重点在于诗歌的审美效果上；严羽兼重审美感受、审美意象、审美效果三个环节，但支点移到审美感受方面；王士祯主要立足于审美鉴赏和审美效果，可见这些诗论已经包括了作家、作品、评赏者等方面。可是叶嘉莹却认为，“传统之诗说对此中作用虽有认知，然而却缺乏明确的解说”[②]。

叶嘉莹从理论的高度出发，在肯定继承中国传统“兴”论的基础上，大胆从西方文论中汲取养分，从理论上对中国诗歌的兴发感动作用进行重新的分析。在《钟嵘〈诗品〉评诗之理论标准及其实践》一文中，叶嘉莹对严羽的“兴趣说”、王士祯的“神韵说”、王国维的“境界说”都做了认真的解读和比较分析，认为这三种学说原有相通之处，那就是都重视诗中兴发感动的作用，在该文中，叶嘉莹还谈到了西方诗论中对诗歌感发作用的认识，她引用苏格拉底、柏拉图论诗歌创作的观点，并与兴发感动的作用进行比较：

在西方文学理论中，他们对于诗歌中这种感发和作用，早就有所体悟的，只是在早期的时候，因不知其来源之所，曾将之一度认为“神圣之助力”或“神圣的疯狂”而已。不过，西方毕竟是长于逻辑分析的民族，因此，自亚里士多德以来，便开始为诗歌建立一种从文学本身来分析的理论规模。其后又由于各派哲学、美学、心理学等日新月异的发展，于是在西方文学批评中遂产生了对于作家之心理、直觉、意识、联想等分别作研究对象的各种理论学派，迨于近世之批评，则又转而为对作品本身之字质、结构、意象、张力等之探讨依据，如果将这些学说，与中国传统一向所重视的兴发感动之作用相参看，兴发感动之作用，实为诗歌之基本生命力[③]。

---

① 叶嘉莹. 迦陵说词讲稿 [M]. 北京：北京大学出版社，2008：90.

② 叶嘉莹. 迦陵论词丛稿 [M]. 北京：北京大学出版社，2008：356.

③ 叶嘉莹. 迦陵论词丛稿 [M]. 北京：北京大学出版社，2008：310—311.

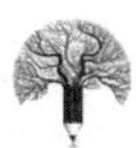

在综合分析中国传统诗说和西方诗论的基础上，叶嘉莹将诗歌的“基本生命力”定义为“兴发感动之作用”。在叶嘉莹看来，兴发感动的作用是诗歌的主要质素，是诗歌的基本生命力，她说：“诗歌的基本生命有赖于世人内心深处之一种兴发感动的力量，作品真正生命的获致，在于作者之心与外物相交接时，所产生的一种兴发感动的力量。”[①]叶嘉莹在谈到诗歌生命质量时，还曾指出影响诗歌生命质量的因素，即影响作品感发生命质量的因素主要有两种：“一种是与作者之感受心理方面有关的属于‘能感之’的因素，其二则是与作者之表现技巧有关的术语‘能写之’的因素”。而在谈到作家对于作品的影响时，她又指出：“至于作者品格之高下，性情之纯驳，胸襟之广狭，这种种现实生活之伦理价值，既原属于作者的‘能感’与‘能写’的因素之一部分，自然便也会对其作品中感发之本质中的伦理价值产生重要的影响。”[②]

“能感之”和“能写之”也一直在叶嘉莹的著述中不断地出现，并有着很重要的地位。这两个概念都出自王国维的《人间词话》：

诗人对宇宙人生，须入乎其内，又须出乎其外。入乎其内，故能写之，出乎其外，故能观之。入乎其内，故有生气。出乎其外，故有高致。美成能入而不出。白石以降，于此二事皆未梦见[③]。

境界有二：有诗人之境界，有常人之境界。诗人之境界，惟诗人能感之而能写之，故读其诗者，亦高举远慕，有遗世之意。而亦有得有不得，且得之者亦各有深浅焉。若夫悲欢离合、羁旅行役之感，常人皆能感之，而惟诗人能写之。故其入于人者至深，而行于世也尤广[④]。

王国维对这两个概念没有更多的解释，只是说到常人和诗人之间的区别，常人对于各种境界“能感之”，而诗人则不仅“能感之”，而且还“能写之”，而叶嘉莹在解释这两个概念的时候以“兴发感动”为出发点，对二者进行更深一步的探讨。她指出：“诗人的心理、直觉、意识、联想等

---

① 叶嘉莹．迦陵论诗丛稿 [M]，北京：北京大学出版社，2008：311.

② 叶嘉莹．迦陵论诗丛稿 [M]，北京：北京大学出版社，2008：363—364.

③ 王国维．人间词话 [M]．北京：北京理工大学出版社，2010：81.

④ 王国维．人间词话 [M]．北京：北京理工大学出版社，2010：167.

是心与物产生感发作用时，影响诗人感受的种种因素。”[①]叶嘉莹论诗则“一直主张中国诗歌之传统，实在以其中所蕴含的兴发感动之生命为主要之质素，而这种感发之生命的质素则与诗人的心性、品格、学养、经历都有着密切的联系”[②]。因为先天或者环境的影响，每个人的心理、意识、性格等差异都很大，而这些都被叶嘉莹称为“能感之”的因素，这些要素，对世人的感受和感受方式都有着潜在的、直接的影响。而“没有诗人这些要素的影响，和技巧的表达，审美意象就永远被幽闭在心理的层次，就不可能有作品的诞生”[③]。表达的技巧性在文中也占据着一定的地位，没有表达的技巧，兴发感动的情意也会永远封存在诗人的心里，也就不会有作品的产生，何谈作品的生命？所以“兴发感动”要体现在诗词创作中，要具备“能感之”“能写之”的条件，即能把“兴发感动”的情意通过诗词的形式表达出来。叶嘉莹在“能感之”的要素中列举了“心理、意识、直觉、联想”等，这些都是西方直觉主义和精神分析学说所包含的对象和术语；而“能写之”包含的“字质、意象、结构、张力”等要素，则是新批评派的理论术语。叶嘉莹将这些理论术语运用到中国古典诗歌欣赏中去完善直觉的理论构架体系，使自己的理论显示出中西交融的特点。

对于作家、作品、批评家的衡量以“兴发感动之生命”为主的叶嘉莹，她将“兴发感动”生命的衡量落到具体的“能感之”“能写之”的要素上去，她说：“若想要对一个作者有公平客观的评价，便不能只以狭隘的道德或主观的好恶来对之妄加毁誉，而须要先对其感受之内容及写作技巧有彻底、深入的了解，更须要对其何以如此感与何以写的时代、社会背景也有清楚的认识，如此才能对一位诗人作出比较全面而公允的评价。”[④]可见，叶嘉莹在衡量作品、理论的“兴发感动”的作用时，都将它们放置到“能感之”“能写之”这两个因素上。但最后的宗旨依然是指“兴发感动”之生命。

然而在中国传统的批评中，鲜有批评家注意到读者的作用，叶嘉莹在继承中国传统文论的基础上，同时也吸收了西方接受美学的反映论等理论，

① 叶嘉莹．迦陵论词丛稿 [M]．北京：北京大学出版社，2008：113.
② 叶嘉莹．我的诗词道路 [M]．石家庄：河北教育出版社，1997：92.
③ 童庆炳．文学理论要略 [M]．北京：人民文学出版社，1995：134.
④ 叶嘉莹．迦陵论词丛稿 [M]．北京：北京大学出版社，2008：211.

在“兴发感动”论中，她对于读者在作品“兴发感动”生命中延续的作用给予了十分明确且充分的肯定。缪钺先生曾这样评价：“叶君以为，人生天地之间，心无详解，感受颇繁，真情激动于中，而言辞表达于外，又借助于词采、意象，以兴发读者，使其能得相同之感受，如饮醇醪，不觉自醉。”[1]如缪钺先生所说，叶嘉莹的“兴发感动”中融合了世界、作者、作品、读者四个要素，因此“兴发感动”可以被看成一个过程，是外在的世界与作者、作者与作品、作品与读者、读者与世界的一个互动，而这和艾布拉姆斯的诗学体系四要素颇有异曲同工之妙。“读者”这一隶属于接受美学的范畴为叶嘉莹的“兴发感动”说提供了支持。

从事诗词理论研究几十年，叶嘉莹对诗歌之评赏，逐渐形成一己见解，对旧传统之词论，渐能识其要旨及短长之所在，且能以西方之思辨方法加以研析及说明。从而“使中国传统中一些心通妙悟的体会，由此而得到思辨式的分析和说明”[2]，对于叶嘉莹而言，这更是一种极大的欣慰。在《论词学中之困惑与花间词之女性叙写及其影响》一文结尾时，叶嘉莹引用了西方解析符号学女学者克利斯特娃（J. Kristeva）的一句话：“我不跟随任何一种理论，无论那是什么理论。”叶嘉莹以此来解释她引用的一些西方文论，只不过是因为有时仙人之美妙实在难以传述，遂不得不借用一些罗扇的方位来指向仙人而已。

---

① 缪钺．缪钺全集（第七八合卷）[M]．石家庄：河北教育出版社，2004：10—11.

② 叶嘉莹．我的诗词道路 [M]．石家庄：河北教育出版社，1997：18—19.

第四章　中国学派跨文化研究

“跨文化研究”（跨越中西异质文化）是比较文学中国学派的生命泉源，立身之本，优势之所在；是中国学派区别于法、美学派的最基本的理论和学术特征。中国学派的方法论都与这个基本理论特征密切相关，或者说是这个基本理论特征的具体化或延伸。[①] 跨文化研究作为中国学派的基本理论特征，是合乎该学科的学科现状、发展逻辑的，也是与法、美学派从本质上相区别的。从中国比较文学的学科现状来看，中国比较文学的产生与发展都不是学院式的纯学术活动的结果，而是在近代中西文化碰撞中诞生的，是伴随着救亡图存、中西文化论战与社会政治文化发展改良运动而发展的。这就决定了中国比较文学研究的主要任务不是法国式的文化“外贸”关系，也不是美国式的所谓文化“大同”，而是寻求“跨越异质文化的文学特色以及文学对话、文学沟通以及文学观念的整合与重建”。由于法、美学派所确立的研究对象处于同质文化圈，跨异质文化研究对他们来说是不存在也是不可能的。中国学派正是在这一点上与法、美学派相区别。从比较文学学科发展逻辑来看，比较文学的开放性决定了它在不断跨越之中圈子的扩大与视野的拓展。随着文化的全球化发展，比较文学面临着一次新的跨越，即东西方异质文化的跨越。法、美学派为比较文学研究所设的“人为圈子”受到冲击，与欧美学派处于不同文化圈的中国学派，被历史地赋予了实现比较文学研究“第三次跨越”的重任，这就使中国学派具有了鲜明的理论个性，取得了理论上的制高点。

本章主要探讨曹顺庆和张隆溪的跨文化研究学术思想。

---

① 曹顺庆. 比较文学中国学派基本理论特征及其方法论体系初探[J]. 中国比较文学，1995(1)：22.

一、中国学派跨文化研究理论

（一）曹顺庆的跨文化研究学术思想

在全球多元文化语境下，文化研究早已不是什么新鲜事，单纯讲比较文学的文化研究，只能是陈词滥调，而且也不合乎比较文学研究的客观规律。曹顺庆教授提出的“跨异质文化研究”与“文化研究”有着本质上的区别。首先，“跨文化”是一种研究的视野与手段，强调对于单一文化圈子的超越，重在“跨越”与“沟通”，是比较文学研究从危机走向转机的关键。而文化研究则从内容上置换了比较文学的研究对象，其实质是“泛文化”，这必然会泯灭比较文学研究的文学性，将比较文学研究引入歧途，从而导致比较文学学科的第一轮危机。另外，曹教授认为跨异质文化研究的关键在于对于异质性的诉求，这是极富洞见的思想，因为“如果我们不能清醒地认识并处理中西文学的异质性问题，就很可能使异质性相互遮蔽，而最终导致一种异质性的失落”[①]。在这一基础上讲文学的“世界性”只能是歪曲了的世界性。跨异质文化的比较研究就是从异处着眼“去发掘不同文学传统各自存在的根基，并以此作为解析文学经验与文学现象最内在的根据。如此一来，所谓世界文学‘共相’的探寻，就是以根本‘模子’的相异为参照，去统合各异质文化文学中可以会通的各种因素，而不是把西方文学及其理论视作东西方文学共有的典范，并以此作为非西方文学归顺、‘臣服’的依据”[②]。这种研究从根本上避免了法、美学派二元对立的思维模式与简单趋同的文学观念，意在建构起多元文化并存、异质文化融会的更富生机与活力的新的文学观念。

1998 年出版的《中外比较文论史》（山东教育出版社）可以说是曹顺庆教授多年研究的集大成之作，是跨异质文化研究的进一步深入与拓展。《中外比较文论史》在中国比较文学史上第一次将东西方文论共同纳入比较体系，突破了原有的中西两极比较模式，以一种总体文学的视野探寻人类文学发展的共同规律，其规模之宏大，致思之精到，体系之严密，论证之深入，都达到了难以企及的高度。该书一出版即引起海内外学者强烈反响。如香

① 曹顺庆．比较文学学科理论发展的三个阶段 [J]．中国比较文学，2001（3）：14.

② 曹顺庆．比较文学学科理论发展的三个阶段 [J]．中国比较文学，2001（3）：15.

港《大公报》1999年2月21日发表徐志啸先生的文章，文中评论该书为“我国第一部有关中外文论比较的史著……具开创之功”，他认为本书所建立的框架、所涉及的理论内涵、所运用的基本理论与方法，都“具有开创性意义”。马来西亚华语刊物《人文杂志》2000年1月号发表评价文章《体大虑周　弥纶群言》，盛赞本书是“突出体现了中国学派跨文化研究理论特征的集大成之作”，文章用诗一样的语言充分肯定了曹顺庆教授“拨开理论的迷雾”，向我们展现“本真的世界”的成就。余华先生撰文评论道：“此书的出版，标志着中国学人已具有了放眼世界文学，积极参与人类文论发展规律的研究与建构的宽广胸怀，同时也显示了中国比较文学在跨越东西方异质文化的文论研究中所取得的实绩。”他认为该书“东西古今，纵横捭阖；高屋建瓴，新见迭出”，体现了作者“理论探索的勇气”和“高瞻远瞩的学术视野”[①]。

2000年，曹顺庆教授编著出版了《中外文学跨文化比较》（北京师范大学出版社）一书，这也是跨文化研究的重要成果。向天渊教授称该书为“跨文化视野下的新创获”“在相当程度上超越了比较文学既往的研究模式……将有力地促进以‘跨东西方异质文化研究’为特色的比较文学中国学派走向成熟”[②]。刘介民先生评价本书的研究者“克服了把视野局限在欧美文化体系内的弊病，开始了中国古代文学和文论研究的新创建和与世界各国文学与文化跨文化比较的新思路”[③]。

曹顺庆后来将“跨文化”的提法改为“跨文明”，是因为文化一词含义过于混乱，文化的概念已被滥用；另外，“跨文化”往往会产生许多误会，因为在同一个国家之内，可能会有若干个不同的民族文化和不同的地域文化，比如中国的藏族文化、壮族文化、维吾尔族文化以及巴蜀文化、齐鲁文化、楚文化等，这样势必会导致混淆国别文学研究与比较文学研究。再者，同一文明圈内也有不同的文化，比如在基督教文明圈内就有法国文化和德

① 余华. 东西融贯　探本溯源——读曹顺庆新著《中外比较文论史》[J]. 中国比较文学，1999(1)：138—141.

② 向天渊. 跨文化视野下的新创获——评《中外文学跨文化比较》[J]. 外国文学研究，2000(4)：145—146.

③ 刘介民. 论跨文化研究的视角——兼评曹顺庆《中外文学跨文化比较研究》[J]. 广州大学学报（社会科学版），2002(4)：3.

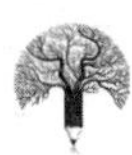

国文化、英国文化与美国文化等，这样也就会造成与“跨国”这一条比较文学定义的混淆。因此，仅仅用文化来突显对异质文化之间文学的“异质性”的强调，就容易引起误解[①]。而使用“跨文明”来代替“跨文化”，就不会产生这样的误解。因为“文明”的含义更明确，也更单纯。对于“文明”一词，学界有一个大致的共识，即指具有相同文化传承的共同体，在信仰体系、价值观念和思维方式等方面往往是高度一致的。因此，用“跨文明”替代“跨文化”，更有利于比较文学学科的建构。

比较文学的跨文明研究，强调在当前世界正在形成的全方位的、影响深远的全球性学术思潮背景下，对不同文明之间的异质性进行研究，最终目的是追求在不同文明的异质性基础上产生的一种互补性。曹顺庆用跨文明研究来追求一种“异中之和”或“和而不同”的文化理想，以凸显中国文化的特色，抵抗全球化思潮。他认为，从比较文学在中国兴起到跨异质文明、变异学的提出，从失语症到西方文论的中国化，比较文学中国学派的方法论体系基本成形。他强调比较文学的第三阶段是中国学派，实质上也是为突出中国比较文学学者不仅能与西方学者平等对话，不再对西方亦步亦趋，而且能在学术上进行自主创新，走在世界比较文学学术前沿，推动全球比较文学学科建设。

（二）张隆溪的跨文化研究学术思想

1. 张隆溪在求同基础上的比较文学构想

（1）求同或辨异——对待中西方文化差异的两种不同取向。

①求同。考察比较文学学科发展的历史会发现，长期以来法国学派和美国学派都将比较文学的重心放在关注同国家、民族和文化间的共通之处。一般认为，法国比较文学侧重于将比较文学研究的范畴规定在只关注存在实际影响和事实联系的两种语言或两个民族之间的文学史的实证性研究。美国学者针对法国学派在研究中所呈现出的实证模式的刻板化与极端化等弊端，提出了激烈的批评。美国学派进一步发展了平行研究，基于此，美国学派以类同性和综合性作为平行研究的可比性基础得以确立。美国学派

① 曹顺庆. 跨文明比较文学研究——比较文学学科理论的转折与建构[J]. 中国比较文学，2003(1)：70—84.

与法国学派的观点看似背道而驰，然而在其学派板块的交接处却有内在的一致性，不管是以同源性作为影响研究的可比性依据，还是以类同性和综合性作为平行研究的可比性依据，法国学派和美国学派都是求同性质的比较。因此早在20世纪60年代，法国和美国就有学者主张要融合两派的观点，到了20世纪80年代，法国学派和美国学派逐步打破壁垒，实现融合。其中以法国学者布吕奈尔（P.Brunel）等人的著作《什么是比较文学》（1983）最具影响力，该书认为："比较文学不仅在文学现象之间、文学与文本之间进行对比，而且将文学与其他知识领域进行对比，这种对比并不为时间和空间所限，它们可以是来自几种不同的语言或文化，也可以是隶属于同一种民族和文化传统，而这种对比的目的是通过对类似、亲族和影响关系的研究，更好地理解和鉴赏文学和文本。"[①] 显然这一主张看到了法国学派和美国学派关于比较文学研究对象的相似性和融汇的可能性。事实上，法国学派和美国学派都将比较文学的合法性建立在了类同性的基础上，这也奠定了两大学派最终由对峙走向了融合的基础。

中国比较文学的发展深受法国学派和美国学派的影响，反观中国比较文学的发展进程，钱钟书在《谈艺录》序言中提出"东海西海，心理攸同；南学北学，道术未裂"的观点，与韦勒克认为东西方不同文明的文学有共同的可比性十分相似。张隆溪继承钱钟书超越中西文化差异找到共同之处的做法。这种思想尤其体现在他的代表作《道与逻各斯》之中。在这本书中，他将中国的"道"与西方的"逻各斯"作比较，并发现二者之间存在相似性。

②辨异。以法国学派和美国学派为主导的比较文学构建了西方传统的比较文学学科理论框架，这一理论框架认为东西方不同民族和文化之间的比较文学不具备比较的合法性。无论是法国学派的"影响研究"还是美国学派的"平行研究"都强调的是共同性，他们将可比性的基础分别建立在同源性和类同性之上。主张以同源性和类同性为基础的理论家们认为异质文明之间的文学差异太大，因此基于不同文明之间的文学比较是不可能的，实际上更为重要的原因就是西方中心主义对东方文学的遮蔽。但是关于东西方文学的比较却一直作为一种文学批评现象存在于具体的文学批评实践

① 张辉. 重提一个问题：什么是比较文学？——基本共识与新的思考 [J]. 浙江社会科学，2019（1）：14.

中。与西方相比，以跨文明研究为主要特征的中国比较文学对异质性的强调更为突出。尤以曹顺庆提出的比较文学变异学影响最为显著。张隆溪在《中西文化研究十论》这本书中，明确提出自己对变异学的看法："只看到东西方文化的差异，并将二者对立起来，在讨论东西方文化时，往往用一种文化的局部来代替整个文化的全部和本质特征，然而东西方文化的特点不是随便就能用一句话就能说得清的。我们在进行东西方的比较研究时首先要克服将不同文化简单对立起来的倾向，既在异中求同，又在同中求异，真正的比较研究才能开始"①。在一次采访中，曹顺庆被问及对张隆溪这一看法的态度，他表示赞同张隆溪的意见，因为"它涉及到比较文学变异学的基本内涵问题。"②可见曹顺庆在提倡比较文学变异学时并没有完全反对张隆溪的观点，而是以此为基点。

（2）张隆溪关于文化对立的批评。

①对后学的批判。后学是指西方后现代主义文化理论从哲学、历史和社会各方面深刻反省近代西方传统的基本观念，通过反对西方文化霸权和反对欧洲中心论，揭示出西方文化深刻的内在危机，具有极强的自我批判精神。西方后现代主义和后殖民主义理论在对西方传统作自我批判的同时，往往把中国视为西方的对照方，强调东西方文化的差异和对立，通过把中国或东方浪漫化、乌托邦化来更鲜明地反衬西方文化。张隆溪从西方后现代和后殖民理论与中国社会现实的关系入手，从两个方面对后学提出批评。"一是不满足于后学貌似激进，实际上却起一种为现存文化和社会秩序辩论的保守作用，并且以中国和西方的对立代替了对自身文化和社会现实的批判。二是中国的后学往往否认知识分子文化批判的职责，甚至否定知识分子存在的价值。"③

第一个方面体现在张隆溪对以下几位学者的观点的批评中。在讨论现代中国文学研究的一篇文章中，刘康对夏志清提出的形式主义批评模式、

① 张隆溪．中西文化研究十论 [M]．上海：复旦大学出版社，2005：25.

② 曹顺庆，秦鹏举．变异学：比较文学学科理论的新进展与话语创新——曹顺庆教授访谈 [J]．衡阳师范学院学报，2019（40）：112.

③ 邬震婷，葛桂录．思想史语境里的他者形象研究——关于比较文字形象学研究方法的反思 [J]．福建师范大学学报，2014（7）：181.

李欧梵提出的历史主义模式和刘再复提出的人道主义模式都予以批评。而这三位学者都强调摆脱政治干预的意图。刘康对此提出质疑，他认为政治贯穿于一切文学和文化的表现形式中，整篇文章中，刘康力求开路架桥，沟通作为西方理论概念的政治和作为中国社会实践的政治。他坦言这种思想得益于当代文学理论以及后现代主义文化论辩对他的启发。张隆溪指出刘康批评的前提，实际上是以西方当代理论及其政治辞藻作为文学和文化研究的绝对标准，实际上刘康这种强调政治就是一切的做法，否认了中国现实政治的实际经验。这种理论看似激进，实则持照搬西方理论的保守立场，把中国和西方简单对立起来，以左的姿态煽动民族主义情绪。这种倾向在刘康后来参与编写的《妖魔化中国的背后》一书中，更是暴露无遗。在《“后学”与中国新保守主义》一文中，赵毅衡对近年来中国文学和文化讨论中出现的后现代主义热潮作了尖锐的批评，赵毅衡明确表示，无论是在文学还是文化上，他都坚持文化批评的立场，在对 20 世纪 90 年代国内热衷于谈论的后现代、后殖民等“后学”理论的批评中，赵毅衡指出这不仅仅是对五四和 80 年代文化批评的简单否定和批判，同时又是以东西方文化的对立代替了以本国的体制文化为对象的文化批评。这种批评立场无论是从政治上还是从文化上都是对现存秩序的妥协，他称之为“新保守主义”，其特点在于：“一方面宣称代表‘第三世界’中国的利益而反对西方霸权，另一方面又以西方当代最流行的后现代、后殖民主义理论话语为依据。”[①] 张隆溪认为赵毅衡对“后学”的批评暴露了大陆的“后学”脱离中国实际，故意夸大中西对立从而回避面对中国现实的问题。徐贲在《“第三世界批评”在当今中国的处境》这篇文章中指出，中国作为第三世界，其批评的核心是本土性，而不是反压迫。尽管他们也谈反压迫，但那是指第一世界对第三世界的话语压迫，显然这是脱离中国实情的，因为这种做法通过把话语压迫上升为当今世界所面临的主要压迫形式，从而有意无意地遮蔽了原本存在于本土社会现实生活中的压迫。中国这种对第三世界批评的基本倾向在徐贲看来是“舍近求远、避实就虚”。张隆溪认为这篇文章中提出的“第三世界批评”和赵毅衡所说的“后学”一样，都是避开对本国现存文化秩

① 聂茂. 文化批判视域下新时期文学的道路选择 [J]. 湖南师范大学社会科学学报，2018（11）：25.

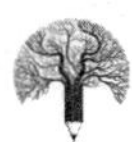

序的批判，而在东西方对立的观念中，把反对西方“第一世界”的文化霸权作为首要任务。并且这两篇文章都一针见血地指出90年代中国文学和文化批评中存在的问题。也即后学在中国具体的社会文化背景上，是否会导致与现存文化秩序妥协，甚至把它理论化、合理化，从而引向保守？张颐武在《阐释“中国”的焦虑》这篇文章中对赵毅衡和徐贲的文章提出反批评，张隆溪认为这篇文章的正面论述和反面批评都可视为“后学”的典型，其自相矛盾之处也是后学内在的困境。张隆溪批评张颐武在对赵、徐进行批判时，将矛头直指赵、徐二人正是来自中国大陆，并任教于西方学院体制中的学者，并反复指出他们对西方的主流话语和意识形态的强烈认同，这样一来，就可以把赵、徐作为西方第一世界的代表，而自己则安居第三世界中国代言人之位，于是，“后学”和“第三世界批判”又有了立言之本，其中西、内外对立的套路并未改变。①

第二个方面体现在张隆溪对赛义德的知识分子文化批判职责的评价中。赛义德强调知识分子必须要有独立的人格，不是狂热鼓吹狭隘的民族主义，也不是为了维护某个区域的利益，而是超越任何与某些集团利益相关的是非和真理标准，并把这个作为自己言论和行动的准则。张隆溪批评一些接受西方后现代、后殖民主义理论的批评家们，一面否认知识分子对现存秩序和体制文化的批判责任，一面又以民族主义式的东西方对立根本否定知识分子的独立人格。他们往往对赛义德关于知识分子应当承担文化批判职责的论述视而不见、讳莫如深。其实赛义德的知识分子论与《东方主义》恰恰是相辅相成、相互论证的。不懂得赛义德对知识分子职责的论述，就难以把握他关于东方主义的深刻论述。可以看出，张隆溪对赛义德知识分子论的强调与前面对赵毅衡等理论家的论述回应是遥相呼应的。西方具有批判精神的后学在中国的语境却趋于保守，可以说这是研究后学的理论家们值得反思的问题。

②文化不相通论的批判。文化不相通的观念不仅存在于西方，也存在于东方。张隆溪对中西方文化不相通的观念做了大致的梳理，并着重对其不利于东西方跨文化理解的方面做出了批判。莱昂利・查理・邓斯威尔曾

---

① 张隆溪．走出文化的封闭圈[M]．北京：三联书店，2004：76.

在伦敦吉卜林学会宣读一篇论文，在这篇论文中他高度赞赏英国诗人吉卜林的那句著名的诗句："啊，东即是东，西即是西，这两者永不会相遇。"[①]邓斯威尔很认同吉卜林对东方的看法，并将其引以为道，称吉卜林为帝国主义毫不动摇的代言人，当时邓斯威尔正在印度服役，他借助吉卜林的诗句不过是为了证明英国殖民主义的完全合理。在论文中他还说道："东西方之间的根本差异是永远不会改变的，谁也不能说我们西方的文化就高于东方的文化——相反两者之间根本没有比较的可能。"[②]邓斯维尔这种认为东西方没有任何共通之处，因此也就没有比较的可能的观点，普遍存在于当前的中西学术环境中。他们大多持文化不相通论的立场。在当代理论中，文化不相通的观点与托马斯·库恩的著作《科学革命的结构》密切相关，在这本书中，托马斯认为在不同理论范式下工作的科学家们，由于使用的是不同语言，因此好像完全置身于不同的世界工作，尽管他在晚年的著作《结构之后的路》中将这一提法降级为"局部的不相通性"，但仍然坚持术语的不可译性。库恩所提出来的不相通概念，原本是想解释科学史上的不同规范，但这一术语的影响力很快波及了别的领域。文化不相通的观念，更多地表现为东西方的对立，在很多西方学者看来，中国由于在地理和文化上都是一个距离西方最为遥远的国度，也因此最具异国情调，其中法国学者弗朗索瓦·于连的著作就是一个典型的例子。在书中弗朗索瓦·于连反复将中国与希腊对立，以此来反衬西方文化上的他者。中国的汉语更是被西方学者目为独立于西方逻辑的语言系统。例如庞德将中国的语言看作是一种"诗性视角"，德里达名之为代表极端的"差异"，福柯称作"异托邦"。其实，在中国，那些把西方视为东方对立形象的人，也在抱守东西方存在根本差异的立场。例如李大钊也曾引用吉卜林的诗句来支持东西方相反的意见，他认为东洋文明主静，西洋文明主动。梁漱溟在 1921 年出版的《东西方文化及其哲学》中再次强调东西方的根本差异，并宣告西方文明的没落意味着中国文明的复兴。季羡林认为东西方最基本的差异源于思维方式的不同，东方主综合，西方主分析。[③]这种二元对立的东西方差异的对比还

① 张隆溪. 同工异曲：跨文化阅读的启示 [M]. 南京：江苏教育出版社，2006：25.

② 张隆溪. 同工异曲：跨文化阅读的启示 [M]. 南京：江苏教育出版社，2006：3.

③ 张隆溪. 同工异曲：跨文化阅读的启示 [M]. 南京：江苏教育出版社，2006：20.

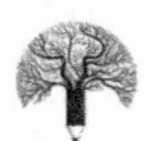

有很多，这里就不一一列举。

为了检验这一理论的正确与否，张隆溪以东西方文学作品为具体例证，来看这些文本是否在主题、思想内涵或其他方面存在某种程度的共通性。在这方面张隆溪赞同诺思罗普·弗莱所提倡的原型批评，虽然弗莱在自己的著作中很少提到东方文学，但是张隆溪认为他的批评有一个全球视野，因为他将文学作品视为有系统地联系起来的整体，而不是相互隔绝、彼此孤立的片段。张隆溪希望自己能够按照弗莱的这种批评眼光，将东西方具体的文本细节并列起来，并从中发现东西方文学的联系。弗莱还指出在文学批评中，必须要“后退”几步，才能看得出其原型的组织。因为只有我们后退到足够的距离时，才能从眼前拨开文本的细微差异，看出那些得以把不同文学作品联系起来的主题和原型。张隆溪借用维特根斯坦在《逻辑哲学论》中提到的爬楼梯的比喻继续补充这一观点，维特根斯坦曾说过，只要读者明白他书中的那些哲学命题，便可像爬完楼梯之后就把梯子扔掉一样，但张隆溪认为，在文学批评中，那架让我们登高望远，获得批评洞见的梯子不能扔，因为这个阶梯是由文学作品丰富的语言细节所组成的，这些细节构成了张隆溪在进行中西主题研究时的文本材料。

总之，张隆溪坚决反对文化不相通论，他主张的是“从画布前后退几步之后，或爬上楼梯获得新的眼界和视野，以这样的眼光看出去，就可以见到东西方文学极为丰富的宝藏，见到多种多样的形式、修辞手法和表现方式，这种眼光可以使我们摆脱文化对立论那种短浅目光，超越种族主义和狭隘民族主义那些偏狭的看法”[①]。正是这种主张构成了他超越差异、融汇中西的广阔视野。

2. 张隆溪的东西方文学阐释学思想

张隆溪在文学阐释学的维度上，深入中西方文学作品的个案的细致阐释，通过对文学语言的充分理解，力图在文学阐释活动中实现中西方文学的互为主体、平等交流，这对中国比较文学的发展具有重大意义。

① 张隆溪. 同工异曲：跨文化阅读的启示 [M]. 南京：江苏教育出版社，2006：3.

（1）阐释学视野下的主题研究

①言说与思想的二重性。在将阐释学引入中西方文学讨论的过程中，张隆溪首先从对道与逻各斯这两个宏大的概念的阐释入手，从某种程度上来看，道与逻各斯是他对中西方文化传统中有关语言性质的一些重要的思想和观念这一主题关注的最高统摄。而他又通过语言、文字和思想的形上等级制将中国的道与西方的逻各斯统一起来。

在论证中国也存在与西方相似的逻各斯主义时，张隆溪通过引入黑格尔和德里达对于非拼音式的汉语的态度来建立自己的批评立场。尽管两人对待非拼音式的汉语和拼音文字的立场正好相反，但在张隆溪看来他们在对拼音文字的优越性问题上却是殊途同归的。例如，黑格尔直接将非拼音式的汉语排除在西方语言之外，德里达在对西方哲学传统及其语言问题上的种族优越论和语音中心主义观点的解构性批判中，将以黑格尔为主要代表的这种语言观视为西方文化中根深蒂固的偏见，他进一步将这种偏见命名为“逻各斯中心主义”（logocentrism），也即“拼音文字的形而上学”。张隆溪注意到德里达在强调逻各斯中心主义的偏见之深之久时，也深信由于形而上学的逻各斯中心主义在西方的书面表达中呈现为语音中心主义（phonocentrism），因此它所描绘的是纯粹的西方现象，表达的也仅仅是西方的思想，这其实就把东方包括中国排除在外。张隆溪引入斯皮瓦克的话来印证自己的观点，斯皮瓦克在翻译德里达的《文字学》（*Of Grammatology*）这本书的前言时提到，德里达坚持认为逻各斯中心主义乃是西方的财产。由此，张隆溪为进一步论证在东方传统中也存在与逻各斯中心主义相似的东西奠定了基础。

为证明以上观点，张隆溪首先抓住了逻各斯中心主义所涉及的思想和言说的二重性。换言之，逻各斯这一个词既意味着思想（Denken），又意味着言说（Sprechen），在这个词中，思想和言说从字面上来看是融为一体的。接着张隆溪开始追问，在中国是否也存在这样一个词，同时包含了思想和言说的二重性？他的回答是肯定的，并且他认为这个词就是“道”。《老子》这本哲学著作，指出“道”有两个不同的意思，“思”与“言”。《老子》的开头有几句颇为著名的话：“道可道，非常道；名可名，非常名。”对于这句话历来有多种阐释，按照老子的看法，“道”既是内在的又是超

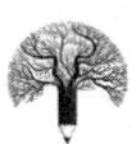

越的；它是万物之母，是超越了语言所能表述的玄之又玄的东西。在其著作的开篇，老子便强调文字是无力的甚至是徒劳的，“道”是不可说的，是超越语言力量的“玄之又玄”。然而老子一边强调“道”的不可言说性，另一边以完成一部五千言的书来解释“道”。这一悖谬从司马迁为老子所做的传记中可得到某种调和，即《老子》的成书是应关令之请而写的，为了让并非哲学家的关令能够了解神秘的道，老子面临着言说不可言说和描述不可描述的困难，尽管老子用文字书写阐明了道为何物，但是按照老子的意思，作为内在的“思”一旦外现于文字的表达，便立即失去了它的恒常性。老子声称没有任何的命名可以指称这一恒常，所以老子也无法给予道以具体的名称。类似的情况也出现在柏拉图的哲学论述中：“世界上没有哪一个聪明的人会愚蠢得选择用语言来记录他理性思考的结果，柏拉图认为越是那种无法改变的形式，就越具有不稳定的特征，其中最突出的表现就是名称。”[①]通过将老子和柏拉图对比，张隆溪认为二者对于思与言之间的悖谬关系的认知是相似的，“因此不仅只有西方的逻各斯在力图为不可命名者命名，并勾勒思想与言语之间的不对等关系，中国的‘道’也同‘逻各斯’一样，蕴含着思想与言语的双重含义，并且认为思想所指示的内在现实和言语指示的外在表达之间存在等级关系”[②]。

②对语言的怀疑。对中国的“道”和西方的逻各斯所涉及的思想和言说做了最高的比较之后，张隆溪立即回到自己最为关注的思想、言说和沉默等问题上来。其中对于语言的怀疑和肯定的问题往往是同时发生的，是存在悖谬性的，不管是哲学家还是诗人，他们在对语言提出怀疑的同时，依然在为自己使用语言寻找理由，也即包含着对语言肯定的一面。

张隆溪提取再现现实或表达情感中的真实性问题，并将这个问题归纳为语言上的再现问题提出。他指出中国关于语言问题的论战是从道家思想特别是庄子激进的语言观议论中产生的。早在魏晋时期，就语言能否充分表达意义这个问题上，文人之间就有过一场论战，正是由于这场语言的论战，中国最早的文论之一——陆机的《文赋》应运而生。《文赋》在开篇的序言式评论中就涉及诗歌的表达问题。他指出在研究天才作家的作品时

① 张隆溪．道与逻各斯 [M]．南京：江苏教育出版社，2006：55.

② 张隆溪．道与逻各斯 [M]．南京：江苏教育出版社，2006：35

常有“恒患意不称物，文不逮意。盖非知之难，能之难也”之感。[①] 陆机清楚地看到作家们是如何竭力表达心中之意，又是如何难以清晰表达的苦闷。另一位文论家刘勰在其著作《文心雕龙》中写道，诗具有“伊挚不能言鼎，轮扁不能语斤”的神妙。这与庄子遥相呼应。刘勰之后一千年，另一位批评家徐祯卿也借助轮扁这一意象，认为诗的多种多样的精妙如同：“轮匠之超悟，不可得而详也。”张隆溪认为对语言的怀疑是中国人头脑中一个根深蒂固的文化传统。对于中国的传统文论为什么不去分析和论辩，而倾向于用诗一般的形象语言来谈论诗这一问题，张隆溪指出，这也与对语言的怀疑有关系，文论家们或者引用一些具有典范性的句子来证明他们以为精妙而又难以言传的性质和特征，或者试图凭借意象和隐喻来暗示这些性质和特征。关于这一问题在西方文学理论中的呈现，张隆溪并没有列举与之对应的理论观点，而是把目光放在了爱情诗中的诗性言说的困难上，他分析了莎士比亚在十四行诗中抱怨他的缪斯被“拴住了舌头”，以致他的思想始终沉默喑哑、无以表达。但我们知道莎士比亚在怀疑语言的同时最终还是写出了不朽的爱情诗篇。如果说在莎士比亚那里，抱怨语言软弱无力只是一种姿态，那么张隆溪进一步指出在现代诗人那里，诗人的抱怨已经变得无比真实和迫切了。以艾略特为例，他对语言的无力有着痛苦的自觉：

词的辛劳
在重负与紧张中破碎，断裂，
它由于不精确而滑落、溜走、灭亡
和衰朽，它不再适得其所，
不再驻留于静谧。
——《烧毁的诺顿》[②]

诗人几乎是在破碎的诗句和音节的碰撞中来演绎语言的支离破碎。在艾略特所创作的现代诗《四个四重奏》中，对诗歌语言的自我批判一直处于诗歌主题和语义的中心。以致最后他发出“诗并不重要”的呐喊。尽管如此，

---

① 萧统. 文选（上册）[M]. 北京：中华书局，1977：239.

② 托·斯·艾略特. 荒原：艾略特文集·诗歌[M]. 汤永宽，裘小龙，等译. 上海：上海译文出版社，2019：288.

张隆溪认为艾略特和前面所提到的哲学家一样，在对语言表达失望和怀疑的同时，还是要以语言为书写材料，说到底，通过语言表达出的对语言的怀疑最终将他们引渡到通过宣布“诗并不重要”或“非言”这些策略来试图找寻重新恢复语言的生命的道路。

③对语言的肯定。由对语言的怀疑，到不得不使用语言，再到重新肯定语言，是张隆溪对东西方文学中所涉及的思想、言说和沉默问题论说的基本路径。面对对语言的重新肯定这一问题时，张隆溪举了象征派诗人里尔克的“诗作为赞颂”和马拉美的“空白说”，并将他们的诗学与中国的陶渊明的淳朴诗歌所涉及的诗学命题进行比较。

张隆溪指出，《杜伊诺哀歌》这首诗，从宏观上来看，表现了人与天使的疏离，从微观上来看，表现了心灵中内化的分裂。此两种层面上的对立都体现了诗性言说的危机。尽管从总体上来看，诗人在诗中所表现的基本上都是这些，但是这部组诗真正展开的景象是向读者显示：诗人将怎样战胜分裂，超越天使，找到某种方式去说那不可言说的一切。里尔克的诗歌在表现语言无力时所具有的感染力让人信以为真，的确，否定性言说在里尔克的诗中不仅作为修辞手段，而且也搭建了诗歌的结构。张隆溪引用了德·曼对里尔克诗歌的分析，来证明里尔克在修辞背后所传达的对语言的肯定和有效运用。除了里尔克之外，张隆溪还论说了马拉美的诗歌。马拉美主张在白纸上暗示出隐藏着神秘的作品，如他本人所阐明的那样，诗歌中所蕴含的如梦般的神秘气氛，并不是完全剔除掉具有逻辑关系的意义，而是为那种不可用直白语言复制的某种神秘的事物寻找出恰当的语言，这种语言往往富于隐喻性和暗示性。暗示那省略的语言所作的间接表达是马拉美的创作原则。与里尔克的无言相似，马拉美的空白意指从虚无中召唤出某种东西，对于马拉美而言，无言并非否定语言，相反它包含着言说之根，开发了言说的无限可能。因此张隆溪也将马拉美的诗学称为“无言诗学”。

在中国能够代表无言诗学的诗人就是陶渊明了。张隆溪不遗余力将其诗歌美学与以上两位西方诗人打通。陶渊明的诗和散文经常谈到言说的困难，与同时代诗人近乎挥霍地滥用辞藻不同，他的作品多呈现缄默少言和朴实无华的风格。这也从另一方面说明了他对语言使用的高度自觉。尽管在陶渊明生活的那个时代，他的诗歌并不受推崇，但自苏轼评论他的语言

“外枯而中膏，似淡而实美”后，后人渐渐理解了这位诗人。张隆溪引用宇文所安等多个具有代表性的评论家向我们指出陶渊明的语言看似质朴但又绝不质朴，他的语言总是指向自身之外，平淡自然的风格并非天然形成，而是得益于诗人对语言性质的深湛理解。所谓辩不若默，道不可闻，陶渊明的诗表明他意识到了言说的复杂性和克服言说的困难方式，不能直接表达而只能间接暗示，这就是“无言诗学”的原则。至此，张隆溪将里尔克、马拉美和陶渊明这三位不同时代不同国家的诗人通过“无言诗学”连接在了一起，而所谓“无言诗学”的真正意图正是由对语言无力的失望走向对语言使用策略的探索。

（2）走向阐释的多元化

①作者、文本、读者的维度。张隆溪认为文学阐释学不可避免地具有阐释多元化的倾向，也即它主张一种开放的、真正互惠的对话。在对此进行论述时，张隆溪首先对西方文学理论中存在的对作者、文本和读者的片面化、极端化和僵硬化的强调提出批评，但又并非对这三个因素的彻底否定，因为他所倡导的走向阐释的多元化必须同时兼顾作者、文本和读者等多方面因素。

②文学阐释的多元化。张隆溪对作家、文本和读者问题的批评，正是看到了当代的文学理论，不管是对作家、文本还是对读者的强调，往往表现为把某一特定的概念、术语或方法视为唯一正确和有效的东西。纵观当代批评理论的每一流派都在差异的确认中建构自己的最高权威。例如在维姆萨特和比亚兹莱看来，文本是唯一重要的东西，而作者和读者只能放在视线之外，在赫施看来，诠释是否有效的唯一客观的标准是符合作者的意图。对此张隆溪提出了自己的疑问：在文学批评中，文本的解读方式多种多样，为什么我们只能选择其中一个而排斥其他各种可能性？为此他主张在对文学进行理解时，作者、文本和读者都是理解文本意义的有机组成部分，要想对文学达到一种更为深刻的理解，就要学会对所有这些因素和力量进行综合平衡，这取决于一个人的学识和修养。张隆溪进一步将自己的观点概括为文学阐释的多元化倾向。所谓的阐释多元化的倾向是指一种开放的、真正互惠的对话，并强调这样的对话作为交流的范例具有重要的意义。不过，长期以来多元论的提法一直饱受批评家的怀疑，有人认为多元论的主张并

不像其表面上说的那样强调多元，它实际上是一种有计划的排斥，它更多的时候反而走向了自己的对立面。由多元走向压抑宽容的策略，由多元走向一元。张隆溪认为所有对于多元论的怀疑，都不足以动摇多元论强调多元的原则。排斥并非多元论的固有属性，阐释的多元化意味着吸收接纳了更多相反的观点，走向阐释的多元也就坚持了文学阐释学的开放性，在阅读文学作品并试图做出阐释时，要能够意识到那些与自己不同的解释和评论，做到了这一点就可以避免西方文论家普遍存在的将自己完全投入某种特定的方法。

相比西方而言，张隆溪指出在中国传统诗学中，不同的理解方式和解释方式更容易得到承认和接受。中国诗学早就为走向阐释多元化埋下了种子。《易经》早有“仁者见仁，智者见智”的记载，批评家们经常引用这句话为阐释上的差异作合法性辩护。诗人们也经常引用这句话来为自己不同的理解争得一席之地。之后董仲舒为反对只对《诗经》作字面上的生硬解释，提出了“诗无达诂”的说法，这种说法无异于鼓励对《诗经》做多种解释。因此董仲舒的说法也被用来论证诗歌解读中的多元论阐释。张隆溪又举出沈德潜主张读者应涵泳浸渍于诗中而不必强调理解和审美上的一致，他认为沈德潜的这句话是对董仲舒“诗无达诂”的注解，以及谢榛在解读陶渊明诗的时候曾称：“诗有可解、不可解、不必解。若水月镜花，勿泥其迹可也。”[①] 通过对中西文学阐释学的横向和纵向对比，张隆溪对文学阐释学做出了自己的价值判断。在他看来，“最好的阐释不过是在阅读过程中对众多的因素作出了说明，对文本进行了最前后一致的解释和总体上揭示了文本的意义而已”[②]。对于西方各种各执一派的文学批评的批判，恰恰表明张隆溪不希望我们被任何理论、概念和方法所束缚，在进行阅读和文学批评时，应该综合考虑所有相关因素，只有这样才能对文学阐释学的性质有更深更广阔的把握。

① 丁福保. 历代诗话续编 [M]. 北京：中华书局，1983：1137.

② 张隆溪. 道与逻各斯 [M]. 南京：江苏教育出版社，2006：260.

二、中国学派跨文化研究经典案例解析

1985年，张隆溪在*Critical Inquiry*上发表了一篇文章，在文章的前半部分，张隆溪再次指出黑格尔、莱布尼茨等人借贬抑中国的语言来彰显西方的语言，这本身就是一种偏见，在文章的后面，张隆溪认为斯皮瓦克对德里达的批评尊重了长期被掩盖的事实，并提出中国也存在逻各斯中心主义的观点。为证明这一观点，张隆溪提出，中国的《道德经》中的“道”有“说”和“道”的双关，与西方逻各斯的“言说”和“理性”双关，二者正好吻合，之后，张隆溪又将自己在文章中提到的观点进一步扩充，形成一本专著《道与逻各斯》。这本书的立言基础就是坚持“道”与“逻各斯”的相似性。当然张隆溪之所以理直气壮地认为“道”与“逻各斯”相似，一方面是为了回应以德里达为中心的西方“偏见”，另一方面，还与钱钟书在《管锥编》中所论述的中国的“道”和西方的“逻各斯”可以相参的观点息息相关。张隆溪关于道与逻各斯的论说，引起了学术界的广泛讨论。下面，我们就《道与逻各斯》对道与逻各斯进行比较诗学阐释。

（一）“说西—道东”的讨论

1. “说西—道东”的由来

“说西—道东”的由来，与德里达的《论语法学》及其解构主义思想有很大的关系。1966年，德里达在约翰·霍普金斯大学的学术会上发表了解构主义的宣言书SSP（Structure，Sign and Play in the Discourse of Human Sciences）。在宣言中德里达明确提出解构主义所解构的是以逻各斯中心逻辑（logocentrism）形成中心的那些结构。那么德里达所说的逻各斯究竟指什么？在《论语法学》一书中，他明确提出“逻各斯”是指柏拉图的“逻各斯”，实际上是“逻各斯中心”。因此，该书潜在地将柏拉图的语音中心主义（phonocentrism）界定为逻各斯中心的一个具体的表现。柏拉图认为言说之字（the spoken word）虽并不能代表思想本身，但它代表了思想的外部形式，而书写文字与思想离得更远，因为它只是言语的外部形式。因此言说和“理性”离得更近，根据二元对立中有尊必有贬，尊言语意味着“书写”遭到否定。德里达进一步指出逻各斯一词在希腊传统中有着丰富的涵义，而柏拉图将逻各斯解释成尊言语（logos，speech）而贬书写（writing），

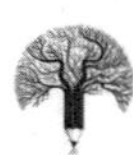

这种解释不仅缩小了逻各斯的范围，而且使柏拉图成了逻各斯中心逻辑的创造者，也成为后来语音中心主义偏见的众矢之的。德里达在书中表示解构的目的就是将哲学从柏拉图传统的束缚中解放出来。然而值得反思的是，德里达通过将逻各斯中心主义的起源追寻到柏拉图对话，进而将逻各斯中心主义等同于语音中心主义。这种做法是对逻各斯中心主义的曲解，首先语音中心主义不是逻各斯中心主义的全部内涵，古希腊哲学家赫拉克利特在其著作残片第一条提出了“逻各斯”的概念。格思里在其著作《希腊哲学史》中对赫拉克利特的“逻各斯”作了系统的研究，并从古代希腊人的著作残篇中归纳出逻各斯的十种含义，其中包括任何讲出来的东西、写出来的东西和判定价值相关的东西、比例、合适的尺寸、事物真相、理性思维所蕴含的力量等等。①

此外，格思里还认为，“逻各斯”在希腊语中是一个最常用的词，严格说来，在英语中不可能找到一个对应的同一词来翻译它。

其次，即使在柏拉图语境里，语音中心主义也不是逻各斯中心主义的全部内涵，柏拉图式的语音中心主义除了具有德里达指出的尊言语、贬书写的含义，还有另外两层含义，第一层含义，是指言说的在场与书写的不在场实际上与柏拉图传统里的其他二元对立的例子相辅相成，如：尊知识贬现象，尊灵魂贬肉体，尊理性贬情绪，等等。因此这里的语音中心主义其实就是二元对立辩证法。第二层意思，是指把言说之字提到一个崇高的地位，把它看作思想和事物本身的代表，并将它升华为神而绝对的真理概念、一个“在场词”，也就是“依赖或附属于逻各斯中心”的能指。比如，在男女平等的语境里，“男人”不是“在场”词。当“男人”代表“男尊女卑”的概念时，它才是“在场”词。如此看来，二元对立和尊崇圣言才构成了柏拉图的逻各斯或逻各斯中心主义的基本特征，而不能简单地将逻各斯中心主义和语音中心主义做字面的等同。②

从柏拉图的逻各斯中心主义中找到了基本的解构思路之后，德里达在《论语法学》一书中还试图从中国这一他者视域中寻找灵感，他在书中指出：

① 汪子嵩，范明生，陈村富，等. 希腊哲学史（第1卷）[M]. 北京：人民出版社，2019：342.

② 童明. 说西—道东：中西比较和解构 [J]. 首都师范大学学报（社会科学版），2016（2）：25.

“中国的文字符号，即‘意象符号’（idogram），通过菲诺洛萨对庞德的影响产生了‘意象诗学’（imagism）。”① 德里达极力赋予这件事情以足够的历史意义，将庞德借鉴中国文字形成新诗学这个文学现象，说成是顽固的西方传统中的第一次突破。《论语法学》的英文译者斯皮瓦克却从中体味出别的意思，她将德里达把逻各斯中心主义归为西方特有的属性这种做法，称之为逆向的种族中心主义。的确，德里达在《论语法学》中的解构以西方为主，他对东方文本并没有认真研究过，他认为中国没有逻各斯中心，这种观点缺少明确的文本依据。斯皮瓦克的观点很快在学术界掀起了一场关于东方有无逻各斯中心话题的争论。

2. 中国有逻各斯中心主义吗

学术界对于张隆溪“说西—道东”的讨论主要集中在他的《道与逻各斯》这本书中，其争论的焦点在于“中国有无逻各斯”这一核心问题上。他们的论述有些是从张隆溪所得出的“中国也存在逻各斯中心主义”，并将道与逻各斯等同这一结论出发的，有些是从张隆溪论述道与逻各斯相似的过程入手的。但却很少有人真正从整本书的架构出发，即在道与逻各斯这个宏大主题之下，张隆溪更为用心的是中西方文学的主题研究。

道与逻各斯作为中西方思想的最高范畴，引起了学者们的普遍关注，张隆溪以求同为策略，主张超越中西方文化的差异来寻求共同之处。在他的代表作《道与逻各斯》中，他将中国的“道”与西方的“逻各斯”并列，认为二者均包含了思想、言说和文字的形上等级制，并得出“逻各斯中心主义”不是西方独有的，中国文化中也有“逻各斯中心主义”的结论。国内有些学者认为这是“中国比较文学界的一大创获”。② 但也有些学者对此提出了质疑。其中最普遍的就是认为尽管张隆溪在《道与逻各斯》这本书的序中一再声明，他试图要做的并不是将西方的阐释学理论运用于对中国文学的阅读，但跳出“以西释中”的老路是很困难的。张隆溪在对道与逻各斯进行比较的时候，还是先行对中国传统文论作了符合西方阐释学旨义

① 童明. 说西—道东：中西比较和解构 [J]. 首都师范大学学报（社会科学版），2016（2）：25.

② 支宇. 寻找跨东西文化的共同文学规律——评张隆溪教授的《道与逻各斯》[J]. 中国比较文学，1999（02）：89.

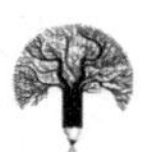

的解释，并且存在“你有我也有”的攀比心理。有些学者认为张隆溪对中国思想和逻各斯中心主义都做了简单化的理解。中国思想并不只局限在老庄一脉，不能以偏概全，儒家思想反而有一种文字中心主义。刘若愚指出，即便是在老庄哲学那里也有一种对言语文字怀疑的态度。不能断定其为纯粹的声音中心主义。逻各斯中心主义也并非德里达所言只是声音中心主义。[①]张隆溪并没有从文化探源的角度梳理这两个中心范畴。

曹顺庆教授主要从道与逻各斯作为中西方文化和文论话语的原生点之一这个层面进行分析。他明确指出道与逻各斯的相似之处，比如第一，道与逻各斯都是永恒的，赫拉克利特所说的逻各斯之“永恒”和老子道的“常”是可以通约的。第二，“道”与“逻各斯”都有“说话”“言谈”之意。第三，“逻各斯”与“道”都与规律或理性相关。但是曹顺庆更感兴趣的是为什么中西文化从这相似性的起点却最终在文化和文学上的最深层次问题上分道扬镳。首先，曹顺庆归纳总结出了“道”与“逻各斯”的不同之处大致可以分为“有与无”“可言与不可言”和“分析与体悟”这三个方面。曹顺庆还指出这三个方面恰好与上述三个相同方面相对应而存在。对于这种“二律背反”的现象，曹顺庆只对前两个方面做出了详细论述，其中在第一个“有与无”方面，曹顺庆指出，老子的“道”，其根本是“无”，赫拉克利特的“逻各斯”虽然也具有某些“视之不见”“听之不闻”的特征，但是相对于老子从根本上就认为“道”就是一种谁都看不见、听不着的“无”，赫拉克利特认为“逻各斯”并不是“无”，只是由于人们的认知没有达到它所要求的高度，因此也就不能捕捉它隐含其中的事物的本质。这个本质绝非“无”，而是“有”。赫拉克利特主张人们应该去寻求并遵循代表智慧的“逻各斯”。赫拉克利特最终从“逻各斯”走向了物质的实体，从观察万物中总结规律，而这条求知——观察——追问原因——总结规律的链条正是西方文化与文论的基本哲学话语特征，古希腊哲学大师亚里士多德正是在对“有”和“存在”的追问中，建立起了西方科学理性话语和确立逻辑分析推论的意义生成方式的，当代海德格尔和德里达所批判的“逻各斯中心主义”也即是这种话语体系。受此影响的西方文化和文论更注重逻辑因果、注重对现实事

① 周荣胜．中国文明中的逻各斯中心主义问题 [J]．求是学刊，2001（3）：5.

物的摹仿，注重外在的比例、对称美、形式美等等。而中国的文学艺术和文论在老子“尚无”的影响下提出“虚实相生”论、“虚静”、“象外之象”和“味外之旨”等等。关于第二个方面“可言和不可言”，老子清醒地认识到“道”是不可言的，但要论“道”，他依然摆脱不了用语言去表达不可言之道，老子被迫走向了“强为之名”的道路，但实际上在无奈中老子却走出了一条“以言去言”之路，从而超越语言，直达道之本身。而海德格尔在批判“逻各斯中心主义”的时候也指出了在西方哲学史上，“逻各斯”没有被引向不可言说的道之本身，而是最终导向了可以言说的理性、规律与逻辑。“道”与“逻各斯”正是从“不可言说”和“可言说”各选了一条路，从而形成了两套截然不同的文论与文化的话语言说系统。①

另外一些学者认为中国有逻各斯中心的逻辑，但是却没有语音中心主义意义上的逻各斯中心。中国有另外一套语汇来表示逻各斯中心，但是，老子的“道”并不属于这个词汇。②柏拉图的“逻各斯中心”和老子的“道”只是表面相似，而实质上却有很大差别，比如逻各斯中心的逻辑是通过将某种语义用“在场”词固定，从而达到垄断语义，而老子认为常恒之道是不能用言语表达清楚的。

还有学者认为张隆溪在引用老庄以及孔子涉及言与意关系的言语，来论说中国语言观中也存在与西方相同的思—言—文结构时，忽略了一个重要的事实。中国古代的“言”并没有严格区分口语之言与文辞之言，中国古代的言不是仅代表言说或口语，而是代表包括言辞、名称书文等在内的语言的总体。因此中国的言与西方的 speech 貌合神离。而且汉语的“意”与西文的“思”也是两种不同的思维。张隆溪由此得出的中国也存在与西方一样的思想言说和文字的形上等级制结论是不可靠的，而在此基础上中国也存在逻各斯中心主义的结论也有待商榷。在对待语言的态度上，柏拉图与老子确有相似之处，但这并不等同于他们对语言的思考完全一致。“道”这个字在《老子》中出现过七十三次，只有一次与言说有关，在《老子》一书中，老子并没有以下定义的方式对“道”进行明确的界定，而是作了

① 曹顺庆. 道与逻各斯：中西文化与文论分道扬镳的起点 [J]. 文艺研究，1997（6）：54.

② 童明. 说西—道东：中西比较和解构 [J]. 首都师范大学学报（社会科学版），2016（2）：25.

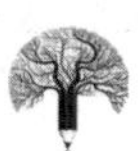

某种规定性，也就是他所说的“道之为物”，这里的“物”是指“万物”之所以成为“万物”的“本根之物”，并由此得出“道生一，一生二，二生三，三生万物”的结论。此外老子还具体描述了“道”的其他特征。比如“道大”，这是指“道”在空间上的无限性；“道久”，这是指“道”在时间上的无限性。以及“道”的先天地生和“道”无形无象、不可感知等等，总之“道”是不可言说的，凡能被言说的，都不是真正意义上的“道”，而他自己的“五千言”，也不过是“勉强而言之”。老子本人的话语只是着眼于整个语言的言与意之间的关系，并无意区分书面语和口语之间的关系，从中并不可见语音中心主义的相关内容。然而张隆溪在论证中国也存在逻各斯中心主义的时候，仅从挑战德里达的语音中心主义西方语言观念出发，认为这种思—言—文这一形而上学的等级结构不仅存在于西方，也存在于东方。中国也有逻各斯中心主义的思维模式，其实是有失严谨的。①

诚然，张隆溪在论述道与逻各斯的可比性的过程中确实存在一定的问题，但是笔者发现在对这些问题进行批评时，很多学者往往由张隆溪论述中所存在的疏漏直接推导出求同策略是忽略差异的求同，进而得出求同策略已失效的结论，甚至倡导以变异学的超越来取代求同的失效。对此，笔者不敢苟同。

（二）道与逻各斯的比较视域

为了更有效地回应上述学者的质疑，本章尝试引入比较视域的视角。比较视域是比较诗学学术研究的基点，在此基础上比较诗学在学科上才得以成立，并开展学术研究。比较视域也可以看作是比较诗学学者对中外诗学以及有关学科进行研究时所持有的视角或者眼光，比较视域决定了比较诗学在学科上的成立以研究主体定位。“比较诗学研究主体自觉选择多种国别文学理论之间的互文关系作为自己研究的对象，在具体研究中注重整合与此相关的文化和历史背景。除此之外，为了达到多元透视的效果，必须在跨民族、跨语言、跨文化和跨学科的基础上进行汇通性研究。”② 通常在学理上，我们会将这种在“四个跨越”中形成的关于多元化文学理论的

① 张廷国．“道”与“逻各斯”：中西哲学对话的可能性 [J]．中国社会科学，2004（1）：10.

② 杨乃乔．比较文学概论 [M]．北京：北京大学出版社，2013：437.

研究视域称之为比较视域。比较诗学与一般文学理论以及国别文论研究的不同就在于比较诗学这一学科安身立命的基点是比较视域。《道与逻各斯》就是在“四个跨越”的多元透视中对中西文论和文化的比较研究。我们只有引入比较诗学的比较视域才能对张隆溪的比较文学思想有更深刻的认识。

1. 道与逻各斯的视域融合

回顾西方阐释学的发展，从古典阐释学到一般阐释学，尽管呈现出一定的历史进步与发展的趋势，但都是把恢复文本和作者的原意作为最终的指向，这不过是在一种带有客观性的方法论和认识论框架中所做的改进和改造而已，现代哲学阐释学，尤其是以海德格尔和伽达默尔为代表的哲学大师，将阐释学从以往的认识论提高到本体论的理解，在现代阐释学看来，艺术的理解和阐释不仅是主体的认识和行为方式，更是作为此在人的本身的存在方式，因此理解必须要正视这样一个问题，恰恰是人的历史性构成了理解的基础，理解无法完全克服主体及其时空的偏见以达到对作品纯客观的理解。海德格尔提出的“前理解”的概念，也即对理解者和阐释者的前有、前见和前知的承认就是对理解的本体论和人的本身存在方式的肯定。德国学者伽达默尔又在海德格尔“前理解”的基础上提出了视域融合的构想，伽达默尔在《真理与方法》这本书中讨论了诠释学和历史前理解的问题，他认为：“当下视域是在一个持续的过程中所形成的，因为我们也在不停地检验我们的前见。对于我们过去的遭遇以及所经历的传统的理解是这一检验的重要组成部分。因此，如果没有过去，当下视域就不能形成。同理，如果没有孤立的当下视域，就不存在孤立的获得性历史视域。只有将这些独自存在的视域融合才能理解。”[①] 伽达默尔延续海德格尔的思绪，无论是原本的作者还是后来的阐释者，在理解一个文本时都带有自己的视域，即所谓的偏见，而在具体的理解过程中，这两种视域总是在时间的距离和历史背景的差异中，存在各种各样的差距和错位，为达到更好地理解，理解者和阐释者要不断扩大自己的视域，不仅要使这两种视域交融在一起，还要更进一步地使自己的视域与其他的视域接触、交融，从而实现视域融合。[②]

① Hans-Georg Gadamer. Truth and Method[M]. New York：Crossroad Publishing Company，1989: pp.6.

② 杨乃乔. 论比较诗学及其他者视域的异质文化与非我因素 [J]. 北京大学学报（哲学社会科学版），2007（1）：111.

伽达默尔所强调的视域融合这个概念被用到比较诗学研究领域中具有重大意义。在《道与逻各斯》这本书中，张隆溪充分吸收了伽达默尔的阐释学观点。凭借学贯中西的跨文化和跨学科的知识积累和研究眼光，他很自然地就拥有了融合中外和古今的比较视域。

对于张隆溪在中西两种不同的民族诗学文化传统之间所进行的跨文化和跨学科视域的融合的可能，我们可以借助交集理论进一步讨论。交集理论因其简单且高效地回答了视域融合以及比较研究如何成为可能，在比较文学的学科理论建设上具有重要意义。威利·凡.毕尔在《文学理论的世界性成分》这篇文章中，全面且条理清晰地阐述了交集理论在比较文学研究领域的学理性和适用性。为了更方便理解，我们对该理论进行调整、重构，并结合“道”与“逻各斯”来进一步说明视域融合问题。如图 4-1 所示，我们将世界现有的全部的文学理论命名为“T 组”，将东方文学理论命名为“E 组”（这里可指“道”），将西方文学理论命名为“W 组”（这里可指“逻各斯”），“E 组”和“W 组”是“T 组”的子集合，“E 组”和“W 组”在“T 组”的圆周中形成的交叉部分，我们称之为“I 组”（“道”与“逻各斯”相通的部分），交叉部分也即是“E 组”和“W 组”的交集，这个交集就是东方文学与西方文学两者在世界文学大的范畴内交叉融合的具有普适性和共通性的部分。张隆溪在《道与逻各斯》一书中研究的视域融合，正是在“I 组”中生成的。而处于交集之外的“E 组”和“W 组”，则是各自特异之处的体现，也即民族性和差异性。[①]

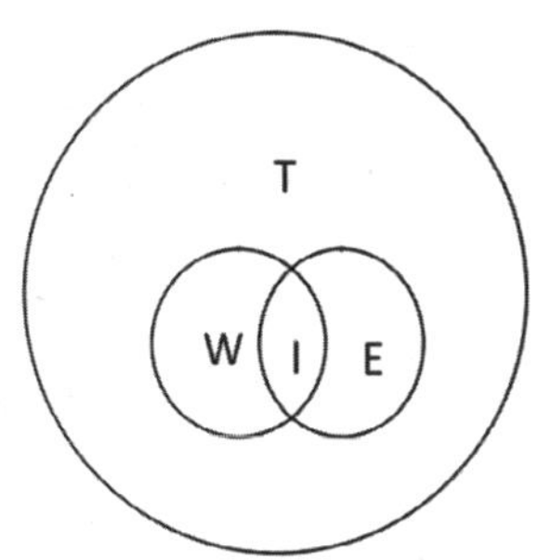

图4-1　道与逻各斯的比较视域

① 杨乃乔. 论比较诗学及其他者视域的异质文化与非我因素 [J]. 北京大学学报（哲学社会科学版），2007（1）：111.

比较诗学研究在跨文化的基础上所形成的整合和汇通性，决定了它的一个基本理论点就在于，两者或多者的交集形成视域融合，融合本身就完成了一种意义重构（reconstruction），或者说是比较诗学研究主体以自身的多元文化知识在东西视域融合中重构出一种崭新的意义，从而形成第三种立场与第三种诗学。张隆溪认为中西诗学之间的比较研究应该在超越差异的基础上打通，他对中国的“道”与西方的“逻各斯”进行汇通性的比较研究，正是在两种中西方最高的哲学视域的碰撞与整合中，张隆溪给出了颇有勇气的判断，这种判断也是比较诗学研究在视域融合的交集中所生成的新的意义，尽管关于“道”与“逻各斯”相似性的判断饱受学界争议，但是却为张隆溪在《道与逻各斯》这本书中进行中西方文学的主题研究开拓了极大的对话空间，并确立了他走向阐释多元化的价值判断。

2. 道与逻各斯互为他者视域

他者视域在比较诗学研究中，有两种文化立场，一种是研究主体站在本土文化语境下研究对方文论，此时对方文论构成本土研究者的非我因素——他者，第二种是研究主体站在相异的对方文化语境下，将本民族的文化理论带入其中，用非我因素的他者眼光进行审视与反思。我们在进行比较诗学研究时，将他者与他者视域带入进来，是为了强调在对本土诗学与异质文化的诗学进行研究时，应该相互重视，互为他者或者他者视域。反对以一方为中心的单向度的他者研究心态。[①] 从比较诗学研究的具体范例来看，产生于不同民族文化土壤的民族的诗学于另一方而言就是一面镜子，也可称为“文化之镜”，“正是由于异质文化之间的差异性所在，一个民族文化的形象投射在另一个民族文化之镜上，在此过程中，因文化的差异而在对方镜中会呈现出带有反差的但却更为本真的形象，这个本真的文化形象在没有互通之前，在已方相对封闭的文化场域是无法看得如此清晰的。当然不同文化之间可以相互为镜的前提是因为二者之间存在类的共通性”[②]。

著名的比较文学学者厄尔·迈纳（Earl Miner）在 1983 年中美双边比较文学讨论会闭幕式上发表感言，他将中国的文学比喻为照亮美国文学的

① 杨乃乔．比较文学概论 [M]．北京：北京大学出版社，2013：430.

② 杨乃乔．比较文学概论 [M]．北京：北京大学出版社，2013：438.

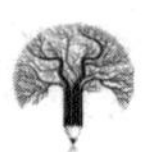

灯塔，确实如此，每一个民族的文化传统就像一座灯塔，灯塔的光芒不仅代表着本民族诗学研究所取得的闪耀的理论之光，而且还照亮了别的民族的诗学文化研究，但是在灯塔的下面总有一片盲区等待被照亮，而本土诗学研究者仅仅凭借在本土语境下研究的成果往往不能照亮盲区，他们必须从本土诗学文化传统中跳出来，借用他国的诗学理论或者相关的学科理论才能照亮和激活这片盲区。以他者视域作为参照，我们再来审视张隆溪的《道与逻各斯》，便会更为深刻地体会到作者的用意。在这本著作中，我们注意到张隆溪把属于中西哲学本体范畴的“道”与“逻各斯”从各自的哲学背景中提取出来，放在中西文学理论的框架内进行汇通性的研究。更值得注意的是张隆溪在完成这本著作时的华裔文化身份，即在美国的学术背景下并且用英语写作。因此他整部著作的架构所处理的关键是把中国诗学在理论的澄明中，介绍给欧美学者阅读。这样一来，中国古代诗学的“道”在命题成立上被置放在“逻各斯”之前。在实际的研究中，张隆溪用希腊词逻各斯具有理性和言说的双重含义，来透析中国道家哲学中的“道”也包含思想和言说的二重性，并且这里的思想与理性是相同的，张隆溪又进一步挖掘潜藏于道家哲学中的诗学内涵，并以西方形而上学的等级序列进行阐述。“道”与“逻各斯”都表达着双重的意义，这两层意义都代表着内在现实和外在表达之间的等级关系。因此张隆溪的《道与逻各斯》这本书最大的特色在于，他把西方古典哲学中的逻各斯中心主义以及与此相关的西方现代哲学中的阐释学和后现代哲学中的解构主义，作为照亮东方中国道家诗学的灯塔，并在中西方汇通的过程中，澄明与激活了遮蔽在道家文化传统中和中国诗学传统文化中丰富的诗学思想。

（三）对《道与逻各斯》的重新思考

张隆溪的跨文化理论研究是在一以贯之的求同策略下进行的，这是他高度的理论自觉的体现。这种自觉也贯穿于《道与逻各斯》这本书中。在进行东西方文学阐释学研究时，张隆溪把这些不同民族和国家的彼此无关、迥然不同的作品拿来比较，发现它们所蕴含的共同的主题。张隆溪首先发现的主题就是中西方文化中都有逻各斯中心主义精神。对于这一点学术界对张隆溪的论述存有争议，如上文所提到的在证明中国诗学传统中也存在与西方一样的言意文的等级关系时，他忽略了一个重要问题：中国的文化传统中，“书”的含义既可以指书写，也可以表示书籍，“言”则不仅仅指口语，大而化之甚至囊括了书写文字的整个语言，言与speech貌合神离。[①]中国传统哲学中所涉及的言意关系主要是指语言能否有效地表达人的思想问题，所谓的言集中体现在语言层面，而不关乎口语，所以他们讨论的往往是作为整体语言的言与意之间的关系，并不像西方那样对口语和书面语加以区分。从这方面来看，张隆溪的论述确有不当之处。但这并不意味着道与逻各斯可比性的失效，为了更好地说明这一问题，本书引入比较视域、交集理论等，试图探析道与逻各斯比较的可能性。再者，道与逻各斯的比较只是《道与逻各斯》这本书涉及的中西方比较的一个方面，事实上这本书主要探讨的是中西方文学阐释学的比较，这也是本书着重探讨的问题。张隆溪在对中西方文学进行阐释的过程中为我们营造的与被理解事物之间开放性的对话关系，综合来看，《道与逻各斯》仍然不失为一部富于启发性的比较诗学著作。

此外，关于学术界对求同策略一味求同而忽略差异做法的质疑，张隆溪借海德格尔的一篇论述荷尔德林的文章进行了深刻的阐释，这篇文章对同一（the same）和等同（the equal or identical）做了区分：等同是为了让每个事物划归于一个共同的名称，总的趋势是差别的消失。与此相对，同一则是用差异的方式聚集起不同的事物。张隆溪表明他将东西方不同作品拿来比较的目的就是从分散的事物中看出同一，而这种在差异中见出同一的做法并不意味着使异质的东西彼此等同，或者抹杀不同文化和文学中的固有差异。这恰好与建立在对文化、种族、性别等种种差异的强调上的当代或后现代的西方理论截然不同。[②]正是这种超越差异，致力于同一性研究的立场，使得他可以在《道与逻各斯》这本书中，将中西不同的诗学观点聚集在一起，使之展开跨文化对话。并达到了相互“照亮”的效果。例如，大多国内外学者都倾向于认为中国传统的文学批评中的主流是意图论批评，代表就是“诗言志”“知人论世”和“以意逆志”，但张隆溪在《道与逻各斯》这本书中，从西方现代阐释学理论中获得启发，并结合对李商隐诗歌的解

① 刘人锋. 超越差异：张隆溪与赵毅衡的中西比较诗学研究 [J]. 当代文坛，2006（2）：15.

② 张隆溪. 道与逻各斯 [M]. 南京：江苏教育出版社，2006：8.

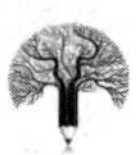

读中所蕴含的阐释循环、诗人对“知音”的渴望以及董仲舒的“诗无达诂”等等，发现在中国诗学中也存在一条一以贯之的阐释学思路，这对于拓展中国文论的阐释空间具有重大意义。此外张隆溪认为中西方都存在对于语言的怀疑和肯定的反讽式的纠缠，在论及中西方的文学语言特征时，他又提出了无言诗学的观点。这都是在平等的跨文化对话的指导下做出的突破。

第五章　中国学派译介学研究

提到中国学派译介学研究，不得不提谢天振教授。对中国翻译界来说，谢天振的译介学理论在于彻底扭转了那种把翻译只是简单地理解为一种语言文字的转换行为，把翻译研究的对象也只是简单地定位在探讨“怎么译”“怎样才能译得好、译得准确”的理解上，从而使翻译界走出了原先那种对翻译的狭隘的、有失偏颇的认识，把翻译研究真正提高到一个理论的层面，使中国翻译界开始有了自己的理论。

一、中国学派译介学研究理论

（一）译介学：一种跨文化的比较文学研究

学界一般公认，谢天振的主要建树在于在中文的语境下，融跨文化研究（intercultural studies）和翻译研究（translation studies）为一体，加以中国视角的提炼升华，进而创立了独具中国特色的“译介学”。《译介学》的出版，揭开了从比较文学和比较文化角度研究翻译的新层面，开拓了国内翻译研究的新领域。那么人们也许要问，译介学的新颖之处究竟何在？它与传统的翻译研究有何本质的不同呢？

首先，谢天振试图对他所创立的译介学作一个不同于传统的翻译批评及当代西方的翻译学或翻译研究的清晰界定：

译介学不同于一般意义上的翻译研究，如果要对它作一个简明扼要的界定的话，那么不妨说，译介学最初是从比较文学中媒介学的角度出发、目前则越来越多是从比较文化的角度出发对翻译（尤其是文学翻译）和翻译文学进行的研究。严格而言，译介学的研究不是一种语言研究，而是一种文学研究或者文化研究，它关心的不是语言层面上出发语与目的语之间

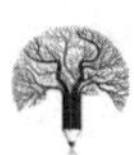

如何转换的问题，它关心的是原文在这种外语和本族语转换过程中信息的失落、变形、增添、扩伸等问题，它关心的是翻译（主要是文学翻译）作为人类一种跨文化交流的实践活动所具有的独特价值和意义。[①]

既然是从比较文学和比较文化的角度来考察翻译现象，尤其是文学翻译，那么译介学与传统的翻译研究的目的就不尽相同，它首先要突破的一点就是长期以来在传统的翻译研究中占据主导地位的“语言中心主义”的模式[②]。这种模式在翻译研究的“文化转向”的冲击下，在西方学界早已解体，但在中国的翻译研究界依然有着强大的声势，一时难以动摇。众所周知，在中国的翻译研究界，人们也如同西方学者一样，分别从对比语言学和比较文学这两个角度切入来研究。尽管这二者都关注翻译问题，但其侧重点有所不同：

传统翻译研究多注重于语言的转换过程，以及与之有关的理论问题，而比较文学学者关心的是在这些转换过程中表现出来的两种文化和文学的交流，它们的相互理解和交融，相互误解和排斥，以及相互误释而导致的文化扭曲与变形，等等。比较文学学者一般不会涉及这些现象的翻译学意义上的价值判断。[③]

中国语境下的传统的翻译研究或翻译批评往往主观印象的色彩很浓，尤其是专事文学翻译研究的学者撰写的文章大多是从自己的翻译实践总结出的经验之谈，而较少基于学理的思考和分析，因而远未上升到学科意义上的讨论和研究。有鉴于此，译介学之所以不同于传统的翻译研究就在于：前者更注重各民族/国别文学通过翻译而达到的相互交流和相互影响，而后者则更关心如何以其研究成果来指导翻译实践；前者的落脚点在比较文学和比较文化，后者的落脚点则在翻译本身。可以说，正是通过谢天振等人的努力，翻译研究开始在中国走出了“语言中心主义”的藩篱，进入了大的国际性的比较文化讨论和研究的语境。

① 谢天振．译介学[M]．上海：上海外语教育出版社，1999：1.

② 王宁．走出“语言中心主义”囚笼的翻译学[J]．外国语（上海外国语大学学报），2014（4）：2—3.

③ 谢天振．译介学[M]．上海：上海外语教育出版社，1999：11.

（二）谢天振教授的译介学研究述评

谢天振教授经过三十多年的翻译研究创立的译介学研究，不同于传统意义上的以语言转换为对象的翻译研究，而是一种跨文化交际视野中的文学研究或文化研究。它缘起于对翻译文学在中国文学史上的地位的探讨。《译介学》系统阐述了译介学的理论、方法和实践，是我国比较文学界和翻译学界第一部译介学专著。日臻成熟、完善的译介学研究体系的建构较完整地呈现在他的三部译介学代表性专著里，也即《译介学》（增订本）（以下简称《增订本》）（谢天振，2013）、《译介学导论》（以下简称《导论》）（谢天振，2007）和《隐身与现身——从传统译论到现代译论》（以下简称《隐身与现身》）（谢天振，2014）。《增订本》是在1999年版《译介学》的理论体系基础上，融入了作者在21世纪以来最新的学术思想，表述更为准确清晰，举例更为丰富生动，理论体系更为严谨完整。《导论》在梳理译介学诞生的背景、核心命题和问题的基础上，着重从文化层面深入思考一些翻译的具体问题、翻译文学的性质和归属、翻译文学史以及译介学研究的理论前景。《隐身与现身》则围绕“隐身与现身”这个传统译论向现代译论过渡的命题，以现代译论的视角对翻译学科进行系统、综合描述。可以说这三本专著一脉相承，聚焦于译介学对翻译理论的建构、翻译学科的建设和翻译问题的解决，呈现了译介学研究从跨学科视角为传统译学研究拓展的新领域。

1. 国内外译学研究现状

Dong Dahui，Chen Men-lin① 采用文献计量学方法和知识可视化技术，基于科学网数据库（the Web of Sci ence database）索引的2000—2015年所有期刊对翻译研究的最新情况和研究主题进行探索，通过同被引和共现分析方法（co-citation and co-occurrence analysis methods）锁定期刊论文的题目和摘要短语中出现的160个名词短语，分析发现翻译研究可分为三大类：当代翻译研究（或翻译理论研究）、口笔译培训和语言学导向的翻译研究。其中第一类翻译研究领域中出现最多的短语分别是：translation，

① Dong Dahui,Chen Men-lin.Publication Trends and Co-cita tion Mapping of Translation Studies between 2000 and 2015[J].Scientometrics, 2015（105）:1122—1124.

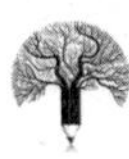

translator，society，culture，history，identity，power，ideology，genre，reception，voice 和 discourse。这表明，翻译理论研究的热点主题涵盖翻译、译者、社会、文化、历史、身份、权力、意识形态、文类和接受等方面。此外，数据表明：在此期间，在所检索的国际期刊上发文最多的前六位国家分别是美国（410 篇）、英国（269 篇）、西班牙（206 篇）、中国（149 篇）、德国（109 篇）和澳大利亚（101 篇）。这种文献计量学的统计方法基于客观数据，以直观的方式区分了翻译研究的三大块主要领域，并呈现了国际译学热点主题、核心期刊、被引研究者以及各国研究情况。

赵云龙等考察了中国知网收录的 17 种外语核心期刊 2001—2015 年的近 7000 篇翻译学论文，梳理了国内翻译学在这 15 年间的总体发展情况，并指出自我国于 2006 年正式提出中国文化“走出去”战略以来，翻译出版和译本传播已逐渐成为国内学界青睐的又一个新的研究领域；中国文学作品外译本在海外的出版、传播的研究可以视为功能导向描述翻译学下的新分支。[①] 罗列、穆雷认为“翻译学作为独立学科的地位已经建立起来”，并将译介学纳入作为二级学科的翻译学下的三级学科。[②] 廖七一预测：“翻译的跨学科综合研究，翻译研究向文化研究发展，翻译理论的多元互补和东西翻译理论的交汇融合将是翻译理论发展的主要趋势。”[③] 从国内外翻译研究综述来看，中国译学的发展特点是：在国际译学领域的参与度已经排在世界前列，翻译出版和译本传播研究成为热点，并且跨学科、跨文化的翻译研究已经成为译学研究的趋势。由此可见，译介学已经成为国内译学研究新趋势中的一股热潮。

2. 译介学研究体系概述

从历史上长达千年的佛经翻译催生的古代的翻译研究和相应的翻译思想，也即从仅仅关注“怎么译”的问题，到 20 世纪 70 年代末、80 年代初以来对西方国家及苏联的当代翻译理论的关注和接受，也即关注“何为译”“译为何”等问题，中国的翻译研究经历了从传统到现代的飞跃。

---

① 赵云龙，马会娟，邓萍等．中国翻译学研究十五年（2001—2015）：现状与发展新趋势——基于 17 种外语类核心期刊的统计分析 [J]．中国翻译，2017（1）：17.

② 罗列，穆雷．翻译学的学科身份：现状与建设 [J]．上海翻译，2010（4）：11—12.

③ 廖七一．翻译研究：从文本、语境到文化建构 [M]．上海：复旦大学出版社，2014：74.

译介学将当代西方翻译理论和观念归纳为“三个突破”和“两个转向”。三个突破是：从“怎么译”深入对翻译行为本身的深层探讨，从文本研究到对译作的发起者、翻译文本的操作者和接受者的研究，将翻译放到“宏大的文化语境”中去审视[①]。两个转向是：20 世纪 50 年代的翻译研究的语言学转向和 70 年代的文化转向。[②]谢教授呼吁译学应该进行现代化转向，并从比较文学立场出发展开翻译研究，即译介学研究。在这个历史背景下，译介学对其研究的范围和界线划定得清晰明确：它不同于一般意义上的翻译研究，它坚守跨文化交际的本质目标，关心的是“原文在这种外语和本族语转换过程中源语信息的失落、变形、增添、扩伸等问题”，关心的是“翻译（主要是文学翻译）作为人类一种跨文化交流的实践活动所具有的独特价值和意义”。[③]

（1）理论体系

首先，译介学以“创造性叛逆”为理论出发点来解释文学和翻译现象。《增订本》梳理了翻译和翻译研究中的文学传统以及 20 世纪的文学翻译研究趋向，重点阐释了文学翻译中的“创造性叛逆”——为翻译文学在民族文学中争取地位的理论基础；同时基于 21 世纪翻译界对译介学的核心命题“创造性叛逆”的质疑，结合新时代语境对比较文学和翻译现象中出现的新问题提出了解决方案，指明了新的学术生长点。

“创造性叛逆”这个核心命题是阐释各种翻译、文学和文化现象并探讨翻译文学在国别文学中的地位的理论基础。文学翻译的“创造性叛逆”包括译者、读者和接受环境的创造性叛逆。译者的创造性叛逆指译者在世界观和教育背景等影响下，理解作品时会产生创造性叛逆，在翻译理念和译语环境等翻译规范制约下，译者会进行种种“改写”；接受者与接受环境的创造性叛逆，是指读者在自己的世界观、文学观念、个人阅历，以及他所处的客观环境（接受环境）等的影响下，对译作的理解产生的创造性叛逆，其根源还在于接受环境[④]。

① 谢天振．译介学导论 [M]．北京：北京大学出版社，2007：43.

② 谢天振．译介学导论 [M]．北京：北京大学出版社，2007：34—37.

③ 谢天振．译介学（增订本）[M]．南京：译林出版社，2013：1—2.

④ 谢天振．译介学（增订本）[M]．南京：译林出版社，2013：111—134.

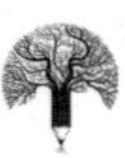

此外，译介学还借鉴当代国外最新的翻译理论和文化理论进行翻译研究，主要包括解释学、解构主义理论和多元系统论等。譬如《增订本》有对女性主义、解构主义、阐释学理论和多元系统论的介绍；《导论》和《隐身与现身》更是设专章专节借鉴阐释学、解构主义和多元系统论对翻译现象进行系统阐释，为译介学的理论研究前景。作者基于理论阐述，结合翻译中的案例，生动呈现了理论对于翻译现象和翻译研究的认识和解释力量。“创造性叛逆”核心命题及前沿国际文化、翻译理论也是译介学实践层面研究的基础。

（2）应用研究

基于“创造性叛逆”的理论出发点，译介学展开了实践层面的研究，主要包括：①研究文化意象的传递与文学翻译中的误译；②对翻译文学的性质和归属进行了系统、深刻的论述，阐述了译作的独特价值；③厘清翻译文学史与文学翻译史的区别，以及对翻译文学史编写的探讨。如《增订本》对翻译文学史的编写提出了建议，梳理了新千年以来国内学界对翻译文学史研究和编撰的探索、实践以及问题。《导论》明确地把文化意象的传递与文学翻译中的误译、翻译文学的性质与归属、翻译文学史与文学翻译史的区别等问题归为译介学的“实践层面”来探讨；值得注意的是，书中的五个译介学个案研究，向读者具体而生动地展现出译介学研究无比广阔的研究空间和前景。译介学研究缘起于陈思和教授和王晓明教授发起的“重写文学史”的讨论。谢教授在多部专著中不仅系统论述了翻译文学是中国文学相对独立的一个组成部分，还提出了编写翻译文学史的建议[①]。译介学注重史料的搜集和整理，并执着探索严格意义上的翻译文学史的编写，这必然有助于我国翻译文学地位的提升和中外文学、文化交流。

3. 译介学：翻译研究新视野

译介学从一开始就关注在宏观的文化语境中的翻译现象，既有理论阐述，也有描述型研究，不仅是传统翻译研究的有力补充，而且与传统翻译研究整合、开拓出更广阔的研究空间，这也符合国际译学研究的发展趋势。译介学理论体系的构建、应用研究的拓展及其现代化的系统过程，清楚呈

① 谢天振. 译介学（增订本）[M]. 南京：译林出版社，2013.

现了译介学在理论前景和应用层面为中国译学研究开辟的新领域。

（1）致力于翻译理论新视角之探索

从理论层面来看，译介学从多角度为翻译研究拓展了学术研究空间。

第一，译介学用超越了传统翻译学的视角来看待翻译本质。译介学不像传统翻译研究那样对译本进行价值判断；它认为文学翻译并不是简单的语言文字转换，而是与译语文化系统诸多因素有复杂关联的文化行为。在当代语言、文化语境中，译介学把翻译文学的研究放在世界文学的背景下进行，把翻译研究从单纯的两种语言文字转换的层面扩展到了两种不同文化的交流、影响、传播、接受的层面，还关注翻译转换过程中表现出的两种文化和文学的交流、它们的相互理解和交融，相互误解和排斥以及相互误释而导致的文化扭曲与变形等，这种开阔的视野丰富了翻译研究的外延，实质上是“一种文学研究或者文化研究”。译介学既有对“译”（“翻译”的研究），更有对“介”（文学文化的跨语言、跨文化、跨国界的传播和接受等问题）的研究[①]。

第二，译介学以创造性叛逆为理论出发点，通过阐述译作的独特价值来为翻译文学争取到应有的地位：译作的首要价值是对原作的介绍、传播和一定程度上的普及；它有帮助读者认识原作价值的作用；它能帮助源语读者重新发现自己国家某部以前被忽视作品的价值；有些译作本身就是一部出色的文学作品，甚至被译入国读者视作自己国家文学的一部分，取得独立的艺术价值[②]。基于此，谢天振教授提出“翻译文学是中国文学的一个组成部分”，而且是“相对独立的一个部分”。[③]

第三，译介学研究紧追国际译学前沿，推动翻译研究在新时代语境中与时俱进、不断深化。译介学的跨学科性质决定了它能借鉴和吸收不同学科、领域的最新成果，它具有理论和实践相融合的研究体系，对翻译研究有理论和实践上的新阐释。译介学研究最初在传统的比较文学研究范畴内，其跨语言、跨民族、跨国界、跨文化的性质决定了这种研究不可能仅仅局限在传统的比较文学研究范畴内，它注定要与当今国际翻译研究的最新发展

① 谢天振．隐身与现身——从传统译论到现代译论 [M]．北京：北京大学出版社，2014：21.

② 谢天振．译介学（增订本）[M]．南京：译林出版社，2013：174—175.

③ 谢天振．译介学（增订本）[M]．南京：译林出版社，2013：2.

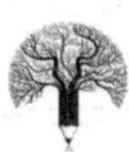

趋势——翻译研究的文化转向交汇和接壤[1]。谢教授本人被学界公认为“国内译界少有的几位有理论创新的翻译理论家”。[2]如前所述，译介学借助当代国际前沿翻译、文化理论对翻译现象进行考察和分析，提出翻译（包括翻译行为和译者）的隐身与现身是传统译论与现代译论视角转变的“一个标志性切入点”[3]。比如《隐身与现身》借莫言作品“外译”的成功以及电影*Lost in Translation*片名的翻译审视、分析和探讨了各种时代语境下的翻译问题，提出当代文化理论既为当代翻译研究提供了新的理论视角，同时也促进了比较文学研究的深入开展。正是因为译介学是在新时代语境下发展而来的，它原来界定的研究范围也会随着新现象、新问题的出现而扩展。谢天振教授在《超越文本　超越翻译》中专章论述“翻译的职业化时代”[4]的概念，并进一步描述这个时代的特点和挑战，将非文学翻译领域的现象也纳入了译介学关注的对象，这表明译学研究与时俱进、不断开拓新的学术生长点[5]。

第四，译介学坚持翻译的跨文化交际的本质目标，关注译入语文化语境，这为强调源语文本和文化语境的传统译学带来了新视角。三部译介学专著都借助当代文化理论对翻译进行跨文化交际层面的考察、分析与思考。例如《隐身与现身》借2012年国际翻译日的主题——翻译即跨文化交际（Translation as Intercultural Communication）明确指出多年来译介学孜孜以求的目标。显而易见，“隐身与现身”这个概念的提出实质上是强调对译入语语境和“译者主体性”视角的重视，这是强调跨文化交际的开阔的文学、文化的视角，也是译介学研究现代化、与时俱进的体现。传统翻译研究主要以原文为研究对象，对原文和译文进行对比性研究；而译介学将译作、译者和翻译行为作为研究对象，将它们置于两个或两个以上不同文化背景下进行研究，审视和阐发它们如何交流，将跨文化交流目标的实现作为文学译介成功的标准。由此看来，译介学的跨文化交际视角给传统译学

---

① 谢天振. 隐身与现身——从传统译论到现代译论[M]. 北京：北京大学出版社，2014：23—24.

② 廖七一. 论谢天振教授的翻译研究观[J]. 渤海大学学报，2008（02）：50.

③ 谢天振. 隐身与现身——从传统译论到现代译论[M]. 北京：北京大学出版社，2014：5.

④ 谢天振. 超越文本 超越翻译[M]. 上海：复旦大学出版社，2014.

⑤ 谢天振. 超越文本 超越翻译[M]. 上海：复旦大学出版社，2014.

研究带来了很多新领域，译学研究不再仅仅关注语言之间的转换，“忠实”也不再是翻译活动唯一和最高的准绳，这使得译学关注社会、文化等非文本因素对翻译活动的指导意义。

另外，随着翻译进入了职业化时代，译介学研究也不再局限于单纯的文学翻译研究，它以开阔的跨文化交际视角将非文学翻译活动也纳入研究范围，从而为推动传统译学研究向当代译学研究转向，为当代翻译学科建设发挥了重要的作用。译介学结合不同时代语境对翻译的本质目标进行了更深刻的阐释：从古已有之的“使相解”目标到当代“译入”和“译出”翻译活动语境中的“跨文化交际”目标。译介学对目的语语境的文学、文化交流的关注决定了它不对翻译本身作价值判断，而是从更开阔的视野去考察不同时代语境下的翻译问题，这是它与传统翻译研究的最大区别，也弥补了传统翻译研究局限于语言文字转换的不足，从而能更准确、深刻地认识翻译的本质。

（2）致力于实践层面研究的开拓

①翻译文学史编写之探索。对翻译文学的发现与承认可视作译介学在实践层面的创新；因为它是“传统译论向现代译论的一个分水岭”[①]。此外，译介学研究为翻译文学史的编写方法和历史分期提供了理论阐述和实践支持，对国别文学史的编写具有借鉴意义。譬如，谢教授认为编写翻译文学史只采用历时的编排方式容易顾此失彼，他设想未来的翻译文学史可由“线”（历时叙述）和“面”两部分组成：一部分按照传统的编年顺序历时编排，叙述文学翻译的发展史，诸如每个时代的翻译活动、翻译事件、文学社团和翻译家翻译的作品、翻译家的成就（包括翻译理论上的进展）等；另一部分按国别、地区、语种、流派、思潮和代表作家编排，比如，按照语种分成英语文学、法语文学、德语文学等，或是按照国别、地区、民族等，或是选择有代表性的大作家，叙述这些国家、地区、民族、语种的文学和代表性作家的作品在中国的翻译情况。“线”“面”结合的编排方式可以比较全面地展示翻译文学史的全貌[②]。在文学史分期的界定方面，谢教授认为，作为文学史分期的一个分界线，在这之前与之后的文学发展实际应该

① 谢天振. 隐身与现身——从传统译论到现代译论[M]. 北京：北京大学出版社，2014：125.

② 谢天振. 译介学（增订本）[M]. 南京：译林出版社，2013：234—235.

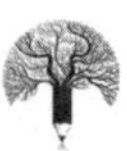

有比较明显的区别。比如在这个作为分界线的年份里，应该有对该文学的发展产生重大意义的标志性文学事件——或是发表了某一宣言，或是出版了某一部里程碑式的作品，或是提出了新的写作原则等；而对翻译文学史来说，则应该有与文学翻译有关的原则、宣言，或类似的探索、事件等。因此他认为中国翻译文学史的编写者们更多参照中国社会发展史的分期，例如，把五四作为中国近代翻译文学史和中国现代翻译文学史的一个分界线，这不能反映文学本身的发展规律，缺乏说服力。① 他提出 1898 年这个年份可以作为中国近、现代文学史的终点和起点，因为 1898 年有两件中国翻译文学史上的大事：一是严复翻译的《天演论》在这一年有了单行本，风靡全国，而且严复在书中译序里提出著名的“信、达、雅”说，被中国译界奉为文学翻译的圭臬，影响深远；二是著名的维新派领袖梁启超发表了宣言性文章《译印政治小说序》，此文章对扭转当时的翻译方向影响重大。这种基于大量的文学史料的分析，对中国翻译文学史的编写提出的近、现代文学史分期的界定，颇为合理、让人信服，甚至对世界文学史的分期具有借鉴意义。

②致力于文学文化译介规律的发现，服务中国文学文化外译。译介学不仅关注社会、文化等非文本因素对翻译活动的影响，深刻剖析外国文学译介规律，还致力于中国文学文化外译规律的探索，对中国文学文化外译具有指导作用。谢天振教授早在 20 世纪 90 年代就呼吁加强中国文化外译研究。他明确指出：“简单地用建立在‘译入’基础上的翻译理论（更遑论经验）来指导当今的中国文学文化‘走出去’的‘译出’实践，不可能取得预期的成功。”② 他根据莫言作品“外译”的成功案例，并结合中国文学史上寒山译诗在美国的巨大影响，归纳出几条最基本的译介规律：其一，文学、文化的译介总是从强势文化走向弱势文化的。其二，“译入”与“译出”尽管表面上看似乎都离不开两种语言文字之间的转换，但从某种意义上而言，它们却是两种不同性质的翻译行为。“译入”翻译关注的焦点主要是“怎么译”“怎么译得更好、更正确”等问题；“译出”则还涉及被“译入”国家、民族具不具备对外来文学、文化的需求，具不具备一个比较成熟的接受群

① 谢天振. 译介学（增订本）[M]. 南京：译林出版社，2013：227.

② 谢天振. 隐身与现身——从传统译论到现代译论 [M]. 北京：北京大学出版社，2014：13.

体和接受环境的问题。其三，应该正视在中西方文学、文化交流中存在的“语言差”与“时间差”的事实。“语言差”与“时间差”的事实提醒我们在现阶段不妨考虑多出一些节译本、改写本，这样恐怕比那些“逐字照译”的全译本和大而全的“文库”的效果要好，投入的经济成本更低[①]。针对第一条规律，谢教授认为趁着当前中国经济的强劲崛起为中国文学、文化走出去提供的难得契机，我们应该积极推动中国文学、文化走出去。而有学者提出，中国文化目前的弱势地位、中国文学“走出去”所处的第一阶段决定了中国文学“走出去”的译介策略必须首先考虑译入语语言文化的要求，而随着中国国力的增强以及外国读者对中国文化的广泛了解，中国文化外译策略可做出适度调整，从而循序渐进地实现中国文学文化“走出去”的目标[②]。这个有关译介策略的观点恰好与上述第二条规律中的“译出”规律以及第三条规律相呼应。此外，关于国外译介中国作品的译介主体，也即“谁来译介”的问题，谢教授认为国内不缺乏与国外翻译家水平相当的翻译家，但是国外汉学家对译语的把握更娴熟，翻译风格令译文读者更感到亲切，他们的翻译更容易在他们的国家赢得读者和市场，因此他提倡让国外汉学家和我们自己的翻译家内外呼应，共同努力，各自发挥自己的优势，有效地把中国文学文化译介给国外读者[③]。

谢天振教授开创的译介学研究，以文学翻译的“创造性叛逆”核心命题为理论出发点，重点阐述译介学研究与传统翻译研究的关系、文学翻译史和翻译文学史的区别及翻译文学史的撰写和历史分期问题等核心内容，同时借鉴国际前沿翻译理论和文化理论对不同时代语境下出现的翻译和文学现象及问题进行深入阐释，为当代中国翻译研究向纵深发展开辟了新天地，展现了译介学强大的认识、阐释功能以及跨学科的开阔视野，同时也展示了谢教授宏阔的国际比较文学视野及敏锐的学术眼光。译介学研究作为比较文学学科中划出的针对翻译和翻译文学研究的“特别区域”，研究

---

① 谢天振．隐身与现身——从传统译论到现代译论 [M]．北京：北京大学出版社，2014：12—13.

② 鲍晓英．译介学视野下的中国文化外译观——谢天振教授中国文化外译观研究 [J]．外语研究，2015（5）：83.

③ 谢天振．隐身与现身——从传统译论到现代译论 [M]．北京：北京大学出版社，2014：218—219.

界限清晰明确，随着各种边缘学科的发展对其思想和观点的不断扩充，译介学在条件成熟时发展成为一个系统的独立学科指日可待。

（三）王向远教授的翻译文学研究述评

王向远教授的翻译文学研究遵循从具体实践上升到理论研究的原则，善于在前人的基础上进行理论创新，其研究成果填补了多项学术空白。他通过具体的研究实践有效推动了我国的翻译文学史研究；他系统构建了翻译文学理论体系，为繁荣中国乃至世界的翻译文学研究奠定了坚实的理论基础。

王向远教授的翻译文学研究大体可以分为翻译文学史研究和翻译文学理论研究两部分。与此相联系的正是王向远教授翻译文学研究的一个重要特点，那就是从实践上升到理论的研究路数。这不单单指从翻译文学史研究到翻译文学原理研究，还指从文学翻译实践到翻译文学研究——也就是说他走的是一条从文学翻译实践到翻译文学史研究再到翻译文学原理研究的学术路子。

其实，王向远教授有很深厚的日本文学翻译功底。他曾总结说，20 世纪 80 年代后期到 20 世纪 90 年代初，他译出了田山花袋的《乡村教师》、紫式部的《紫式部日记》、井原西鹤的小说集、松尾芭蕉的《奥州小路》、川端康成的《睡美人》、三岛由纪夫的《假面的告白》和《午后曳航》、太宰治的《丧失为人资格》、谷崎润一郎和芥川龙之介的若干中短篇小说、村上春树的《1973 年的弹球游戏机》和《寻羊的冒险》等，总字数超过了一百万字。[①] 上述译作有四部付梓，其中井原西鹤的小说集《五个痴情女子的故事》1990 年由上海译文出版社出版，收井原西鹤的艳情小说和经济小说四部，是我国第一个独立的井原西鹤作品译本，至今仍有非常重要的价值。用王教授自己的话说，这些翻译实践使他“能够充分理解翻译家的劳动及劳动价值”[②]。事实上，这些翻译实践也培养了他长期以来对日本文学汉译本的关注、搜集和对比鉴赏。这就为翻译文学史的研究提供了得天独

① 王向远. 王向远著作集 · 日本文字汉译史（第 3 卷）[M]. 银川：宁夏人民出版社，2007：455—456.

② 王向远. 王向远著作集 · 日本文字汉译史（第 3 卷）[M]. 银川：宁夏人民出版社，2007：456.

厚的条件，再由翻译文学史研究推进到翻译文学原理研究也就水到渠成了。正如孙景尧先生在谈王向远教授的比较文学学科理论研究时所说的：“他的学科理论不是从概念到概念，从纯理论到纯理论，他的理论是在中国比较文学学科史及本人丰富的研究实践的基础上总结、概括、提炼出来的。毫无疑问，这是理论创新的正途。”[①] 这段话用来评价王向远教授的翻译文学研究也非常合适。事实上，王向远教授最反对的就是食洋不化，生搬硬套现成的国外理论，他极力倡导我国的理论研究首先要从我们自己的研究实践中加以提炼和总结。这对于扭转当今理论研究的浮躁学风是非常有好处的。虽然王向远教授恪守理论源于实践的原则，但并不妨碍他借鉴他人有用的研究成果。更重要的是他善于在前人的基础上进行理论创新，学术观点从不落窠臼。以我的体会，他经常把在他之前模棱两可、朦胧暧昧的命题一下点透，可谓点石成金或画龙点睛，令人豁然开朗。我认为这正是他翻译文学研究的第二个特点。他对翻译文学的性质和学科定位的把握很好地体现了这一点。

一直以来，人们对翻译文学研究与翻译学（或称翻译研究）之间看似简单的关系却认识不清，很有代表性的是英国的苏珊·巴斯奈特用“翻译研究”掩盖了“翻译文学”的概念，以至要把比较文学作为翻译研究的一个分支。她说：“从现在开始，我们应该把翻译研究看作一门主导学科，而把比较文学看作一个有价值但却处于从属地位的研究领域。”[②] 这一观点显然是不合理的，它反映了比较文学学科在英国乃至欧洲的萎缩——在欧洲或西方范围内比较文学的研究资源日渐稀少之后，很多西方学者由于对东方的隔膜和偏见没有能力展开跨越东西方的比较文学研究，只能放弃比较文学转而进入翻译研究领域——这可以说是一个不争的事实。20 世纪 80 年代末以来谢天振先生可以说是倡导翻译文学研究的急先锋。他提出了“译介学”的概念，认为：“译介学最初是从比较文学中媒介学的角度出发，目前则越来越多是从比较文化的角度出发来对翻译（尤其是文学翻译）和

① 王向远. 王向远著作集 · 比较文学学科论（第 7 卷）[M]. 银川：宁夏人民出版社，2007：2.

② 原文：We should look upon translation studies as the principal discipline from now on,with comparative literature as a valued but subsidiary subject area. 引自：BASSNETT S .Comparative literature:A critical Introduction[M]. Oxford&Cambridge: Blackwell Publishers,1993: 161.

翻译文学进行的研究。”[①] 从这一定义来看，译介学与翻译学本质上讲是一致的，其研究对象包括了文学翻译在内的一切翻译现象。但是，他又是把译介学作为比较文学的一个组成部分的。在陈惇先生等主编的《比较文学》一书中，“译介学”被作为“文学范围内的比较研究”的范畴之一专章论述，这一章即由谢天振执笔。

王向远教授明确提出“翻译文学”天然是比较文学的研究对象，即只要研究翻译文学就属于比较文学研究，因为翻译文学天然具有跨文化的品格。这就为翻译文学研究在比较文学领域确立了牢不可破的地位。同时他又明确指出了作为比较文学分支的翻译文学研究和作为翻译学分支的文学翻译研究两者侧重点的不同。翻译文学研究以翻译的结果即译作为中心，主要把翻译文学看作一个客观的历史存在来研究；而文学翻译研究则以翻译过程与翻译技巧为中心，更加关注如何把作品译得更好，换句话说它看重的是翻译的未来。可以说，王向远教授确认了翻译文学研究属于文艺学研究的本质属性，在比较文学界断然地擎起了“翻译文学研究”的大旗，毫不含糊，毫不迟疑，功不可没。虽然，翻译文学研究和翻译研究有着千丝万缕的联系，但是科学地区分二者的不同是有好处的。这有助于文学研究界和外语及翻译研究界两方面的学者发挥各自的专业优长对翻译文学和文学翻译展开不同角度和层次的研究，达到优势互补的效果。

另外，王向远教授提出翻译文学六要素（时代、作家、作品、翻译家、译本、读者），划分本土文学、外国文学、翻译文学三种文学类型，对“信、达、雅”的原则标准和“神似”“化境”的审美理想二者进行合理区分，以及对窜译、逐字译、直译、意译四种翻译方法的界定和对转译本、复译本重要性的论证都充分体现了他理论创新的品格。这里不再一一赘述。学术创新常常使学者走在时代前列，使自己的研究成果填补学术空白，这正是王向远教授翻译文学研究的第三个特点。这应该说是他翻译文学研究最突出的成就，奠定了他在翻译文学研究界不可动摇的学术地位。这主要表现为以下三点。

第一，《翻译文学导论》（2004）是中国乃至世界上第一部系统阐述翻译文学原理的专著。它建构了翻译文学理论的完整体系，其开创性是不

① 谢天振. 译介学 [M]. 上海：上海外语教育出版社，1999：1.

言而喻的。它虽以中国翻译文学为中心，但对于把握一般翻译文学的性质、特征和规律等都是有普适性的。谢天振教授总结说：环顾世界各国的翻译研究，如果说在翻译的纯理论研究方面国外学者的论著比我们丰富的话，那么在翻译文学方面，我们是绝对领先于国外同行的。迄今为止，国外这方面的论著只能推埃文·佐哈尔的那篇论文《论翻译文学在国别文学里的地位》，其余就乏善可陈了。而我们国家，不仅有较多关于翻译文学的论文，各种类型的翻译文学史，更有像向远教授撰写的《翻译文学导论》这样全面论述翻译文学性质、特征、标准、功用、方法论等内容的专著，这足以令我们感到自豪。[①] 从这一段精当的评价，我们就可以清楚地知道《翻译文学导论》的学术地位究竟有多么重要了。

第二，王向远教授以自己的研究实践奠定了撰写中国翻译文学史的基石。《二十世纪中国的日本翻译文学史》（2001）是国内外第一部日本文学汉译史，也是中国第一部国别文学汉译史;《东方各国文学在中国》(2001)是第一部中国的东方文学译介史。应该说，2001年以来我国翻译文学史著作的不断问世与这两部书的示范作用有很大关系。这种由国别、专题到区域再到整体撰写中国翻译文学史的步步推进的思路是非常科学和值得提倡的。王教授说："总的看来，以国别或语种为切入点的专题文学史研究还远远不够。而如果这样的专题翻译文学史没有充分的积累，则真正系统翔实的《中国翻译文学史》的研究就会缺乏基础，因此，以国别为切入点的专题翻译文学史，在今后相当长的时间里，应该是翻译文学史研究和写作的最基本的方式。它可以独立完成，并有可能很好地体现出学术个性，保证研究的深入。"[②] 在上述两书出版之前，我国已经有若干种翻译文学史，但都处于草创阶段。在两书出版之后的几年间，我国又推出了多种翻译文学史，应该说中国翻译文学史的研究取得了很大进展。但是由于专题和国别翻译文学研究的积累还不够，这些总体翻译文学史就显出了研究深度不足的问题——主要是对译本的深入研究特别是对译本与原著的对比分析不足，而对翻译家的翻译活动介绍过多。这就混淆了翻译文学史和文学翻译

① 王向远. 王向远著作集·翻译文学研究（第8卷）[M]. 银川：宁夏人民出版社，2007：6.

② 王向远. 王向远著作集·翻译文学研究（第8卷）[M]. 银川：宁夏人民出版社，2007：250—251.

史二者侧重点的不同，完全不能显示出翻译文学史研究作为比较文学研究区别于一般的翻译研究的优势所在。这是今后翻译文学史研究要引以为戒的。

第三，《二十世纪中国文学翻译之争》（2006）是第一部系统阐述20世纪中国的文学翻译论争的专著。此前国内出版过若干种中国现代文学论争史的专著，但都未把文学翻译论争纳入其中，是一个很大的缺憾。《二十世纪中国文学翻译之争》一书正好弥补了这一缺憾，对于还原中国现代文学史的完整面貌和推进中国翻译文学史研究都有重要作用。并且此书也从一个侧面丰富了翻译文学理论研究。

由此看来，王向远教授四部专门论述翻译文学的著作均填补了学术研究的空白。这足见他在学术研究上胆识之卓越，气魄之宏大，敢于披荆斩棘，做一个拓荒者和先行者。这也充分看出了他长期以来对翻译文学一以贯之的关注，对翻译文学的思考锲而不舍，一步步推进，最终臻于学界高峰。

二、中国学派译介学研究经典案例解析

（一）林纾、葛浩文的“创造性叛逆”

我们再来看看译者的“创造性叛逆”与个人主体意识的关系，因为这在文学翻译的历史上有如此之多的例子，以至于我们不得不从比较文学的视角来重新认识它。正如谢天振早就意识到的，优秀的译作有时甚至胜过原作，因而就连钱钟书这样一位通晓多国语言的饱学之士，有时也宁愿阅读林纾的译文而不愿读那些语言晦涩的原文，但是钱钟书在承认林纾的贡献的同时，也中肯地批评了林纾的一些画蛇添足式的改写：“林纾认为原文美中不足，这里补充一下，那里润饰一下，因而语言更具体、情景更活泼，整个描述笔酣墨饱。不由我们不联想起他崇拜的司马迁在《史记》里对过去记传的润色或增饰。……他在翻译时，碰见他心目中认为是原作的弱笔或败笔，不免手痒难熬，抢过作者的笔代他去写。从翻译的角度判断，这当然也是‘讹’。尽管添改得很好，终变换了本来面目”[①]。但是如果我们考虑一下林纾的这种“改写”和“归化”式的翻译所取得的效果，就不

① 钱钟书. 林纾的翻译[M]. 北京：商务印书馆，1981：26.

难评价他的历史功绩了。人们也许会问这样一些问题：为什么在清末民初，有那么多的译者翻译了外国文学作品，而恰恰是林纾等少数几人影响了一代文学青年呢？为什么今天的翻译研究者总是忘不了林纾的那些译文，并乐此不疲地去研究它和讨论它呢？我想这恰恰与他的独特翻译风格和“显身”以及在中国的文学和文化现代性进程中所产生的巨大影响有关。

林纾的翻译之于我们今天的意义就在于，在林纾的时代，中国读者对外国文学的了解是很不全面的，即使对那些中国文学根底深厚的读者来说，外国文学作品在人物刻画、叙事方式以及语言的表达方面都与那时的中国文学有着较大的差别。因而这就为林纾的“归化”式翻译甚至改译奠定了基础：当时的中国读者想尽快地通读流畅的译文来了解外国的文学，而对他的删节和改写就不十分在乎。而在今天中外文学交流已经成熟、外国文学已经为广大中国读者十分熟悉的时候，林纾的那种翻译也就成了历史：它已成为中国文学翻译史上的一座丰碑，一种“高不可及”的范本。林纾虽然不可能将中国文学译介到国外，但是他的翻译实践却给了我们重要的启示：在将中国文学译介到国外，尤其是对中国文学了解甚少的英语世界时，逐字逐句地、忠实地将那些篇幅冗长的中国小说译成英语显然难以在英语世界赢得众多的读者，而像林纾那样采取一种变通的方法，用英语世界读者能读懂的语言和熟悉的表达方式加以译介，或许能取得更好的效果。这就使我们想起今天在中国的语境下颇为翻译研究者津津乐道的葛浩文的英译。

葛浩文作为当今英语世界的中国文学首席翻译家，其翻译成就和为将中国文学推向英语世界所作出的努力确实无人可出其右，这一点尤其体现于他对莫言作品的翻译。可以说，葛译本并不拘泥于逐字逐句的忠实译介，而是用另一种语言重新讲述了莫言的故事，就这一点而言，葛浩文的翻译是一种“跨文化阐释”式的翻译，也即他的译本在跨文化阐释方面是忠实和成功的，它准确地再现了莫言的风格，并且使之增色，甚至得到莫言本人的高度认可。这样看来，我们完全可以认为，葛浩文的英译本与莫言的原文具有同等的价值，这一点连莫言本人也不予否认。尽管在一些具体的词句或段落中，葛浩文作了一些技术处理和增删，有时甚至对一些独具地方色彩的风俗和现象作了一些跨文化的阐释，但是就总体译文而言，葛译

本最大限度地再现了莫言原文本的风姿，消除了其语言冗长粗俗的一面，使其更加美妙高雅，具有较高的可读性，这不仅使得英语世界的读者能够接受莫言的小说，同时对于那些注重文学形式的瑞典院士们而言也是锦上添花[①]。平心而论，在中国当代文学界，与莫言的成就和影响力旗鼓相当的作家至少包括贾平凹、刘震云、阎连科、王安忆、余华和残雪，但是他们的作品大多不是葛浩文翻译的，因而在英语世界的接受程度便不及莫言。而诺奖又不可能在几年内再授给第二位中国作家，这样，他们中的一些人就势必要与诺奖失之交臂。确实，在美国的文学批评界和比较文学界，关注中国当代文学的学者也很看重葛浩文的翻译，尤其相信他的文学鉴赏力和表达技巧。这一点也许并未引起国内批评界的关注。

从上述中美两国的翻译界所提取的两个成功的翻译案例，我们大概不难看出，对于这两位有着很高文学造诣的译者，他们本人的创造性意识是十分强烈的，因而他们绝不甘心被动地、逐字逐句地“忠实”于原作，他们不时地希望在译作中“显身”，也即彰显译者的“主体意识”，从而让人们感觉到：这就是“林纾的翻译”，或者，这就是“葛浩文的翻译”，它们不同于任何其他译者的翻译。此外，这两位译者的独特翻译风格又是任何其他译者都无法替代的。但是毕竟这两位译者所处的是完全不同的两个时代：在林纾的时代，不通任何外语的林纾可以借助于口译来完成他的翻译，而葛浩文的中英文都堪称卓越，他的主体阐释和创造意识就愈加明显。但是，作为一位中国文学的专业翻译者，葛浩文严格恪守翻译的伦理，他在莫言作品中的增删和阐释有时并非他本人所为，而是迫于出版商和市场的压力，有些则是他在征求了莫言的同意之后才这样做的。这一点是完全不同于林纾的翻译的。但是无论如何，这两位译者分别将外国文学引入中国和将中国文学译介到英语世界所作出的卓越贡献将永载翻译史册。因为文学史和翻译史已经证明，只有那些独具个性并且在译作中彰显其翻译主体意识的译者才能载入史册，而那些平庸的、对原作亦步亦趋的、被动的“忠实”译者，将随着时间的流逝而逐渐被人们遗忘。

---

① 王宁．翻译与跨文化阐释 [J]．中国翻译，2013（2）：5—13.

（二）莫言英译作品翻译策略的选择

文学翻译似乎是在尝试不可为而为之的事，文学翻译中的不可译性往往使译作令人不知所云或不忍卒读，译作的可读性便成了紧要的问题，而实际阅读效果和对译作的接受程度又是不可分割的。从这个意义上讲，甚至可以说可读性的重要性并不亚于准确性。要实现可读性达到传播文化的目的,翻译中的“创造性叛逆”常常是必须的。葛浩文的翻译是“创造性叛逆”，是一种文化改写和一种文化操纵。“背叛”与“重写”是他翻译的必要手段。为了确保译文的可读性，葛浩文翻译中大量采取了删减、添加、改写、归化等以目标语为中心的翻译策略，转换过程中有着大量信息的失落、变形、增添、扩伸等。戴乃迭这样评价葛浩文的翻译：他让中国文学披上了当代英美文学的色彩。葛浩文翻译策略的选择基于他译入语为主的文化立场、基于中国弱势文化向英语强势文化的翻译的现实、基于他对译入语文化和读者的理解，他曾经幽默地说：我这样做（改写）并没有改变作品的质量，改变的只是它的销量。

1. 改写

改写是葛浩文小说翻译中经常使用的翻译策略，词汇层面的改写比比皆是，例如：

（1）那是三年前，生完第七个女儿后，丈夫上官寿喜怒火万丈，扔过一根木棒槌，打破她的头，血溅墙壁留下的污迹。（莫言，《丰乳肥臀》，2006）

She had just delivered her seventh daughter，driving her husband into such a blind rage that he’d flung a hammer at her，hitting her squarely in the head and staining the wall with her blood.（Goldblatt，2008）

“木棒槌”变成“铁锤”，这一变化也许是葛浩文认为“扔过一根木棒槌”不能把人打得血流四溅，经他这么一改，译文似乎更合理了，这就是葛浩文“有意为之”的创造性叛逆。

（2）据接生姥姥说，还从来没有经历过这样善于生养的女人，她宽阔的骨盆，富有弹性的产道，就像从麻袋里往外倒西瓜一样，轻松地就把那两个肥大的婴儿产了下来。（莫言，《丰乳肥臀》，2006）

The midwife said she’d never seen a woman better suited to having babies，

with her broad pelvis and resilient birth canal. The babies popped out into her hands, like melons dumped from a burlap sack.（Goldblatt，2008）

“西瓜”概括译为“瓜”，将“婴儿产了下来”改译为“婴儿蹦到手里”，尽管对原作进行了改写，却增添了生动性。

（3）那天夜里，俺心里有事，睡不着，在炕上翻来覆去烙大饼。（莫言，《檀香刑》，2001）

My thoughts kept me awake that night，as I tossed and turned on the brick kang，like flipping fried bread.（Goldblatt，2012）

“烙大饼”生动地表达了人们的难以入眠、辗转反侧，“大饼”是西方世界没有的词汇，因此，葛浩文这里将它改写为“面包”了。

（4）俺听到那些菜狗在栏里哼哼，那些肥猪在圈里汪汪。猪叫成了狗声，狗吠出了猪调；死到临头了，它们还在学戏。狗哼哼还是狗，猪汪汪还是猪，爹不亲还是爹。哼哼哼。汪汪汪。吵死了，烦死了。爹，哼吗？你汪汪吗？你还是在唱猫腔呢？（莫言，《檀香刑》，2001）

I heard large mongrels grunting in their cages and fat pigs barking in their pens—pig noises had become dog sounds,and dog barks had turned into pig songs. Even in the short time they had left to live,they were tuning up for an opera.If a dog grunts,it is still a dog,and when a pig barks,it remains a pig.And a dieh is still a dieh,even if he does not act like one.

Grunt grunt,arf arf.The noise drove me crazy.And you,Dieh, what was it like in your death cell？ Did you grunt？ Bark？ Or did you sing Maoqiang？（Goldblatt，2012）

“哼哼”“汪汪”“哼哼哼”这些都是象声词，很难找到恰当的象声词代替，葛浩文就用一般动词“grunt”和“bark”来代替了。

（5）“当官不为民做主，不如回家种红薯！”马脸青年喊出了两句家喻户晓的话。群众便把这两句话一遍又一遍地重复着。（莫言，《天堂蒜薹之歌》，1988）

“Officials who don't bail people out of jams should stay home and plant their yams!” Everyone knew that slogan，so they shouted it over and over.（Goldblatt，1995）

“当官不为民做主，不如回家种红薯”这句俗语对于外国人很陌生，但是对于中国人却是家喻户晓的，“为民做主”这里翻译为“避免人们陷入困境”（bail people out of jams）、“红薯”英语为 sweet potato，这里改译为表示“山药”“白薯”“甘薯”的 yams；用 jams 和 yams 押韵代替了“主”和“薯”谐音，可谓佳译。

除了词汇层面的改写，葛浩文翻译改写主要体现在对于小说内容结构的改写。比如翻译刘震云小说《手机》时，发现了小说场景开始在 30 年前，又闪回到现代，后又回到30年前，葛浩文认为如果照这顺序翻，看完40页后，美国读者就会把它扔到一边，因此，他对此进行了改写，把开场设在现代，再展开回忆。赞助人因素影响着葛浩文《天堂蒜薹之歌》英译，葛浩文坦言：“（读者阅读效果）是国外出版商、编辑最关心的问题，译者交付译稿之后，编辑最关心的是怎么让作品变得更好。他们最喜欢做的就是删和改……编辑最爱提的另一个要求是调整小说的结构。”[①] 国外编辑认为，莫言的《天堂蒜薹之歌》是个充满愤怒的故事，结尾太悲观，不合美国人的口味。葛浩文将此看法传达给莫言，并说服了莫言，对小说的结尾进行了改写，十天后，莫言撰写出一个新的结尾，小说最后大段的官方新闻报纸对蒜薹事件的套话空话报道被删除，也没有明确主人公高马之死，而是直接以高马出逃中枪结束小说，结尾是这样的：

He（Gaoma）rose into the air as if riding the clouds and soaring through the mist，until he realized with wonder that he was sprawled in the icy snow，facedown.He sensed something hot and sticky spurti ng out of his back.With a soft“Jinju···”on his lips，he buried his face in the wet……高马中枪后逃跑成功了没有？有没有见到心爱的金菊？结尾都没有表明，译者这样改写给读者留下了想象空间和些许希望。

2. 删除

诺贝尔文学奖评委马悦然曾坦言莫言的作品实在太长，并不是让他一见倾心的作家，葛浩文对莫言作品的许多地方都是薄化翻译，他说：“我在翻译的时候，第一，我肯定要删减，我不能全文翻译，如果我全文逐字

① 李文静. 中国文学英译的合作、协商与文化传播——汉英翻译家葛浩文与林丽君访谈录 [J]. 中国翻译，2012，33（1）：58.

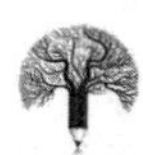

翻译，出版社就不会出版。第二，我不但要删减，我还要改写。我在翻译的过程中给莫言打电话，莫言说，‘你按照你的方式去翻译、去删减，甚至你要改写都可以’”。[①]重复是独特的叙事方法，莫言作品叙事中有很多重复的地方，但是如果完全对照原作进行翻译，葛浩文觉得会不符合目标语读者的阅读习惯，甚至目标语读者因此无法理解原作者的思想意图，因此葛浩文大胆地删减编译。葛浩文经常淡化去掉难懂的中国神话传说，以及敏感的政治色彩，他对拖沓或雷同的文本也进行删节，对政治历史背景性的内容进行删减，这些都是出于西方读者习惯的考虑。例如：

（1）父亲对我说，任副官八成是个共产党，除了共产党里，很难找到这样的纯种好汉。（莫言，《红高粱》，1986）

Father told me that Adjutant Ren was a rarity，a true hero.（Goldblatt，1993）

（2）“我们是共产党，饿死不低头，冻死不弯腰。”（莫言，《红高粱》，1986）

“We’re resistance fighters.We don’t bow our heads when we’re starving ,and we don’t bend our knees when we’re freezing.”（Goldblatt，1993）

葛浩文避免谈及政治，原作除了“共产党”他做了删除改写外，诸如“长大后努力学习马克思主义”“毛泽东是当今的盖世英雄”“就是就是，国民党奸猾，共产党刁钻，中国还是要有皇帝！……”等带有明显政治色彩的评论语言，葛浩文都选择了删译。

（3）“妹妹啊……”我哭泣着，站起来，抱着必死的决心，像乌江边上的项羽，一步步逼向那些猪。（莫言，《生死疲劳》，2006）

“Little Sister!” I was weeping as I stood up and walked straight toward the remaining boars，determined to fight them to the death—my death.（Goldblatt，2008）

“乌江边上的项羽”是中国文化典故，原文中葛浩文进行了删除，是避免典故带来的读者的理解困难。

---

① 王志勤，谢天振. 中国文学文化走出去：问题与反思 [J]. 学术月刊，2013，45（2）：22.

（4）“毁人家婚事，也真是可恶！”刘家庆说，“宁拆三座庙，不毁一家婚。他这一插腿，差点就毁了三家婚事。”（莫言，《天堂蒜薹之歌》，1988）

“Interfering with people's wedding plans is nasty business,” Liu Jiaqing said.（Goldblatt，1995）

为了保持译文简洁流畅，译文中俗语“宁拆三座庙，不毁一家婚”等直接被删掉了。

（5）爹，俺最怕的是他们把您打进囚车押送进京，那样可就“姥姥死了独生子——没有舅（救）了”。（莫言，《檀香刑》，2001）

What frightens me，Dieh，is that they will transport you to the capital in a prison van.（Goldblatt，2012）

“姥姥死了独生子——没有舅（救）了”是歇后语，很难将其翻译出来，因此译文中就直接删除了。

3. 添加

翻译莫言作品时，葛浩文有时会刻意地添加原文没有的东西。莫言在《我在美国出版的三本书》中说，“葛浩文教授在他译本里加上了一些在我原著里没有的东西”，如《丰乳肥臀》译文中展示对女人身体的礼赞，强调原作者的恋女情结；为了突出读者异域想象和色彩，《酒国》中增加了食人性或食人主义；中国政治色彩常是葛浩文避免的，但有时为了吸引西方读者，译者偶尔也会添加原文没有的内容，如在《变》标题页增加了“What was Communism？”（共产主义是什么？）词汇层面的添加也是比比皆是，这里略举几例：

（1）我昂然下了高台，木板钉成的台阶在脚下颤抖。我听到鬼卒喊叫着我的名字，从高台上跑下来。（莫言，《生死疲劳》，2006）

I climbed down off of the wooden platform，which shook with each step，and heard the attendants shout my name as they ran down from the platform.（Goldblatt，2008）

中国古代或传统建筑中，高台常常是木制的，而且，这里的“高台”，由于前文有“白发苍苍的老婆婆”——孟婆在此等待，所以可推断出是奈何桥。译文中增加了“木制的”，渗透出以木料为主要材料的中国传统建

 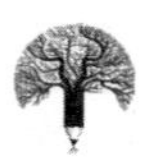

筑风格。

（2）一会儿我就看到了桥下那些因沾满我的血肉而改变了颜色的卵石。（莫言，《生死疲劳》，2006）

I was about to see the stones beneath the bridge that had been discolored by my blood and flecks of my brain.（Goldblatt，2008）

译文渲染了血腥性，将原文中的“血肉”，更加夸张地增译为“血液和脑浆”，扩大了恐怖气氛。

（3）第二年初春她就为我生了龙凤胎，男名西门金龙，女名西门宝凤。（莫言，《生死疲劳》，2006）

The following spring she gave birth to a boy and a girl，what they call a dragon and phoenix birth.So we named the boy Ximen Jinlong，or Golden Dragon，and the girl Ximen Baofeng，Precious Phoenix. （Goldblatt，2008）

“龙凤胎”的翻译采用了增量翻译法，先是直译为“a boy and a girl”，再释译为“他们通常称作龙凤胎”。人名翻译也是先汉语拼音音译，再加直译。

4. 归化

归化翻译是译者采取的以译入语文化为主的文化立场决定的，将还是弱势文化的中国文化“译出”到英语等强势文化所采取的策略不同于由英语等西方强势文化语言“译入”到中国文化的翻译策略。葛浩文主要采取的是归化翻译策略，更多考虑的是译本在英语强势文化的接受和传播。归化翻译的例子比比皆是，如下。

（1）每次提审，我都会鸣冤叫屈。我的声音悲壮凄凉，传播到阎罗大殿的每个角落，激发出重重叠叠的回声。我身受酷刑而绝不改悔，挣得了一个硬汉子的名声。我知道许多鬼卒对我暗中钦佩，我也知道阎王老子对我不胜厌烦。（莫言，《丰乳肥臀》，2006）

Every time I was brought before the court，I proclaimed my innocence in solemn and moving，sad and miserable tones that penetrated every crevice of Lord Yama's Audience Hall and rebounded in layered echoes. Not a word of repentance escaped my lips though I was tortured cruelly，for which I gained the reputation of an iron man. I know I earned the unspoken respect of many of

Yama's underworld attendants, but I also know that Lord Yama was sick and tired of me.（Goldblatt，2008）

（2）奶奶在唢呐声中停住哭，像聆听天籁一般，听着这似乎从天国传来的音乐。（莫言，《红高粱》，1986）

Grandma's stopped crying at the sound of the woodwind, as though commanded from on high.（Goldblatt，1993）

（3）焦灼的牛郎要上吊，忧愁的织女要跳河。（莫言，《生死疲劳》，2006）

The anxious Altair, about to hang himself, the mournful Viga, about to drown herself in the river.（Goldblatt，2008）

德国哲学家、语言学家瓦尔特·本雅明（Walt er Benjamin）在《译作者的任务》中提出译作是原作的“后世”（afterlife），认为译作对于原作而言是一种生命的延续，文本经过翻译被赋予了新的意义，犹如获得新的生命而在“后世”得到“重生”。翻译家负有使作品重生的使命，好的翻译能保证原作在“后世”的“重生”。[①] 葛浩文评价和莫言的合作时说：我们合作得好，原因在于根本不用“合作”。莫言总这样说：外文我不懂，我把书交给你翻译，这就是你的书了，你做主吧，想怎么弄就怎么弄。莫言对葛浩文的信任，不是盲目的，他所说的“想怎么弄就怎么弄”，是基于对葛浩文的了解与信任的。[②] 许多研究者看来，莫言作品英译本比原文多了优美、华丽，少了野气和粗俗，莫言无疑认可这种几近改写的翻译，甚至认为这种翻译比他的原文更优秀。可以说，莫言作品在葛浩文翻译下获得了新的生命，在“后世”中得到了“重生”。

莫言获得诺贝尔文学奖为中国当代文学更好地“走出去”创造了良好的契机，让更多英语世界的读者关注中国当代的作家作品，也为英语世界中国当代文学的译介、传播、接受与研究提出了新的课题、机遇和挑战。及时将中国文学海外传播的状况反馈到国内，总结传播过程中的得与失，

① 本雅明. 译作者的任务 [M]// 阿伦特. 启迪：本雅明文选. 张旭东，王斑，译. 北京：生活·读书·新知三联书店，2008：84.

② 高方，许钧. 现状、问题与建议——关于中国文学走出去的思考 [J]. 中国翻译，2010，31（6）：7.

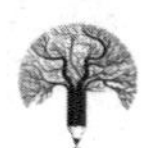

发现问题并深入剖析，提出建设性的建议，为中国文学创作提供借鉴，使国内外的中国文学研究形成有效互动，是时代赋予文学研究者的重任。[①]

随着对中国文学“走出去”译介研究的不断加深拓展，新的研究成果的不断涌现，以及中国文学“走出去”实践的不断增加，中国文学“走出去”译介模式会在实践中不断地得到检验、拓展和完善。随着时间的推移，中国综合国力不断增强、文化不断地传播出去，世界会越来越了解中国，中国文化和文学国际地位不断提高，中国文学译介渐渐不再完全受到译入语系统和文化的影响和制约，中国文学“走出去”译介模式也就会随之相应的调整和改变。

中国文化的弱势地位、中国文学“走出去”所处的第一阶段都决定了中国文学“走出去”所选译介模式重点考虑的是译入语语言文化要求，只有这样才能确保中国翻译文学在译入语世界普通读者的可接受性，帮助中国文学在译入语国家形成稳定的场域，一段时间以后，当中国文学能够在译入语文学系统内部生存并发展，中国文学“走出去”译介模式就可以做适度调整，循序渐进地实现中国文学的“走出去”。

① 姜智芹．英语世界中国当代文学译介与研究的方法论及存在问题 [J]．中外文化与文论，2013（24）：195.

第六章　中国学派形象学研究

形象学属于比较文学领域里的概念，形象学研究自诞生之日起就侧重于对一国文学中“异国形象”或“异族形象”的研究，本质上它是一种借异域文化而进行的自我言说或隐喻而已，它显然不能也无需完整地呈现被观照国度的真实形象。要想从形象学视角全面了解一个国家的形象，就需要借鉴形象学理论来考察与研究一国形象的自塑，这体现在中国形象的塑造与研究中显得尤为必要与意义深远，因为现在国际社会特别是西方世界对中国形象的认知还存在很多误判与误读的现象。

文学艺术作品以丰富的图文影像形式再现了某种特定的社会现实，并于再现社会现实的过程中，建构起了特定的意义。这一再现社会现实、建构意义的过程便是形象的传播。形象和文本具有互构关系，文本可以作为国家形象跨文化传播的载体或路径而存在。这一观念广泛地渗透于比较文学形象学的诸多研究中。

一、中国学派形象学研究理论

形象学产生于19世纪，是比较文学的一个学科分支，主要研究一国文学中的异国形象。20世纪90年代以来，形象学进入中国并逐步发展起来。在北京大学孟华等学者的倡导下，我国不少学者开始关注这一领域，纷纷著文论述，在形象学整体总论、基本问题探究、学科互涉研究、形象学观念与方法探讨等方面取得了一些初步的成果。

（一）整体总论

在译介国外形象学理论的同时，一些学者撰文从宏观上论述了形象学的发展走向和亟待解决的问题。其中，孟华的论文最具代表性，她的《形

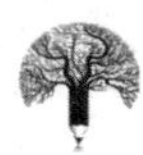

象学研究要注重总体性与综合性》一文，指出了当代形象学的研究范式和基本走向。认为：形象学研究应在处理传统和革新的关系中注重总体性与综合性，在这方面，中国“执两用中”的中庸思想或可提供某种哲学的帮助。此外，形象学的跨学科性也要求注重研究的总体性与综合性。[①] 为了更好地把握形象学的内在逻辑，孟华建议引入“形象场”的概念，以帮助研究者建立总体、综合的意识，倡导在具体的研究实践中树立“小心态”，即：一种求真的精神、一种严谨扎实的学风、一种开放的意识。[②] 注重对形象学进行总体和综合的研究是形象学研究的一大进步，但形象学研究涉及多个学科，研究者如何在多学科的交叉点处理这种复杂关系，能否准确把握研究尺度与方向是个值得思考的问题。周宁、宋炳辉的《西方的中国形象研究——关于形象学学科领域与研究范型的对话》一文认为形象学研究涉及比较文化与比较文学两个学科领域，在比较文学视野内，异国形象的研究领域显得过宽，在比较文化视野内，异国形象的研究领域又显得过窄。作者敏锐地看到了形象学在研究领域边界上存在的问题，但没有找到具体可行的解决方法。陆友平的《全球化背景下形象学研究的开放性和多元化走向——用对话原则来思考形象学的现代转向模式》一文尝试用现代理论对欧洲的中国形象进行分析，用对话原则来思考形象学的现代转向模式，使形象学研究呈现出开放性和多元化局面，旨在建立新的合理的文化交流秩序，为各国之间的文学交流和对话提供前提条件。

尹德翔在《关于形象学实践的几个问题》一文中提出并深入分析了几组值得探讨的问题：形象与非形象、文学性与非文学性、真与假、模式化与非模式化。[③] 这些问题已初步涉及形象学本土化的问题。在《比较文学形象学本土化二题》一文中，认为要实现形象学的本土化，就必须经过某种调适以加强其有效性，必须从中国文学的实际出发把握它的一般性特点和特殊形态，换句话说，中国的比较文学形象学研究必须具有中国文化眼光。[④] 赵颖在《略论当下比较文学形象学的四组争议》一文中指出了形象学发展

① 孟华. 形象学研究要注重总体性与综合性 [J]. 中国比较文学，2000（4）：3—22.

② 孟华. 形象学研究要注重总体性与综合性 [J]. 中国比较文学，2000（4）：3—22.

③ 尹德翔. 关于形象学实践的几个问题 [J]. 文艺评论，2005（6）：9—13.

④ 尹德翔. 比较文学形象学本土化二题 [J]. 求索，2009（3）：183—185.

中出现的一些矛盾和争议：形象学的学科归属问题的不同论调，形象学是应该坚持“文学性”走向还是延续“文化研究”的偏颇，关于研究视野中对于“东方”还是“西方”模式化解读，形象学视野下“形象”是否真实以及什么是真实形象的争议。[①]这些争议是西方形象学理论移植后的必然反应，对于形象学本土化研究具有重要的意义。蔡俊的《比较文学形象学研究与文学变异》一文运用文学变异学理论，合理地揭示了形象在塑造、传递等过程中发生的多重变异现象，但未能具体论述形象在塑造、翻译、传播和接受过程中变异是如何发生的。

随着文化研究的兴起，形象学突破了原有的文学阵地，从文学形象转向文化形象的研究，异国形象的文化问题也因此备受关注。如吴鸿志、蔡艳明的《异国形象的文化误读》、姜智芹的《文化过滤与异国形象误读》、姜源的《异国形象研究中的文化意义》、杜平的《异国形象创造与文化认同》等文章探寻了异国形象在不同文化中的认同、误读、过滤等现象，揭示了这些现象形成背后的文化根源和动机，阐释了不同文化中异国形象的复杂性和多元性。需要指出的是，形象是对文化现实的一种描述，本身就包含着文化的成分，形象学的文化转向和异国形象的文化研究只是一种文学的文化审视，二者都不能脱离“文学性”这个根本。

任何一门学科都有自己的理论体系，理论体系的建构决定着学科的定位。具体来说，国内的形象学理论体系主要表现出三种形态：一是基本沿袭欧洲形象学理论。这是国内早期形象学研究的常见形态，并被大部分比较文学教科书所采纳。二是在借鉴西方理论的基础上提出了自己的理论。一些观点的确为形象学理论注入了新鲜血液，如周宁的《跨文化研究：以中国形象为方法》。也有一些观点表面上充实了形象学理论，但缺乏坚实的个案研究，经不起深入推敲。三是在形象学文本研究和个案研究的基础上，提出自己的理论见解，如孟华等著的《中国文学中的西方人形象》。这种个案研究对形象学理论研究具有重要的意义。

当代形象学对传统理论进行革新，从对形象真伪的辨析转向形象建构者的讨论，从实证主义“是什么”的关系考证转向审美批评“为什么”的

① 赵颖. 略论当下比较文学形象学的四组争议 [J]. 世界文学评论，2011（2）：265—268.

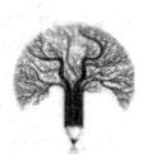

本质探求，从注重求同的个体研究转向注重差异的总体研究，这需要我们坚持经验和批判并重的立场，在一种宏观的视域中处理好二者之间的关系，对形象学给予全景式的关照。

（二）基本问题探究

理论体系的建构离不开学科基本问题的探究。形象学的基本理论问题主要包括形象学的定义、研究内容、范畴、方法、意义功能、学科归属等问题。

形象学的界定是形象学理论的首要问题，而形象学定义的核心在于对“形象”的理解。国内对形象的定义和理解或者直接沿用法国学者巴柔的形象学定义：“形象是在文学化，同时也是社会化的过程中得到的对异国认识的总和。”[①]或者是对此定义的进一步阐释，如李勇的《形象：想象的表意实践——形象学中形象概念的内涵新探》、王瑜嘉的《中国之“形象”与西方形象学之“形象”比较》，褚蓓娟、徐绛雪的《“他者”在注视中变异——论比较文学中的“形象”》、张月的《观看与想像——关于形象学和异国形象》等论文都对形象有所界定，观点大同小异，大多是对巴柔定义的替换和延伸，形象学的不同定义直接影响着研究对象的理解和研究方法的选择。一些教材有时将研究对象和方法相互包含，有时又将研究范畴和研究对象混为一谈。如杨乃乔主编的《比较文学概论》一书认为比较文学形象学研究“他者”形象，“研究领域不再局限于国别文学范围之内，而是在事实研究的基础上进行的跨语言、跨文化甚至跨学科的研究”[②]。实际上，形象学的研究对象和研究范畴是两个不同的系统，它们之间往往呈现出一种交叉渗透的形态，需要我们仔细地辨析。在研究内容上，中国文学中的外国形象、外国文学中的中国形象普遍为人熟知，但一些论述忽视了自塑形象、游记、地域文学形象、少数民族形象等也是形象学研究的组成部分。在研究方法上，文本内部研究和外部研究是最基本的方法，方法比较单一，有待新方法的探寻。在形象学的功能和目标定位上，学界观点不一，综合起来就是在考察异国形象在异质文化中产生的原因、机制和复杂表现。而目标的实现，则必须审视和辨析形象的功能。

---

① 孟华. 比较文学形象学 [M]. 北京：北京大学出版社，2001：154.

② 杨乃乔. 比较文学概论 [M]. 北京：北京大学出版社，2006：235.

套话、想象、互动理论等形象学基本问题也备受研究者关注。孟华的《试论他者“套话”的时间性》一文对巴柔的套话理论提出质疑，认为套话具有时间性，“套话都只在某一特定的历史时期内有效，其使用‘期限’远不像欧洲人彼此使用的套话那样恒久”[①]。孟华以时间和历史为经纬，论述了套话与时间的关系，言他人未言，对于形象学研究具有重要的启发作用。针对当代欧洲学者对形象学研究偏重于“言说自我”功能的弊端，孟华在《言说他者，言说自我——序〈中日文学中的西方人形象〉》一文中强调形象研究不能忽视形象“言说他者”的功能，应该同时注重对形象“言说他者”和“言说自我”功能的研究。刘雅琼的《形象与文化携手——论比较文学形象学中的他者与自我关系》一文认为要建构“他者”与“自我”之间的深层对话模式，就要在审视他者的同时也要审视“镜像化自我”，实现文化的双向交流态势。杨叶的《比较文学形象学中的互动性理论》一文主张注重建构者与被建构者之间的相互影响，建构者、被建构者和第三方之间的相互作用，以及形象与社会集体想象物之间的互动关系。[②]文章若能进一步分析从双方到多边是如何互动的，结论将会更有说服力。颜敏的《当代比较文学形象学中“想象”设定的问题及其解决》一文紧密围绕“想象”的设定，认为想象植根于创造性和虚拟性，但与当前的创作和研究实际产生了裂隙，解决的办法是尝试运用中国古代想象理论。形象具有“想象”和“再现”的认知功能，若以“再现”为参照研究“想象”，或许可将问题谈得更细致。

形象学在比较文学理论体系中的位置和坐标问题，即形象学的学科归属也是研究者颇有争议的问题。国内主要有四种观点：一是大多数学者沿袭法国学派传统，将形象学归于传统国际文学关系的实证性影响研究。这是将历时性的理论体系相互重叠后的一种归属。二是一些学者则认为形象学“专门研究一个民族文学中如何构造他民族（异国）的形象，研究在不同文化体系中，文学作品是如何构造他种文化的形象”[③]。由此将形象学归

① 孟华．比较文学形象学 [M]．北京：北京大学出版社，2001：191.

② 杨叶．比较文学形象学中的互动性理论 [J]．重庆广播电视大学学报，2010，22（6）：54—57.

③ 陈惇，孙景尧，谢天振．比较文学 [M]．北京：高等教育出版社，1997：167.

 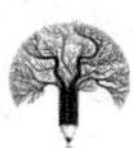

于平行研究。三是曹顺庆教授认为在文学交流过程中，异国形象在由起点经由媒介到终点的流传过程中，在诸如审美、心理等难以确定因素的作用下，必然会发生信息的失落、变形等现象，由此将形象学归为变异学研究。四是王向远教授受形象学概念启发提出了“涉外文学”的概念，他认为涉外文学的内涵和外延都大于形象学，涵盖了异国形象及异国想象，“包含了一个国家涉及到另一个国家的所有形式的文学作品以及该作品的所有方面”①。还有一些学者有意无意地模糊了形象学的学科归属。归属研究反映出中国学者对形象学的思考和定位，也从另一侧面反映了形象学归属的难处所在。问题的焦点和原因在于人们对形象学理论研究不深入和没有找到真正合适的归属标准。

世变时移，形象学的定义、性质、特征、理论范畴、研究内容、方法等已经在部分或整体上发生质的变化，这需要我们在反思中重新审视中国当代的社会文化和文学语境，在超越中构建新的形象学范式，使其更加适合当下的形象学研究。

（三）学科互涉研究

20世纪以来，随着学科之间的频繁交流和多元对话，学科互涉逐渐成为知识整合和更新的显著方式，形象学也出现了学科互涉的研究趋势，使形象学在历史研究之外又具有了诗学特性。

一是形象学与当代西方文艺理论的融合。20世纪60年代以来的理论大潮影响着形象学研究，一些学者认为形象学的当代发展得益于后殖民主义、女性主义等后现代理论。后殖民主义对形象学的影响颇大。美籍学者爱德华·萨义德的《东方学》通过剖析西方人眼中的“东方”形象，揭示了形象背后隐藏的帝国意识和种族主义，在方法论上与形象学不谋而合。而“后殖民理论催生的族群研究重视主流文化与非主流文化关系、多数民族与少数族裔关系在各种文本中的复杂表现，这些研究和形象学在精神上有相通之处”②。周宁在八卷本著作“中国形象：西方的学说和传说”中，引入后殖民理论对西方的中国形象进行研究，是形象学领域一次有意义的

① 王向远．比较文学学科新论[M]．南昌：江西教育出版社，2001：236.

② 陈惇，刘象愚．比较文学概论[M]．北京：北京师范大学出版社，2006：222.

尝试。同样，女性主义理论对形象学也有所影响。在高旭东主编的《比较文学实用教程》中，编者依据英国比较文学学者苏珊·巴斯奈特对旅行者描述异族时的性别隐喻与想象的研究，指出其理论基础是女性主义。“强势的文化和种族总是男性化的、阳刚的，弱势的种族和文化总是女性化的、柔弱的，如此种族歧视和性别优越之间就有着惊人的对应关系，这对具体分析一国文学中的异国形象有着重要的方法论意义。”[①]

从理论的生成来看，当代西方文艺理论本身就表现出明显的学科互涉的特征。而“形象”所蕴含的符号结构、隐喻、套话等特点，又特别适宜于这些理论的阐发和应用。刘洪涛在《对比较文学形象学的几点思考》一文中说：现在的情形是，形象学的研究者在很大程度上绕过法国学者精心建构的理论规则、术语，直接从各种后现代理论中寻找武器，展开自己的研究。……“东方主义”“异国情调”“西方主义”“中心与边缘”“族群认同”等等话语方式在逐渐挤占形象学原有的空间。就像比较文学一样，形象学的面目也越来越难以辨认。[②]目前，研究者更多地将关注点放在形象学如何受到了西方文艺理论的影响，而没有在理论和方法上使二者达到真正的有机融合。要实现二者的有机融合，寻找理论契合点是关键。同时，也要预防将形象学的一些元素程序化和编码化，忽视形象的情感性和独创性，使形象学研究陷入模式化的弊端。

二是形象学与其他学科之间的理论关联。从文学和其他学科的关系来看，文本材料的多样性和丰富性，文学与心理学、传播学、历史学等跨学科研究促使人们在形象学研究中越来越重视学科之间的关联，积极地吸取其他学科的理论和方法。在学科内部之间的关联上，张晓芸的专著《翻译研究的形象学视角——以凯鲁亚克〈在路上〉汉译为个案》以凯鲁亚克的小说《在路上》为个案，研究了“他者”形象在文学翻译中的处理及其变异问题，认为：“在译介的过程中，原语文化在译语文化中的形象，往往取决于作为中介的翻译。对他者的态度，决定了在翻译时所采取的态度，

---

① 高旭东. 比较文学实用教程 [M]. 北京：北京大学出版社，2012：85.

② 刘洪涛. 对比较文学形象学的几点思考 [J]. 北京师范大学学报，1999（3）：69—73.

而翻译活动又反过来决定了他者在‘我’处的形象。”[①] 该书从形象学角度进行翻译研究，阐释了形象翻译与形象建构的关系，以及翻译活动中形象的主体形态。李红、张景华的《形象学视角下美国华裔文学的汉译问题》一文以美国华裔文学的汉译为研究对象，认为汉译者在做好传递美国华裔文学作品中民族形象的同时，应对美国文化加深了解，努力减少翻译过程中产生的变异，以促进中美文化的交流。[②] 论文从翻译研究上升到民族文化交流的高度，重点分析了如何减少翻译中的变异问题，对异国形象的翻译很有参考价值。在学科的外部关联上，李晓娜的《呼唤感性回归，重回审美之维——审美文化学对形象学研究的启发》一文从审美文化学与形象学的关系入手，阐释了审美文化学对比较文学中形象的解读、异质文化的交流和沟通在方法论上的启发意义，并尝试用审美文化学的方法或理念去分析现实生活中存在的形象，以及如何用感性的方法审视艺术作品的问题。石黎华的硕士论文《传播视野下的比较文学形象学研究问题初探》立足于跨学科的比较文学形象学研究，大胆借鉴传播学理论，借用传播学的“议程设置”“说服理论”等理论术语，分析了传播视野下形象的传播过程，阐释了形象在此过程中是如何形成、传播、接受、改造的，解构了形象的形成、接受和改造，总结出形象传播过程的基本规律，以传播学理论研究形象学，开拓了形象学的理论视野。

学科互涉为形象学理论研究提供了新的思路和方法，但在实际的研究中，学科互涉大多还停留在观念层面，相关学科的理论和方法在实践层面并没有得到真正的运用。因此，形象学如何恰当借鉴和有机融合其他学科的理论和方法，将会是形象学理论研究大有作为的一个领域。

（四）形象学观念与方法等探讨

除了在形象学整体总论、基本问题探究、学科互涉研究三个方面取得了一些初步的成果外，近几年中国学派的比较文学形象研究数量上相当可观，主要体现于形象本身的真伪优劣辨析、形象作为指意实践、形象学观

① 张晓芸．翻译研究的形象学视角——以凯鲁亚克《在路上》汉译为个案 [M]．上海：上海译文出版社，2010：2.

② 李红，张景华．形象学视角下美国华裔文学的汉译问题 [J]．安徽工业大学学报（社会科学版），2012（2）：77—79.

念与方法探讨三个方面。可以预计，异域形象研究将持续成为中国比较文学学术热点之一，但该领域的观念与方法仍没有实质性推进。

2015 年，钱林森、周宁主编的“中外文学交流史”煌煌 17 卷由山东教育出版社陆续推出，是学界年度盛事。其中，中国与异域间的互看互识是这套丛书的重要议题之一——形象学本就属于国际文学关系研究范畴。限于篇幅，无法在此一一述评。这套丛书中，治中外文学关系史经年的钱林森撰写的“中国—法国卷”[①]，却以罕见的方式，完全把他者形象的塑造研究，作为体系化整部文学史交流个案的基本方式。故而，本书以该著为例探讨其形象研究的得失。该著的形象研究，最大特征在于，避开对欧洲想象中国的后殖民式的解构分析，着力陈述 16 至 18 世纪欧洲对中国的追慕和借鉴。17 世纪下半叶，来华传教士中兴起的“礼仪之争”以及法国本土的“东西之争”中，一个正面的“思想文化”的中国形象渐次确立并清晰，承载了诸如“仁义”“慈爱”“宽容”“智慧”等现代性价值，成为法国文人和思想家心向的乌托邦。18 世纪中法文学交流奠基于汉学，“中国热”是其背景，而“孔夫子”则是其依托，“中国形象”表征着形象构述者的世俗与宗教理想和启蒙批判意识。

《中外文学交流史：中国—法国卷》一书沿用了周宁的“乌托邦”形象分析框架。但与此同时，论者对这一论述架构中的权力关系是估计不足的，其分析架构显然缺乏弹性。“中国热”盛行的若干世纪，仍存在着诸多批评中国的“不谐和音”，此时，论者就会陷入左右失据的窘境。比如，在论及孟德斯鸠（Baron de Montesquieu）笔下的负面中国形象时，论者认为孟德斯鸠的中国态度相当矛盾（第 357 页）。这与其说是孟德斯鸠的“矛盾”，不如说是论者自身的矛盾。乐观的“世界主义”情怀和文化间的平等对话，在话语层面，仅是一个理想的愿景，但论者视其为现实，造成该著知识立场（在批判与经验之间）的混乱与混淆。为削足适履，论者竟不惜彻底扭转其既定的理论前提——他者形象即主体镜像，重返形象与真实对应的“反映论”和真伪之辨。

《中外文学交流史：中国—法国卷》的形象研究具有代表性，我们在

① 钱林森. 中外文学交流史：中国—法国卷 [M]. 济南：山东教育出版社，2015.

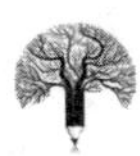

其他论文亦可看到论者知识立场的前后摇摆。徐东日在讨论朝鲜朝使臣李窅眼中的顺治帝形象时[①]，借助繁复的史料，细致的分析，勾勒出《燕途纪行》中的顺治多面驳杂的形象维度，这是一篇颇具学术价值的形象学论文，但论者认为顺治的形象既是客观的，亦是误读的。刘志锋对韩国汉诗中的长安形象研究[②]也是一篇引人入胜的论文。该文梳理了韩国文人汉诗中的长安形象变迁，又借此讨论了新罗、高丽、朝鲜时期中韩两国的历史文化关系。在理论背景上，该文倚重了法国学者巴柔（Daniel-Henri Pageaux）及其弟子莫哈（Jean-Marc Moura）的"集体想象物"和"出自一民族的形象"等论述，但可能限于篇幅，该文看不到莫哈强调的对"创造出了形象的文化"的研究。也就是说，根据论题韩国汉诗中的长安形象，研究要点应是投射在长安形象中的韩国文化是怎样的，但这并没有成为论者的核心关注。这里讨论的三个个案研究，都是学风扎实、论述充分的优秀成果，但其中又体现出哲学前提与知识立场上的不确定，值得引起深思。

形象学不仅是一个研究领域，还可以作为一种观照其他研究对象的方法视角。这类研究共享着同一个学术旨趣，即紧扣形象本身的意指实践何为并为何。陈晓兰的《旅行写作、帝国叙述、异域再现——当代英美"旅行写作"研究述评》[③]系统梳理了当代英美在"旅行写作"领域的学术贡献，重点探讨旅行写作与帝国主义意识形态构建之间的关联。该文评述了普拉特（Mary Louis Pratt）的《帝国的眼睛》等重要著作的核心概念与方法，对中国形象学的方法论建设有不可低估的启发意义。施爱东的《16—20世纪的龙政治与中国形象》[④]把"龙"这一文化符号放置在16到20世纪中外文化碰撞的历史背景，对其意义的生成谱系进行了细致入微的考察，试图揭示作为中国（人）象征的龙，其实是中外跨文化互动过程中被生产出来的一种知识/权力。该著巧妙地把形象作为方法，从繁复的史料中，提炼并思考了"龙"何以从阶级转换成国族的象征，其研究视角颇具启发性。张

---

① 徐东日．论朝鲜朝使臣李窅眼中的顺治帝形象[J]．中国比较文学，2015（4）：171—183.

② 刘志锋．比较文学形象学视野中的"长安形象"——以韩国汉诗为中心[J]．中国比较文学，2014（1）：143—158.

③ 陈晓兰．旅行写作、帝国叙述、异域再现——当代英美"旅行写作"研究述评[J]．中国比较文学，2016（1）：153—163.

④ 施爱东．16—20世纪的龙政治与中国形象[M]．北京：北京三联书店，2014.

小玲《论〈开往中国的慢船〉中作为“符号”的中国与美国形象》[①]、虞又铭的《埃及的鳄鱼：论〈安东尼与克莉奥佩特拉〉中的异域想象及自我反思》[②]、谭渊的《“名哲”还是“诗伯”？——晚清学人视野中歌德形象的变迁》[③] 和《异域光环下的骑士与女英雄国度——德语巴洛克文学中的中国形象研究》[④]、冯定雄的《罗马中心主义抑或种族主义：罗马文学中的黑人形象研究》[⑤]、赵佳的《政治寓言中的“他者”形象和西方的危机——评乌勒贝克的〈屈从〉》[⑥]、周云龙的《亚洲景框与“世界图像”的视觉隐喻——〈曼德维尔游记〉对前文本的“替补”及近代早期的认知范型》[⑦]、牟芳芳的《历史叙事与资本逻辑——透析〈光之杯〉中的北京形象》[⑧] 等论文，均聚焦于某种异域形象细腻的解析，深刻地探讨形象背后投射的文化政治。这些都是形象学领域近年来的重要收获。

除了丰富、多产的个案研究，就形象学展开的理论反思和学术对话，也是近些年的又一重要收获。这方面用力最勤、成果最多的正是在形象学领域已经做出令人瞩目成绩的周宁。在充满强烈的自我批判色彩的《他乡是一面负向的镜子：跨文化形象学的访谈》[⑨] 中，周宁坦诚、直率地对自己的研究，进行了全面、深刻的回顾与反思，内容包括跨文化形象学的基本

---

① 张小玲. 论《开往中国的慢船》中作为“符号”的中国与美国形象[J]. 中国比较文学，2017(1)：146—159.

② 虞又铭. 埃及的鳄鱼：论《安东尼与克莉奥佩特拉》中的异域想象及自我反思[J]. 中国比较文学，2017（2）：45—58.

③ 谭渊. “名哲”还是“诗伯”？——晚清学人视野中歌德形象的变迁[J]. 中国比较文学，2017(2)：59—70.

④ 谭渊. 异域光环下的骑士与女英雄国度——德语巴洛克文学中的中国形象研究[J]. 同济大学学报（社会科学版），2017（4）：23—29.

⑤ 冯定雄. 罗马中心主义抑或种族主义——罗马文学中的黑人形象研究[J]. 外国文学评论，2017（2）：183—204.

⑥ 赵佳. 政治寓言中的“他者”形象和西方的危机——评乌勒贝克的《屈从》[J]. 当代外国文学，2017（2）：145—152.

⑦ 周云龙. 亚洲景框与“世界图像”的视觉隐喻——《曼德维尔游记》对前文本的“替补”及近代早期的认知范型[J]. 福建师范大学学报（哲学社会科学版），2017（6）：67—75，176.

⑧ 牟芳芳. 历史叙事与资本逻辑——透析《光之杯》中的北京形象[J]. 外国文学，2018（1）：139—146.

⑨ 周宁，周云龙. 他乡是一面负向的镜子：跨文化形象学的访谈[M]. 北京：北京大学出版社，2014.

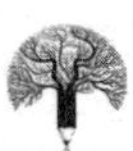

问题、知识立场与研究范型，跨文化形象学的观念、方法和三组课题，作为中国形象的“中国崛起”，以及对跨文化形象学的“中国问题”与研究方法的深刻检讨。周宁发现，面对西方现代性，中国自我想象的困境不仅在知识与观念上，更在价值与权力上，真正需要解构的，不是西方现代性及其构建的中国形象的知识权力，而是中西方二元对立的现代性思维模式，但我们又无法摆脱西方这一巨大的他者进行现代性自我确证。这一理论困境直接质疑了形象学的前提与意义——从解构西方的中国形象入手无法拯救中国现代性自我想象的主体，更无法走向中国现代性的文化自觉。虽然周宁的自我怀疑与批判令人感到意外而沮丧，但这些思考的启迪在于：任何一项人文研究，清晰的问题意识与复杂的思维触角都必不可少——形象学看似令人绝望的学术空间恰恰由此敞开，它正虚位以待那些有思想能力的学人，从新的问题与视角回应这一学术困境。

林曦从周宁的研究中发现其与“权力联姻”的危险，即形象学研究可能导向国家软实力输出，借助国家权力，推广包装过的国家形象，并就此给出了解决此困境的学术方向和路径。林曦认为，国家形象可以与积极的权力观相结合，以“修文德”的方式在国际上争取平等和相互承认，但与此同时，论者又对此提出怀疑，因为该方案可以遭遇“无知”和“话语风险关系”的挑战。[①] 林曦提供的出路很有道理，但是其可疑之处还不在于该出路又一次面临着新的挑战，而是其分析把形象学导向了战略性的宏观规划，而形象学目前真正需要的却是振聋发聩的历史、哲学追问。周云龙借助媒介批评的新动向，指出数字化时代的“我‘拍/传’故我在”，为中国的全球形象的民主传播带来新的契机，即西方表征他者时依赖的（人类学意义的）“时差”，将因为新媒体技术对虚拟与真实界限的模糊而消失，这种全球同步的形象生产过程中形成的“反话语”，对既有的后殖民视觉结构构成挑战。[②] 王茜的《“空洞”的所指：〈一个中国人在中国的遭遇〉

① 林曦．权力联姻：跨文化形象学的困境与路径 [J]．中国图书评论，2014（1）：13—15.

② 周云龙．另一种跨文化形象学的可能：从“影子媒介”出发 [J]．中国比较文学，2015（4）：162—170.

与文学形象学的另议》[①]指出，凡尔纳（Jules Gabriel Verne）小说《一个中国人在中国的遭遇》中的中国是一个纯粹虚构的空洞形象，其合法性源自自足的文学符号系统，其传递的是"理性—非理性"的深层叙事结构的能指符号。该文对形象学方法的探讨非常可贵，把研究重心从现实指涉转向作为形象的文学本体，从某个维度揭示了形象注视者心灵的依据。

总体来看，国内形象学理论研究成果相对较少，缺乏系统的理论研究和学术特色。我们应当在接受和整合其他学科理论的基础上，弥补现有形象学理论的不足，拓展形象学的理论空间，为我们今天的文学创作和文化建设提供可资借鉴的理论指导。

二、中国学派形象学研究经典案例解析

在 20 世纪比较文学形象学领域，正如异域的中国形象有肯定性认同与贬抑性否定两种类型之分一样，异域的中国人形象历来有着他者化的两极认知，一是如英国通俗小说作家萨克斯·罗默（Sax Rohmer）在 1913 到 1959 年间所塑造的"傅满洲"的罪恶形象；另一则是美国作家比格斯（Earl Derr Biggers）于 20 世纪 20 年代所塑造的"陈查理"的正义形象。无论哪类中国人形象都是西方人据于自身的文化幻想而已，这些中国人形象都是一种失去主体意识的存在。西方对于中国人的形象认知明显受制于"套话"的影响，套话是形象学领域里的术语，指的是"一种摘要、概述，是对作为一种文化、一种意识形态和文化体系标志的表述。它在一种简化了的文化表述和一个社会间建立起了一致的关系。……是一种停滞文化的表征"[②]。套话在本质上就是一种社会集体想象物，它具有停滞性，无论中国社会如何向前发展，受套话影响的中国人形象则永远停留在过去或者幻想之中。在西方，很多中国人的形象生成大多呈现的都是一种缺席的在场状态，中国人形象都是缺乏主体性存在的一个个符号而已。可见，在世界范围内改写中国人的形象认知具有一定的迫切性，而且这改写必须依靠

---

① 王茜．"空洞"的所指：《一个中国人在中国的遭遇》与文学形象学的另议 [J]．中国比较文学，2017（4）：183—194.

② 达尼埃尔 - 亨利・巴柔．从文化形象到集体想象物 [M]// 孟华．比较文学形象学．北京：北京大学出版社，2000：126—127.

我们自己来完成。

20 世纪 80 年代之后的中国当代文学就是一个逐渐建构自己主体性存在的文学，文学不再是救国的工具，文学也不再是政治的附庸，文学回到了文学自身，文学中中国人形象的塑造也逐渐鲜活起来，余华就是在 20 世纪 80 代这样的创作语境中走上文坛的。在中国当代作家中，余华是个创作主体意识鲜明的作家，他的从先锋到后先锋的创作转变就是他不断凸显其创作主体意识的历程，同样也是他笔下中国人形象主体意识逐渐确立的过程。在余华创作的先锋时期，余华为了凸显自己的创作主体意识，把他笔下的人物符号化了，人物成了诠释自己感知的道具，从某种程度上来说这人物形象化是一种他者化形象，一种自我他者化的形象；然而到了后先锋时期，余华发现了现实的复杂无边，因此把创作还给现实，把人物还给人物自身，就成了他的又一次彰显主体意识的创作选择，对此，余华说道："我以前小说里的人物，都是我叙述中的符号，那时候我认为人物不应该有自己的声音，他们只要传达叙述者的声音就行了，叙述者就像是全知的上帝。但是到了《在细雨中呼喊》，我开始意识到人物有自己的声音，我应该尊重他们自己的声音，而且他们的声音远比叙述者的声音丰富。因此，我写《活着》和《许三观卖血记》的过程，其实就是对人物不断理解的过程。"[①] 由此，主体化的人物形象开始建立起来。无论是在域内还是域外，余华后先锋时期创作的广受欢迎证明了余华创作选择的合理性与必要性，余华的兴趣和责任是要求自己写出真正的人，确切地说是真正的中国人。所谓真正的人就是具有一定主体意识的人，余华一直努力的是把中国人的形象塑造与人类学进行对接，力图塑造既具有文化主体性又具有人类共性的中国国民形象，也正因如此，他的作品才有了走向世界的可能与意义。

（一）人性感悟与形象发现

在中国当代文学史上，作为一个 20 世纪 60 年代出生的后起作家，余华的创作极具个性化色彩。余华的创作经历了从发端、先锋到后先锋等不同时期的转变，无论哪个时期的创作，对中国人生存及生活的思考都是他创作的核心所在。中国形象的建构对余华来说，只是承载他文学思想的镜

---

① 余华. 我能否相信自己——余华随笔选 [M]. 北京：人民日报出版社，1998：246.

像。因此，出现在余华作品中的有关中国社会与时代的形象只是一个镜像，它有时是现实中国的投射，有时则是作者虚拟的生存空间，目的指向的都是表现中国人，乃至整个人类生存这一核心命意。

"镜像理论"是法国著名精神分析学家雅克·拉康（Jacques Lacan）提出的著名理论，是拉康整个理论建构的逻辑起点，其理论的核心就是自我在他者中的生存与认同问题。在拉康的"镜像理论"中，镜子并不是指真实的镜子，它可以是想象的，他者的，也可以是现实的，目的是在这面镜子中诞生主体自我的真正成长，也就是说现实中或虚幻中的一切在孩童自我主体意识成长的过程当中都可以起到"镜像"作用，从而达到一定的自我认同与主体建构。余华创作从萌芽到先锋再到走向现实的旅程，从本质上来说就是在虚构和现实动荡的镜像中，逐渐确立真正中国人形象的过程。与拉康"镜像理论"主旨——"力图揭示人类主体之自我的虚幻性质"[①]不同的是，余华创作中国镜像的主旨，恰恰在于中国人真实形象的确立，他们是真实而不是虚幻的。但是，任何理论都具有先验色彩，我们主要借助于这一理论的形式，来阐释余华笔下中国人从偏执渐趋完善的形象确立本质，而不是通过中国人的形象塑造来验证镜像理论本身。

1. 人性观照：中国人形象的外生之悟

在20世纪愈来愈全球化的文化发展视野之下，一个作家的创作倘若缺乏一定的世界性视野与世界性指向，倘若缺乏与世界文学一定的交流与碰撞，那么他的创作必定很难融入到世界文学之中去。余华作品在海外的热播，无论是学术界的认可还是普通大众的评价，人们经常会谈论到一点，那就是余华作品与世界文学大师们的相通之处，以及余华作品的人类学意义。而余华创作的事实情况也确实如此，余华曾在创作谈中多次谈到他阅读与创作的世界化借鉴与模仿问题，以及他创作的人类学意义的探索。在中国当代作家中，他可以说是与外国文学联系最为紧密者之一。

余华最早的创作启示来自川端康成，之后他又曾迷恋过卡夫卡（Franz Kafka）与福克纳（William Faulkner），并深受过陀思妥耶夫斯基、博尔赫斯（Jorge Luis Borges）、普鲁斯特（Marcel Proust）、马尔克斯（Gabriel

① 张一兵. 不可能的存在之真——拉康哲学映像 [M]. 北京：商务印书馆，2006：82.

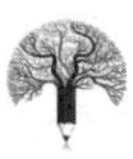

García Márquez）、蒙田（Michel Eyquem de Montaigne）、胡安·鲁尔福（Juan Rulfo）等作家的影响，余华曾说，影响他的外国作家可以组成一支足球队。正是由于长期浸润在外国文学的影响之下，久而久之才形成了他世界性的创作视野与创作气质。余华说："作为一个中国人，我一直以中国的方式成长和思考，而且在今后的岁月里我也将一如既往；然而，作为一位中国作家，我却有幸让外国文学抚养成人。"[①] 也就是说，大量外国文学的阅读让余华产生了文学表达的可能，带给了他中国形象建构的参照系。文学中中国形象的表达通常需要源自异域文学的启悟，这其实才是有意识的中国形象建构的起点，没有了一定异域文化形象的参照，中国形象的表达难以上升到一种意识建构的层面；没有了一定异域文化形象的参照，中国形象的建构也会显得比较浅陋而闭塞。西方文学所给予余华的是，创作自我的执着寻找与中国人形象定位的不断转换，但在这每一次寻找与转换之间，余华愈来愈远离西方文学的束缚，愈来愈贴近中国人形象的真正中国化与人类学意义化。余华曾披露影响他最深的10部短篇小说，其中属于中国作家创作的只有鲁迅的《孔乙己》，其余9部均为外国作家作品，可见余华受外国文学影响之深。从川端康成到卡夫卡再到福克纳，从人性善到人性恶再到回归生命本体，从温情脉脉的中国细民到夸张抽象的中国人再到实实在在的中国百姓，余华的创作深刻改写了比较文学形象学领域里的中国人千年不变的套话形象，从而让他的文学创作具备了走向世界的意义。

2. 现实关注：中国人形象的本土之思

在比较文学形象学领域，大量带有套话化倾向的中国人形象确立的根本原因，在于这些形象更多的是产生于一种对于异域的幻想，它不具备任何中国真实的本土化意义，真正本土化的中国人形象的确立必须产生于中国社会真实的文化与生活之中。在中国当代新时期的西方化浪潮中，中国作家在借鉴西方的同时，如何坚守住自己创作的本土性与文化主体意识，这是中国当代作家创作所必须面对的重要问题，也是余华创作一直探索思考的所在。

毫无疑问，文学中中国形象的产生本质上要源自对现实中国形象的感

① 余华. 我能否相信自己——余华随笔选[M]. 北京：人民日报出版社，1998：193.

知，当中国现实快速地向前奔涌之时，文学中的中国形象就不可能按部就班地展现它一成不变的面容。随着中国社会从现代主义走向后现代主义，在复杂的社会与人生面前，余华意识到遵循传统的美学规范，温情脉脉地创作是稚嫩且苍白无力的，随着自己生活感知与创作积淀的日积月累，余华渴望能够越过纷乱现实的表象达到对现实本质的认知，他渴望通过自己的创作来接近一种深刻的社会与生活真实，而这种真实不是对生活表相的如实记录，不是跟在现实背后的亦步亦趋，不是清浅的感动，而是来自自己内心的一种对现实社会的发现与审视，它应该流露出一个知识分子典型的忧思与呐喊，余华说："过去的现实虽然充满魅力，可它已经蒙上了一层虚幻的色彩，……真正的现实，也就是作家生活中的现实，是令人费解和难以相处的。"[①]而真正的文学真实又"是不能用现实生活的尺度去衡量的，它的真实里还包括了想象、梦境和欲望"[②]。所以余华努力要撕开社会虚伪的面纱，把现实的本质呈现出来，用文学的真实来隐射现实的真相，因此他在这一阶段与卡夫卡的相遇实则有着他本土化创作寻求转变突破的驱使。

与卡夫卡的偶然相遇给了余华渴望更深层次地关注现实的可能，余华说："在卡夫卡这里，我发现自由的叙述可以使思想和情感表达得更加充分。……与川端不一样，卡夫卡教会我的不是描述的方式，而是写作的方式。"[③]如何进一步构建作品中的中国形象？余华不再如实再现，他开始用表现式想象来构建中国形象。于是先锋时期的余华在小说中开始大胆地想象与虚构，并不惜采取种种夸张变形的方式，虚构出种种中国现实来表达他作为知识分子的发现与思考，因此他所构建的中国形象开始带有虚拟性色彩与寓言性格调，它背离了现实中真实的中国形象，使他的中国形象的构建带有镜像特点，也就是说，他创作的目的不在于建构镜像本身，而在于通过镜像来发现与思考。余华说："这种形式背离了现状世界提供给我的秩序和逻辑，然而却使我自由地接近了真实。"[④]所以这一时期，表面上看余华的创作与现实拉开了，但就在这种拉开与背离之间，余华反而觉得

① 余华．余华作品集（第2卷）[M]．北京：中国社会科学出版社，1995：292.

② 余华．没有一条道路是重复的[M]．北京：作家出版社，2008：106.

③ 余华．没有一条道路是重复的[M]．北京：作家出版社，2008：106.

④ 余华．我能否相信自己——余华随笔选[M]．北京：人民日报出版社，1998：252.

能更清晰地反观现实与洞察现实。譬如余华这一时期对于“文革”的反思，对于历史的回望，对于人性恶的展示等，虽是虚拟的、夸张的、偏激的，但却具有极为强烈的现实指向与寓意。温情时期的余华惯用自己的笔涂抹生活表面的色彩，而这一时期的他却致力于用自己的笔揭示隐形的社会真实，那就是遮蔽在历史与现实之中的人性之恶。余华说：“蜂拥而来的真实几乎都在诉说着丑恶和阴险，怪就怪在这里，为什么丑恶的事物总是在身边，而美好的事物却远在海角。”[①] 而这种思想发现与当时中国社会发展转型期商品经济发展所带来的负面影响不无关联，这一时期余华作品的基调是抑郁的、低沉的。余华遥想着历史与现实的真实，在笔下汇聚起一切的虚伪与荒诞、欲望与毁灭、宿命与死亡，他的呐喊就在这揭示之中，他的悲悯就在这无望之中，正如余华在《在细雨中呼喊》中所写的：“再也没有比孤独的无依无靠的呼喊声更让人战栗了，在雨中空旷的黑夜。”[②] 余华先锋时期的作品总是能给人带来一定的震撼与启示，他的小说在一定程度之上展示了处于变动时期的中国社会所出现的某些裂变，以及所带来的某些人性发展的预警，具有深刻的警醒与人类学意义指向，中国形象的寓言性由此而生，带有抽象变形特征的中国人形象也由此大量产生。

余华的创作有着不一般的世界性创作视野，但他的创作从来不是为着西方或世界来创作的，异域文学对余华来说只是开启了他创作的视角与想象，余华创作就其根本来说还是植根于中国本土之上的。西方文学教会了余华写作的视角与方法，但生动的中国性书写与中国人形象的塑造还得来源于中国本土的现实之中。立足于中国本土，书写自己的发现，这就是余华一直坚守的所在。他的创作无论是前先锋时期的清浅，还是先锋时期的偏执，抑或后先锋时期的完善，都是来自对中国社会现实的思考，从表面真实到精神真实（或内心真实）再到生活真实，余华在作品中构建了一系列中国现实镜像，展现出他对于中国人生存的本土化的深切感悟与认知。

（二）从生存走向活着

在比较文学形象学领域，处于套话中的中国人形象是经年不变的，因

---

① 余华．余华作品集（第2卷）[M]．北京：中国社会科学出版社，1995：292.

② 余华．余华作品集（第3卷）[M]．北京：中国社会科学出版社，1995：4.

为套话“一旦成为‘套话’，就会渗透进一个民族的深层心理结构中，并不断释放出能量，潜移默化地影响着后人对他者的看法。”[①]这种套话就是一种社会集体想象物，它不仅存在于异域，即便是在中国本土文学中也常常出现，譬如中国当代文学发展之初的中国人形象的概念化与政治化等。随着20世纪80年代中国社会的发展转型，随着中国国际形象的逐渐崛起，中国人形象的塑造就不可能永远停留在固化状态，它应是复杂多元的，因此无论在域内还是在域外，对中国人形象的重新建构呈现出一定的紧迫性与重要性。在这样的创作背景之下，余华的出现就具有一定的意义。余华真正意义上的创作起于先锋时期，他的创作紧跟时代发展而变化，从现代的人的“物化”，到后现代的人的“人化”，余华在世界文学的引领之下，在对中国现实镜像的构建之中，塑造出了中国国民的生动形象，展现出了他们从被动地生存走向自在地活着的艰难历程，并由此延伸出一定的普世性人类学意义。

1. 暴力镜像：像物一般生存

在中国当代作家中，余华素来被喻为和鲁迅最为相像，这种相像来自一种文学精神的直接承接，余华自己也说：“鲁迅是我的精神导师，也是唯一的。许多伟大的作家在写作层面影响了我，但鲁迅是影响最深的。尤其是在最近的10年，鲁迅鼓舞我要更加独立和批判性，我也尽最大努力去实现。”[②]在中国新文学发展史上，鲁迅的创作显然是一种最为典型的知识分子启蒙创作，在一个新旧交替的社会转型期，唯有破旧方能立新，所以鲁迅对中国历史与现实的批判素来是猛烈而彻底的，是理性而坚定的，在鲁迅所有的批判与否定之中彰显最为根本的“立人”的思想命意。与鲁迅一样，余华先锋时期的作品在某种程度之上也带有着一定的启蒙之思，这种启蒙之思就来自对中国历史与社会现实的审视。余华也生活在一个社会发展的转型期，从“文革”到新时期，从计划经济到商品经济，从价值建构到价值解体，从文化重建到文化失范，随着中国社会变革思潮的跌宕变化，余华开始了他的创作思考，余华渴望通过纷繁复杂的社会现实来揭示变动中中国的社会变奏，以及给人们生活带来的变异影响。在余华的创作中，

① 孟华. 比较文学形象学[M]. 北京：北京大学出版社，2000：190《

② 王湛，庄小蕾. 几年过去，《兄弟》已不再显得荒诞[N]. 钱江晚报，2014-02-23.

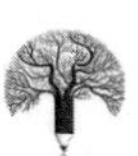

对人生存的关注一直是其创作的核心，“立人”思想也一直是余华创作的基点，先锋时期余华的“立人”也如鲁迅一样常常是通过人的毁灭的方式进行的，但与鲁迅惯用的“无形的暴力”叙述不一样的是，余华更多的是在作品中借用“有形的暴力”来观照人的毁灭（当然也有无形暴力的揭示，如《四月三日事件》等），来思考中国人的生存。

20世纪80年代的中国社会瞬息万变，历史的劫难与创伤尚未抚平，而新的社会裂变又在拷打着人们的精神，生活充满了无限的变化与可能，文学上的任何虚情假意的讴歌与温情脉脉的诉说已不再能够承载起社会的裂变，身处这样的社会氛围之中，受到卡夫卡创作启示的余华深深感到，一个作家的“职责不是布道，而是发现”[①]。在余华看来，平静的社会表相叙述达到的永远只是社会的浮表，唯有极端化的放大与直呈才能让人看清社会结构与社会关系运行的本质。这一时期的余华对社会充满了质疑与反思，他说：“当我不再相信有关现实生活的常识时，这种怀疑便导致了我对另一部分现实的重视，从而直接诱发了我有关混乱和暴力的极端化的想法。”[②]这是因为在任何处于发展变化中的社会中，暴力是无处不在的，特别是随着现代社会的发展，暴力更以无限想象的方式扩展，进而威胁到人类的生存，恰如余华所说的：“人类文明的递进，让我们明白了这种野蛮的行为是如何威胁着我们的生存。……在暴力和混乱面前，文学只是一个口号，秩序成为了装饰。”[③]因此，先锋时期的余华意欲通过对暴力镜像的书写来映射现代人的生存本质，并力图使作品带有一定普世性的思考价值，因为他写的虽是中国，但指向的是整个现代社会发展所可能带来的隐患，这也是他的作品在海外广受欢迎的原因。

在余华先锋时期乃至后先锋时期的作品中，暴力成为常态化的一种叙述内容，几乎所有人的生存都与暴力有关，他们都被暴力裹挟着，行走着，生活着，他们中的大多数一方面是暴力的承受者与牺牲者，同时又是暴力的施暴者与执行者。暴力成了一种普遍性的人类生活形态相伴于人类的生存，暴力镜像成了余华小说中国形象建构的一道奇特景象。在此，余华的

① 余华. 余华作品集（第2卷）[M] 北京：中国社会科学出版社，1995：290.

② 余华. 余华作品集（第2卷）[M] 北京：中国社会科学出版社，1995：281.

③ 余华. 余华作品集（第2卷）[M] 北京：中国社会科学出版社，1995：280.

暴力书写恰如鲁迅的启蒙叙事一样，是植根于对人的发现与思考的，余华曾说：“暴力因为其形式充满激情，它的力量源自于人内心的渴望。……我更关心的是人物的欲望，欲望比性格更能代表一个人的存在价值。”[①] 为了凸显这一点，在叙述上余华采取的是更为极端的方式，这是不同于鲁迅等现代文学人道主义书写的一种后人道主义的书写表达，也就是说余华的小说通过对暴力的盲目性和自发性的表现，显示着一种人性本能的攻击性和破坏性，同时也显示着某种被历史表象所掩盖的人性恶的残忍和丑陋。从此来揭示中国人受暴力驱使的被动生存——物化般的生存。这种植根于个体生命故事的启蒙叙事，虽然是对个体存在问题的书写，其中却仍然隐含着“五四”启蒙文学批判国民性的基本主题。

暴力其实就是一种限制，它具有一定的强制性，从性质上看，它有正义与非正义之分，在形态上它具有多元性，有形的无形的，直接的间接的，潜在的显在的，见血的或不见血的，软暴力与硬暴力等。暴力是文学创作中一个常见的叙述类型，就文本意义来说，文学作品中的暴力叙述一般都具有一定的反暴力指向，不管叙述者以何种形式叙述暴力，也不论叙述者的论述是否充满激情与沉醉。在余华的叙述中，暴力常常受着欲望的驱动，与人性的裂变相联，以此来达到摧毁人生存的目的。在欲望与暴力面前，人都毫无例外地陷入一种非正常化的生存状态之中，理性与规约不复存在，无序与失范遍地扎根。一个十八岁的孩子出门远行（《十八岁出门远行》），他的成人礼就是对于这个世界的残酷认知，世界是黑暗无边的，什么变化都没有，只有遍体鳞伤的他，从出门前的如马驹般的欢快到被抢后的无限悲伤，社会的荒诞与悖谬、人性的冷酷与自私等让他茫然失措。而《四月三日事件》中，一个同样十八岁的孩子在自己的生日之夜找到了他生日的主题——无依无靠！有时，无形的暴力比有形的暴力更能摧残一个人的身心，十八岁的他始终生活在疏离与敌对之中，在社会周遭的阴沉与压抑之下，他已然成了一个臆想症患者，时时提防他人对自己的迫害，最后不得已选择逃离。生活在这样遍布有形或无形暴力的社会之中，人性的被异化被物化便成了人们生活的基本形态。在余华先锋时期的作品中，作品中的人物

① 余华. 余华作品集（第2卷）[M] 北京：中国社会科学出版社，1995：287.

多数是被欲望与暴力所驱使的人物，他们普遍丧失的是人的主体性，作者对此的鞭挞与贬抑是显在的，譬如在《难逃劫数》中，人物都没有属于自己的个性化名字，东山、森林、彩蝶、露珠、沙子等自然之物就是他们的名字，这就象征着这一群人就是物化的一类人，他们带着原始的本能欲望行走在人世间，他们的被毁灭的结果自然是在劫难逃。在余华的作品中，如此这般被暴力所异化或物化的人俯拾皆是，如《一九八六》中自虐的历史老师、《现实一种》中互相残杀的兄弟、《河边的错误》中被迫致狂的刑警队长等，而在《兄弟》中，一个个行为变异、人格分裂的施暴者受着各种欲望与权力的驱使，将一个个活生生的生灵暴打成一具具血肉模糊的僵尸！《第七天》中暴力更是以猝不及防的方式存在于人们生活的空间，如暴力拆迁、严刑逼供、暴力执法等，暴力侵占了人们生存的空间，人们不仅生无所生，死后也死无葬身之地。欲望是无止境且无法阻挡的，暴力又是形形色色地存在着的，在无边无际的暴力面前，人是那么的渺小与卑微，生存主体都丧失了与之抗争的可能，那么疯癫与死亡就成了一种常态结局，即便那没有走向疯癫与死亡的，也都如一个个行尸走肉，苟活于世。在这一幅幅血腥残酷的暴力镜像面前，随着人性的被撕裂、被异化与被毁灭，留下的是无尽的恐惧与绝望。虽然余华写的是中国人，但这也实在是现代人类所共有的生存之困，余华小说由此延伸出深远的寓言意义。

在余华作品的暴力镜像中，除了对人性力的揭示与鞭挞之外，对社会权力暴力的揭示也是他暴力叙述的重要内容。正如洪治纲所说的，暴力是权力意志的最简单的形式，是实现“利我”的最快捷手段，也是人作为攻击性动物的一种本能①。暴力是与欲望相联的，同时也与权力相勾结，权力可以滋生暴力，而暴力更可以谋取权力，这无论是在家庭抑或社会之中，莫不如是。对社会权力暴力的揭示，体现在余华创作中主要是对“文革”的批判。在余华书写暴力的作品中，有鲜明“文革”指向的作品就有《一九八六》《在细雨中呼喊》《许三观卖血记》《兄弟》等。在权力暴力面前，人性最邪恶的一面被凸显，余华的社会暴力书写一方面隐喻当下社会结构形象畸形发展的一面，另一方面仍是很明确地落在了对人性异化

① 洪治纲．苦难的救赎 [M]// 余华．余华精选集．北京：燕山出版社，2006：6.

与物化的发掘之上。

余华通过对暴力社会中暴力镜像的集中建构，揭开历史的疮疤，拨开现实的迷雾，让我们看到了有关中国社会乃至现代社会发展的一种寓言化言说。从暴力镜像来折射当代中国，进而展示当代中国人的生存形象与存在状态，并由此引发广泛的人类学意义上的思考，这就是余华中国形象建构的一大功能。

2. 苦难镜像：像人一样活着

在余华先锋时期的创作中，暴力频发，苦难遍野，人性沦落，在经历了内心愤怒的启蒙时期后，虽然余华启蒙的创作精神犹存，但面对着 20 世纪 90 年代后中国多变的社会现实，余华明白自己这些对于现实生活的一点抽象感知是苍白无力的，而且自己对于人性之恶与暴力的偏执写作，这本身就陷入了一种人性的偏执与暴力之中，这对于一个作家来说是危险的，很快余华开始了创作的调整，他开始愿意面对与正视鲜活的生活现实本身。

如果说先锋时期余华暴力镜像的建构显得比较偏执的话，那么后先锋时期余华中国形象的建构开始渐趋丰富化，那就是把人物与广大的时代相连，不抽离不虚幻人物生存与生活的背景，正视外在时代的生存因素对人生存与生活的影响，他的叙述时间有了明确的中国实指，并几乎囊括了整个中国现代社会发展史，从民国时期到新中国成立初期，从“文化大革命”到新时期，从 20 世纪到 21 世纪，而故事发生的地点也有了明确的指向，那就是带有中国江南乡镇缩影的南门与刘镇等。但是，这一时期余华作品又决不是对时代发展与社会前行的真实记录，社会的递变与时空的转换在他的小说中只是作为凸显人物命运与性格的背景与契机而已。通过个体化的中国人的具体时代生活来反映与折射中国形象仍然是余华创作的凭依，把中国人的命运与时代相连，通过对时代形象的揭示来塑造与建构人的形象的多元与丰满，因此，余华作品中中国人形象开始活生生确立起来，他们不再符号化与抽象化，而是开始具有鲜明的主宰自己命运的主体意识。

余华先锋时期的创作因为启蒙的倾向色彩存在，所以对人物书写一般呈现的是否定性价值判断，但从 1991 年《在细雨中呼喊》开始，余华的中国人书写开始具有了肯定性的价值评判。《一个地主的死》（1992）中一个平庸的地主儿子，用自己的生命消灭了一小队侵略者，个体生存的价值

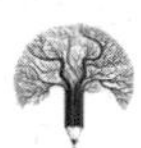

显然得到了张扬。在余华的后期创作中，对生命力的礼赞成为其创作的核心。在余华后期的作品中，人不再是符号化的人，人性的光辉与人格的力量随着生命力的倔强生长而一步步确立起来。但他们又绝对不是带有神性光芒的人，在他们身上人性之恶的一面也会时而流露，譬如早年福贵的好赌，许三观的小心眼，以及李光头的私欲泛滥等，尽管如此，但主宰他们人性的主要还是人性的宽厚与博大，这是余华立于精神荒原之上的一种积极的对当代中国人生存的精神建构。在《在细雨中呼喊》中，余华就曾用动情的笔调来呼喊人性与温情。而《活着》中的福贵在苦难面前所流露的那种人性的善良与坚韧，乐观与平和，就是人类高尚的情绪显现。这种人性光辉的流露在余华后先锋时期的作品中是普遍性存在的，如“我”与小伙伴国庆间情谊的纯朴动人（《在细雨中呼喊》），许三观在逆境中护卫家人的顽强坚韧（《许三观卖血记》），《兄弟》中宋钢在“文革”暴力的肆虐面前对爱情与亲情的守护，以及李光头面对创业逆境的永不言败，还有《第七天》中杨飞养父对他的深情抚养，让杨飞觉得“我的童年像笑声一样快乐”[①]等。在繁杂混乱的社会时代面前，生命虽然渺小得如沧海之一粟，但它自有它存在的合理性与价值，而且生命至此也开始具有了尊严感。人不仅要活着，而且还要活出尊严，如果不能有尊严地活着，那死亡就成了他们维护生命尊严的一种无奈之争，这点在《兄弟》中被打致死的刘伟父亲，及最后卧轨自尽的宋钢身上体现得最为典型，如果活着就是为了成为暴力与屈辱的受难者，那么壮烈的死亡就是一种与之的对抗，而不是不明不白地如行尸走肉般活着。当刘伟知道自己妻子的惨状之后，当宋钢知道林红与李光头在一起之后，他们在解脱自己痛苦的同时也维护了自己最后的生命尊严，其素朴的人性光辉与人格力量得以确立。

一个中国人形象栩栩如生地确立，并不仅仅体现在所谓正能量的一面之上，对于处于几千年良莠并存的传统文化与浪涛汹涌的商品文化影响之下的中国人，任何单一形象的塑造都是没有触及更深生活的表现，余华曾说：从我写长篇小说开始，我就一直想写人的疼痛和一个国家的疼痛。这种疼痛意味着挣扎，意味着混乱，意味着人性的裂变，意味着触及到了社

① 余华. 第七天 [M]. 北京：新星出版社，2013：70.

会与时代的最本质处。通过国家的疼痛来书写人的疼痛，通过人的疼痛来塑造人生存的复杂性，同时又通过人生存的复杂性来反思时代社会甚至国家发展的复杂性，这样的人物形象就不仅是简单的生存与活着的形象了，而且人物身上还具有国家发展的隐喻指向。譬如《兄弟》中李光头身上存在的无赖习气与道德沦丧无一不是时代影响的投射。毫无疑问，余华用魔幻之笔塑造了李光头这一复杂形象，他在这个时代与社会中的种种荒谬言行，如主办处美人大赛、诱占兄弟之妻等，无不折射了时代的巨大裂变，也展示了这种裂变内部所隐含的混乱、浮躁、粗俗、恋物等无视道德伦理和理性尊严的精神真相，隐含了创作主体对我们这个时代人们生存境域的反思和焦虑。在现实生活中，如李光头那样的成功者毕竟很少，更多的是如宋钢、刘伟之父、杨飞、杨飞之父等平凡一族的存在，一个人即便你如何善良，如何具有倔强的生命力与人性的光辉，如何富有生活的热望，但时代与命运所赋予你的苦难与死亡有时是一己之力所不能抗衡的，这时廉价的乐观于事无补，倔强的生命力也很快被摧残，生命的无助与孤寂感迎面而来，生无所生，死又无葬身之地，人像人一样自在生活的复杂性有了更多元更复杂的思考。余华在愈来愈深刻化的个人写作中，极其生动地展现了生活在一个伦理颠覆、浮躁纵欲和众生万象的时代之中，当人们面对如野蛮强拆、欺瞒事故、贪污腐败、黑市卖肾、无钱治病、刑讯逼供、弃婴事件等各种暴力与苦难、各种社会的异化与人的异化之时，人们的肉体与精神遭遇了巨大痛苦。人与人相处的和谐与美好成了永远难以到达的乌托邦，只有在死后等待升天的虚幻之境人们才能相聚在一起，相亲相爱，和乐相处，“那里没有贫贱也没有富贵，没有悲伤也没有疼痛，没有仇也没有恨……那里人人死而平等”①。这种叙述，这种反讽，是现实中国人的痛，是作者之痛，更是时代之痛，民族之痛，国家之痛！余华的叙述虽然充满着荒诞色彩，但书写的社会形象与中国人形象却具有极为震撼人心的真实性一面。在这荒诞与真实之间，在这种种苦难之中，人们真正的生存空间（即归属感）究竟在哪里？余华的焦灼与悲愤无疑是凝重的，他的同情与悲悯有着直抵人心的力量，人物生存的复杂性与悲悯性也由此产生。

① 余华．第七天[M]．北京：新星出版社，2013：225.

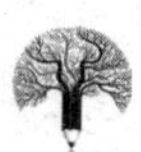

处于现代经济发展中的世界上的任何一国，每天都会发生各自不同的社会问题与人类生存问题，虽然苦难是难免的，但对于更多的普通个体来说，生命的指向却是共一的，那就是快乐地生存，自在地活着。余华写的虽是中国与中国人，但他对人类生存终极追求的思考却带有着普遍性的隐喻意义。

在世界发展的全球化视野之下，余华的创作为我们塑造出了极具现实意义与生活气息的中国人形象，这些人物不能简单地加以二元判断，他们中有人性的异化与毁灭，更有人性的朴实、善良与崇高，他们与时代一起生生不息，在暴力与苦难的围困中生存着，活着，与他们的国家一起走向更为显在的自觉与自在。从这些中国人形象之中，我们可以看见中国时代发展的印记，同时也寄望着一个国家未来的发展。

第七章　比较文学变异学理论研究

文学交流活动的跨越性和人类审美经验的差异性决定在文学交流活动中必然发生变异现象，比较文学法国学派和美国学派坚守求同的比较原则，忽视对文学活动中变异现象的研究。从诞生之初就具有跨越东西方异质文化特征的中国比较文学研究注意到了文学异质性和变异性存在。2005 年，曹顺庆明确提出比较文学变异学理论，力证比较文学跨文明研究的合理性和必要性，为国内外的比较文学研究注入新的活力。2006 年是变异学理论建构丰硕的一年，除了《比较文学教程》一书出版以外，曹顺庆主撰的《建构比较文学学科研究新范式》《比较文学变异学研究》《比较文学学科理论的“跨越性”特征与“变异学”的提出》《从变异学的角度重新审视比较文学的影响研究》等理论建构文章相继见刊。其中，《比较文学学科中的文学变异学研究》（曹顺庆、李卫涛，《复旦学报》（社会科学版），2006 年第 1 期）一文总结之前的提法，明确了变异学的定义，即“比较文学变异学是将比较文学的跨越性和文学性作为自己的研究支点，通过研究不同国家之间的文学交流的变异状态以及研究没有事实关系的文学现象差异与变异的内在规律性所在”[①]。2006 年至今，以曹顺庆为核心，以四川大学为阵地，一直不断地构建和完善变异学理论，使得变异学理论已经初具体系性。变异学理论的提出，一方面解决了中西比较文学研究中对具有同源性的文学活动变异性的可比性问题和具有类同性的文学活动的异质性可比性问题，有力地证明了中国比较文学跨文明研究的合理性。另一方面，变异学理论是中国比较文学学者们共同突破西方中心主义，在比较文学诗学领域发出的自己的话语，对中国现当代乃至世界的文学研究都具有开创

① 曹顺庆. 南橘北枳——曹顺庆教授讲比较文学变异学 [M]. 北京：中央编译出版社，2014：125.

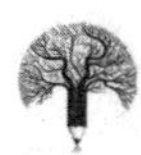

性的意义。

一、比较文学变异学原理体系

对变异学原理的阐释遵循传统的本体论、认识论、方法论的三段式论证法，需要强调一下的是三段论并不是说明三者是完全分开的，恰恰相反，三者是融会贯通、不可分割的，之所以采用三位一体、一体三分的方式是为了对变异学理论的认识更加方便和具有体系性。此外需要指出的是变异学理论尚处于发展阶段，故而理论的体系还处于不断的完善中，笔者暂且根据现阶段的变异学研究成果进行阐释。

（一）变异学原理的理论基础：跨越性、异质性、文学性

变异最初是生物学意义上的，表现为亲代与子代之间的差别，比较文学研究借用生物学概念，将文学发展过程中具有的影响、传播、接受关系的文学文本的差异性用变异的概念来解读，就展开了比较文学变异研究。比较文学变异学是对不同国家、不同文明的文学在影响交流中呈现的变异现象及规律的研究。变异学理论的定义是对变异学的自我定位，也突出变异学与影响研究以及平行研究的继承发展关系，变异学理论是比较文学中国学派的重要组成部分，是比较文学发展进入第三阶段的重要体现，是以曹顺庆教授以及四川大学文学与新闻传媒学院为主要研究阵地，对比较文学跨越性研究中的文学异质性以及变异性现象的研究，致力于阐释异质与变异的合理性。通过探究变异的过程及挖掘变异的深层原因，强调全球文明对话的可能性与合理性，促进全球不同文学间互补共进，带来世界文学的繁荣共生。

1. 变异学的理论核心：跨越性和异质性

变异学研究具有的第一大特征是跨越性与异质性。跨越性是指在多元文化交融的世界大环境和欧美学者质疑比较文学研究合理性的困境下，变异学理论研究在传统比较文学重视跨国家、跨语言和跨学科的研究基础上，突出强调跨异质文化和语言尤其是跨文明的异质文学的可比性以及变异的必然性。变异学强调的跨越性必须是在异质可比性的基础上的，没有异质可比性，跨越性也就失去了其意义。出于对异质性的强调，曹顺庆认为变

异学研究的跨越性可比性范围应该是跨国家、跨文化、跨文明的，跨民族变异研究应该属于国别文学范畴，不属于变异学研究范畴，对于这个问题，笔者依旧坚持上文的观点，应该将跨民族研究纳入比较文学变异学研究范畴内。跨学科的变异研究在这里也不被重视，不同学科之间也会存在文学的交流和联系，异质性同样存在，变异学的跨越性研究应该包括跨民族、跨学科、跨国家、跨文化、跨文明这五个跨越维度。

当世界各大学术研究已经呈现出跨文明研究趋势的时候，欧美主流比较文学研究还对跨文明研究迟疑不决，一方面，韦勒克等学者认为基于文学在本质上表现的人性共通以及比较文学学科的特征，“比较文学是一种没有语言、伦理和政治界限的文学研究”[①]，比较文学是可以跨越不同文明来寻求这些共通性的。另一方面，雷马克和韦斯坦因等学者则认为东西方不同文明之间找不到相同的东西，不具有可比性，并强调，如果将比较文学的学科界限扩大到不同文明范围内，将无限地夸大比较文学研究范围，学科的界限一旦被打破，比较文学研究将陷入无边的冗杂。但是以中国、印度、日本等为代表的东方文明国家在几十年的比较文学跨文明研究中已经取得了显著的成就，西方学者也开始反思传统比较文学研究的不足。美国学者克劳迪奥·纪廉（Claudio Guillen）认为：“东西比较文学研究里，或应该是这些年来（西方）的比较文学研究所准备达致的高潮，只有当两大系统的诗歌互相认识、互相关照，一般文学中理论的大争端实可以全面处理。”[②]跨文明研究的合理性和必然性成为一种既定趋势，变异学强调的异质性是“指不同文明之间在文化机制、知识体系、学术规则和话语方式等层面表现出的从根本质态上彼此相异的特征”[③]。变异学是在跨越性的基础上强调不同文化、不同文明之间异质性的可比性的。

影响研究的同源研究和平行研究的类同研究都是求同思维，主客体间文学的不对称性和差异性使得文学审美在主客体间具有异质性和变异性。变异性和异质性都是在求同的比较文学基础上发展而来的，在影响研究和

① 曹顺庆. 比较文学概论 [M]. 北京：高等教育出版社，2015：166.

② 曹顺庆. 比较文学教程（第二版）[M]. 北京：高等教育出版社，2010：19.

③ 曹顺庆. 南橘北枳——曹顺庆教授讲比较文学变异学 [M]. 北京：中央编译出版社，2014：101.

 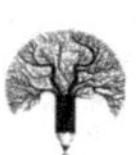

类比研究基础上发展起来的变异学理论强调的异质性的可比性是建立在对同源性和类同性的求同比较下的，其中“异质性的第一层意义是文学交流和影响中的变异”[①]。第二层意义是不同文化、与文明之间的文学在交流和影响中的异质性。

变异学理论强调的文学异质性包括异质性和变异性两个层面，如果不是做特别强调，本书中提及的文学的异质性就包含这两个方面。文化和文学之间的异质性是绝对存在的，而“同”是相对比较而言的，一直强调在求同的基础上建立起来的比较文学变异性异质性具有可比性，那么不以求同比较为基础，从异质性本身出发，还具有可比性吗？这里就需要注意，作为被比较双方之间必须存在一定的联系性，联系是双方可以被比较的前提，只要存在联系，异质性的文学本身也具有可比性，这是对现阶段以求同比差异为基础的变异学研究的进一步发展。对“异”“同”关系的思考和异质性本身可比性的探讨是比较文学下一阶段的比较文学变异学发展的另一个重要方向。

2. 变异学研究的另一支点：文学性

除了跨越性与异质性，变异学理论的另一大支点是文学性。中国比较文学研究倾向于跨文化研究，很容易让初接触者产生这样的疑问：变异学对跨文化、跨文明以及文化异质性、文明异质性的突出是不是表明比较文学变异学研究的重点是文化和文明，或者说是不是变异学研究忽视了比较文学首先应该是文学研究，其次才是对于文学相关的因素进行的研究？东方国家的比较文学研究是“以文化研究深化文学研究：文学本位立场的坚守”[②]，对西方比较文学研究的“泛文化”趋势，中国比较文学学者引以为戒，刘象愚早先就提出中国比较文学需要恪守的两大原则，“第一是恪守文学中心、文学本位立场，第二是坚持比较的原则”[③]，这就告诫中国学者比较文化研究不能脱离作为研究中心的文学文本而走向“泛文化”的研究道路。变异学理论作为比较文学中国学派的重要组成部分，同样早在学科理论诞生之初就重视对比较文学研究中文学性的遵守。变异学恪守比较研究的文

① 曹顺庆. 南橘北枳——曹顺庆教授讲比较文学变异学 [M]. 北京：中央编译出版社，2014：81.

② 曹顺庆. 南橘北枳——曹顺庆教授讲比较文学变异学 [M]. 北京：中央编译出版社，2014：95.

③ 曹顺庆. 南橘北枳——曹顺庆教授讲比较文学变异学 [M]. 北京：中央编译出版社，2014：96.

学性，研究文学交流活动中出现的文学文本、文学语言、文学形象、文学主题、文学类别、文学理论等的变异现象，以及变异呈现出的文化、文明的异质差。

变异学理论从提出之初就强调要坚守比较文学研究中的文学性，就是要立足文学本身展开对比研究。那么又该怎样理解文学本身呢？首先需要解决文学是什么的问题，伊格尔顿（Terry Eagleton）在《二十世纪西方文学理论》一书的导言中系统地讨论了这个问题。西方早先认为文学是与事实相对的虚构想象，俄国形式主义认为文学的特殊性体现在语言上，“文学不是由事物或感情而是由词语制造的”①，“文学性是由一种话语与另一种话语之间的种种差异性关系所产生的一种功能”②。之后伊格尔顿也提出了“文学是一种自我指涉的语言，即一种谈论自身的语言”③，“文学是一种具有确定不变之价值的作品，以某些共同的内在特征为其标志，文学是不存在的”④的观点，但是这些观点都因为其片面性而被否定。对文学作品的价值（文学性）的判断受到意识形态的影响，尤其是被读者所处的特定的时代和社会的“权力结构和权力关系”⑤所制约，所以“文学并不在昆虫存在的意义上存在着，以及构成文学的种种价值判断是历史地变化着的，……这些价值判断本身与种种社会意识形态的密切关系。他们最终不仅涉及个人趣味，而且涉及某些社会群体赖以行驶和维持其对其他人的统治权力的种种假定”⑥。价值判断的主观性和历史话语权的局限性使得对文学性的界定充满主观人文因素，但是这也是文学本身的特点，不同历史时期对文学性的不同理解为我们呈现了更为丰富的文学性内涵。

① 特雷·伊格尔顿．二十世纪西方文学理论 [M]．伍晓明，译．北京：北京大学出版社，2007：3.

② 特雷·伊格尔顿．二十世纪西方文学理论 [M]．伍晓明，译．北京：北京大学出版社，2007：5.

③ 特雷·伊格尔顿．二十世纪西方文学理论 [M]．伍晓明，译．北京：北京大学出版社，2007：7.

④ 特雷·伊格尔顿．二十世纪西方文学理论 [M]．伍晓明，译．北京：北京大学出版社，2007：10.

⑤ 特雷·伊格尔顿．二十世纪西方文学理论 [M]．伍晓明，译．北京：北京大学出版社，2007：14.

⑥ 特雷·伊格尔顿．二十世纪西方文学理论 [M]．伍晓明，译．北京：北京大学出版社，2007：15.

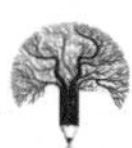

变异学理论研究的文学性就是建立在历史对文学性的主体理解的基础上，从文学文本内部和文本外部两个方面展开对文本文学性的研究。首先，是立足文本内部的研究，包括对文本的语言、情节、主题、结构、叙事方式、文学形象等方面的研究，主要是对比研究变异文本和源文本之间的变化和差异。其次，是文本外部的研究，通过对文本内发生的变异等现象的研究，探究引起文学异质性和变异性发生的历史文化、政治地理等方面的原因，阐释不同文化和文明之间存在差异的必然性和合理性。变异学理论的比较文学研究从文学研究出发，以文化研究为辅助，文化研究推动文学研究的发展，促进两者共同发展。

变异学理论的跨越性、异质性和文学性三者是紧密联系的。异质性是变异学研究的前提条件，异质性是跨越性的基础，跨越和比较只是变异学研究的方法，并不是最终目的，变异学研究最终还是要落实到文学性上来。变异学对异质文化和文学的研究要以文学性为基本立足点，从文学内部和文学外部两个方向展开变异学研究，并最终发现文学和文化异质性和变异性的规律，保护世界文学和文化的多样性，推动世界文学和文化共同发展。

（二）跨语际变异研究

“跨语际变异研究，是比较文学变异学在语言层面展开的研究，关注在文学翻译过程中所发生的变异，主要是指文学现象通过翻译，跨越语言的藩篱，最终被接受者接纳的过程。”[①] 比较文学的跨语际研究开始于法国学派媒介学领域的翻译研究。诞生于跨文明语境中的跨语际变异研究强调文化、文明异质性的基础上突破传统的翻译，认可翻译活动的“创造性叛逆”。此外跨语际变异研究还进一步探究翻译活动中“创造性叛逆”的深层原因——语言异质性、不可译性及翻译变异必然性。现阶段的跨语际变异研究主要对跨越东西方异质文明语言进行研究，由三部分组成，即：第一，东西方语言的异质性与平等性；第二，语言的不可译性及变异的必然性；第三，翻译下的变异学：译介学。

1. 东西方语言的异质性与平等性

首先，东西方长期的地理隔离和历史发展使东西方语言呈现不同的特

① 曹顺庆．比较文学概论 [M]．北京：高等教育出版社，2015：170.

征。西方语言是以英语、法语、德语等为主要代表的印欧语系，其字音、字形、发音是复杂多变的，语法、语序、词性都有一套严格的划分和使用规则。汉语是在传统的“六义”造字原则基础上形成的象形表意文字，属于汉藏语系。相比于西方语言，汉字是象形方块字，不讲究语法和词性，其组合是极其自由的，也没有印欧语系中过去、现在与未来的时态划分，没阴性、阳性、中性的词性划分。无论是发音、字形、组合规则还是表意方式，汉语与以英语为代表的西方语言都存在着巨大的差异。语言是文化的载体，文化的差异不仅带来语言表达的差异，还会导致思维方式、风俗习惯等众多方面的差异，变异学是基于对东西方语言异质性认识的基础上展开跨语际变异研究的。

其次，正是因为东西方语言呈现出的巨大差别，19 世纪以来，西方世界就认为中文是一种落后的不发达的语言，许多西方学者并没有直接从中国学习到有关中文的语言知识，不但没有注意到两种语言的异质性，还盲目自信地认为西方的语言、国家和民族都优越于西方以外的世界，这是明显的西方中心主义。不论是语言还是文化、文明，都是人类思想和智慧的结晶，都遵循着相同的诞生、发展与演变的规律。启蒙运动以来，西方世界不断打破宗教束缚，提倡“人人生而平等”，这也作为时代的最强音而深入人心。人的平等地位决定他们生产的各异的语言、文化和文明的地位也是平等的，正是这些各异的语言、文化和文明体现了人类主体的独特创造力，彰显着世界文明的丰富多样性。变异学理论承认不同语言之间的异质性，但更强调异质语言之间的平等地位，只有在平等的基础上才能实现异质性的融汇互通，互补共进。

2. 语言的不可译性和变异的必然性

语言的异质性是翻译的开始，文化的异质性使得跨语际翻译活动往往面临文化不对称和语言不对称现象，这也导致有些学者认为不同语言之间根本不可互译。秉持语言不可译性的学者是忽略了不同语言间词语存在的相同或者相似的意义，词语的意义涉及普遍的命题，具有指示性和稳定性，比如，孩子对父母亲人的称呼，不同语言中可能会使用不同的词汇，但是词汇指代的意义是一样的，这样所指相同或者相似的词汇就是实现不同语言之间可通约性的基础。在不同语言之间可通约性的大前提下，不可忽视

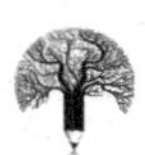

的是不可通约性的存在，“现代科学研究证明不可译论来自于不可知论”[①]，这种不可知造成了语言间的不可通约性，主要表现为语言和文化的不对称性，就是不同文化的差异所在。为了突破异质语言和文化间不对称性的阻碍以追求对原文本的准确表达，学者的翻译实践活动需要对不同语言间的不可通约区进行“再创作”，最常用的就是意译、音译等方法，比如，为了保留东方的文化特色，对在东方国家拥有悠久历史而西方国家没有的“豆腐”，译为“bean curd”显然没有直接音译为“tofu”更蕴含人文和文化特征，同样，对蕴含中国古人独特的思维认知方式和传统文化的“道”一词的翻译是音译为“Tao”。意译则比音译要复杂得多，意译主要是用接受国的语言和文化认知方式来阐释原文本语言要表达的内涵，翻译活动中，翻译者主体选择和接受国文化过滤必然带来原文本的变异。在对由众多词汇、意象、语境、文化内涵等组成的原文本整体进行翻译活动时，必然产生变异，只是变异的程度因文本而异，因语言和文化之间差异的程度而异，当然也因翻译者以及读者而异。

语言的异质性决定传统翻译追求的纯粹的“相互性”是不存在的，但是两种语言之间的相互理解、相互认知、相互证实是完全有可能的，几千年来不同文化、文明之间的不断交往和碰撞就是最好的证据。要实现跨语际翻译，曹顺庆强调首先需要克服中西语言异质性的阻碍，从佛经传入中国，翻译活动就未曾停滞过，翻译者在不断实践中探索出“格义”的方法，促进了佛教在我国的长远发展。其次，中西语言的翻译也涉及文化中异质因素的交叉，要实现东西方语言的良好转换就需要寻找双方语言的交叉点。最后是需要寻找维持不同语言与文化之间异质性和身份平衡的平衡点。[②]

3. 翻译下的变异学：译介学

译介学诞生于20世纪30年代影响研究的媒介学中，21世纪以来作为一支独立学科引发广泛的关注。译介学以翻译研究为工具，关注两种文学、文化交流的媒介，从跨文化的角度肯定翻译活动中的“创造性叛逆”，并

① Shunqing Cao.The Variation Theory of Comparative Literature[M]. Heidelbery New York Dordrecht London：Springer-Verlag, 2014:112.

② Shunqing Cao.The Variation Theory of Comparative Literature[M].Heidelbery New York Dordrecht London:Springer-Verlag,2014:127-130.

探究叛逆发生的深层文化原因，但并不判断翻译活动的价值。归根到底译介学是一种文学和文化研究，而不是语言研究，此外译介学还研究翻译文学的地位以及翻译文学史的编写等问题。所以，并不是翻译下的变异学研究完全等同于译介学，而是变异学对译介学合理内核的吸收，主要表现在以下两个方面：第一是，文学翻译活动中的创造性叛逆；第二是，文学翻译活动中文化意象的失落与歪曲。

"创造性叛逆"是译介学的核心理论，也是跨语言变异研究的核心理论。"一方面，文学翻译活动中的创造性是努力地接近和再生产原文，另一方面文学翻译中的创造性叛逆是对原文的一种背离"[①]。"创造性叛逆"以文学翻译研究为起点，研究初始文本被介绍到异质文化的接受环境中，初始文本以译者赋予它的形式被接受、误解和扭曲，并探究其中表现出来的不同文化差异。"创造性叛逆"理论不仅关注传统翻译研究中的文本及翻译者，还研究接受环境、接受者等对翻译后的文本内涵的共同影响。"创造性叛逆"就是翻译过程中的变异，它不仅给源文本以新的生命，也使得目标语获得新的养料，丰富了目标语的表达。从译者的角度来划分，"创造性叛逆"分为有意型和无意型两种类型，具体主要包括四个方面，即个性化翻译、误译和漏译、节译和编译、直译和改编。从接受者（译者和读者）的角度来看，"创造性叛逆"一方面来自接受者的主观因素——他的世界观、文学观、个人阅历、认知维度等，另一方面来自他所处的客观环境——由政治、经济、文化、社会等组成的不同时代的不同环境。[②]

翻译活动中文化意象的失落和歪曲主要是因为文化意象中蕴含着不同文化、历史、地理、风俗等方面的巨大差异，也就是文化意象的不对称性。一种动植物、一个传说、一句成语典故等都可以成为文化意象，"用语言学家的话说：'世界各族人看到的同一客观现象，不同的民族语言却给它刷上了不同的颜色。'这也就是我们所谓的文化意象"[③]。传播过程中文化意象的错位带来源文本与翻译文本在内容与形式上的双重不对称性。文化

---

① Shunqing Cao.The Variation Theory of Comparative Literature[M].Heidelbery New York Dordrecht London:Springer-Verlag,2014:135.

② 谢天振. 译介学（增订本）[M]. 南京：译林出版社，2013：112—133.

③ 谢天振. 译介学（增订本）[M]. 南京：译林出版社，2013：141.

意象错位有两种常见的原因，一是因各民族的地理环境、生活习惯、文化传统等不同，二是因不同文化中成语、典故、谚语、传说等里的喻体意象上的差异。在国内学者从翻译技巧、语言心理学、文化对比三个角度研究文化意象的基础上，译介学研究强调传达文化意象手法的多样性和创造性，提出文学翻译中文化意象传达的两大原则——译者最大可能传达原文文化意象的职责原则和信任读者接受能力的原则。

（三）跨文化变异研究

这里的跨文化就是跨异质文化，代表异质的最小文化圈应该定位在民族层面，最大文化圈则是文明。现阶段的跨文化变异研究主要涉及三个方面，第一是文学接受、文化过滤、文学误读；第二是文学文本研究——主题变异和文类变异；第三是变异学研究下的形象学。

这里需要说明一下笔者这三层次划分的原因，对于第一层次，曹顺庆对变异学研究范围的划分是将这三者分开，文学接受区别于其他两者隶属于文学文本变异层面。笔者这里之所以改变曹顺庆原来的划分——“文学文本在流通的过程中可能存在变异，这种变异首先是指文学文本在实际交往中产生的文学接受现象。其次，文学文本变异学研究还包括那些以前平行研究范畴内的主题学和文类学研究”[①]，是因为变异学理论研究范围的划分是不断发展变化的，理论的不合理之处需要不断被改进。理论提出之初的“接受学”研究层面逐渐发展为“文学接受”，被划分在文学文本研究之下，曹顺庆将文学过滤与主题变异、文类变异一起归结为文学文本层面，这种归类的准确性是有待商榷的。随着变异学理论的进一步发展，文学文本研究作为一个独立的层面消失在变异学研究的层次划分中，但是文学文本层面的变异现象依旧是不可以忽视的，所以笔者在跨文化变异研究中增加了文学文本变异研究。

另外，考虑到文学接受、文化过滤、文学误读这三者是紧密联系的一个整体，也是在接受主体作用下对文学变异发生的一个完整过程。文学接受是变异发生的前提条件，也是整个文学活动的开始，文化过滤是文学模

① 曹顺庆．南橘北枳——曹顺庆教授讲比较文学变异学 [M]．北京：中央编译出版社，2014：267.

子作用下接受的过程和具体方式，文学误读则是接受的结果，是变异的最终形成，没有文学接受就没有文化过滤，更没有文学误读，所以笔者认为将三者统一起来研究更为科学，更具说服力，也进一步完善了变异学理论的整体性。对于跨文化变异研究第三层次为形象学的划分，是因为异国形象的研究不仅会涉及某两个民族或国家，更可能需要跨越多个国家和文化界限。从本质上讲“异国形象是对他国文化或社会的想象，积聚着深刻的文化沉淀，必然会产生偏离异国原型的变异”[①]，无论是形象学研究的范围——跨文化性，还是形象变异研究的目的——探究形象变异里隐藏的文化异质性和变异性，形象变异研究都应该属于跨文化研究范畴。所以笔者尊崇曹顺庆的英文专著中对形象学的定位：“第一个跨文化变异学理论的建立：比较文学形象学理论”[②]。

1. 文学接受、文化过滤、文学误读

（1）文学接受与变异

文学接受研究是变异学视野下的接受研究，将比较文学接受学研究纳入变异学的范围内。比较文学接受学研究发端于接受美学，接受美学理论诞生于20世纪60年代，吸收现象学理论、阐释学理论和结构主义理论的接受美学，其核心理论是突出文学活动中读者对文本接受和阐释的主体地位。20世纪上半叶，法国学派开始将“接受研究”纳入学科体系的构建中，法国学者认为流传学应该通过读者的接受来研究作家在别国的“影响与成功”，美国学者则进一步将文学接受的范围扩大到“文学的社会学和文学的心理学范畴”[③]。

接受美学和比较文学接受学都颠覆了作者在文学文本意义构建中的核心地位，认为文学作品的意义是读者参与构建的，要求从读者的角度去理解和研究文学作品的意义构成。进入新阶段的比较文学接受学并不是对接受美学理论的全盘吸收，对于读者主体地位的强调，接受美学偏重的是读

① 曹顺庆. 南橘北枳——曹顺庆教授讲比较文学变异学 [M]. 北京：中央编译出版社，2014：227.

② Shunqing Cao.The Variation Theory of Comparative Literature[M]. Heidelbery New York Dordrecht London:Springer-Verlag, 2014:179.

③ 曹顺庆. 比较文学概论 [M]. 北京：高等教育出版社，2015：151.

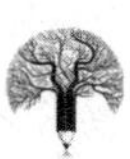

者在文学中的地位与作用，而比较文学接受学偏重读者对文本的阐释和理解本身；其次，新时期的尤其是中国的比较文学接受学研究强调跨越异质文化，研究读者对异质文化的作家作品的接受与改造、扭曲与变异，而缺乏研究读者对本国、本民族作家、作品的接受及其反应，但接受美学理论并不区分是同质还是异质的接受研究。如中国读者对歌德作品的接受研究就既属于接受美学范畴也属于比较文学接受学的范畴，但是德国读者对歌德作品的接受研究就只属于接受美学的研究范围，不属于比较文学的范畴。新时期的比较文学接受学是“以民族作家为主体的读者对异国文学的接受和反应为研究对象，借助文化背景、文学原理与批评、原作与译本的比较、发行调查、一般舆论反响等多重视角，来探讨接受过程中对于异国文学和文化的过滤、误解、变异乃至扭曲等各种现象的深层原因和变异机制，同时也可以更加清楚地反观与认知本民族文学与文化的特点和规律”[①]。

中国比较文学接受学在产生之初就具有跨越性、异质性和文学性的特点，变异学范畴下文学接受研究诞生于中国比较文学接受学，是对中国比较文学接受学的一脉相承。变异学视野下的接受研究强调接受主体对文本阐发的主导作用，着重研究同一文明内一国接受者对另一国的作品的接受变异、不同文明下一国对另一国作品的接受变异以及平行研究中的接受变异[②]。比较文学接受学研究的具体对象有接受者“主体”、接受者所处的“时间”、接受者的民族或国家的社会现实“空间”、“文本”和“接受现象的各种差异性表现及深层原因和变异机制”。

变异学的文学接受研究就是在传统求同思维指导下，通过对传播者和接受者的对比找出两者文学和文化的异质性以及接受者对传播者文学的变异。乐黛云教授结合中国比较文学实践总结出接受研究的六种常用内容和模式，即，“其一，研究某一作家对国外某一作家或某些作家的接受与反应”“其二，研究某个外国作家在中国的接受与反应”“其三，研究某个作家或某部作品在某一国家的接受和反应”“其四，研究某个国家或民族文学在中国的接受与反应”“其五，研究某一思潮、流派在某一国家某一历史时期的接受与反应”“其六，研究某一母体或主题在不同国家、不同

① 曹顺庆. 比较文学概论 [M]. 北京：高等教育出版社，2015：150.

② 曹顺庆. 比较文学教程（第二版）[M]. 北京：高等教育出版社，2010：145—147.

时代的接受与变异”[①]。当然，这样的模式划分也不是必然的，只是为文学接受研究提供一个参考范式，变异学的文学接受研究还刚刚起步，在此可以借鉴学者先贤的接受研究模式，进行变异学的接受研究，并不断地探索，以期取得新的进步和发展。

（2）文化过滤与变异。

“文化过滤指文学交流中接受者的不同的文化背景和文化传统对交流信息的选择、改造、移植、渗透的作用。也是一种文化对另一种文化发生影响时，由于接受方的创造性接受而形成的对影响的反作用”[②]。文学的交流活动从文学接受开始，在接受的过程中首先发生作用的是文化过滤，文学过滤带来的结果就是文化误读，也是接受过程的最终完成和误读与变异的生成。文化过滤和文学接受两者又相互区别，文学接受着重强调读者对文本的主体接受和阐释，而影响读者的文本接受的因素除了文化及其相关因素以外还有传播媒介、历史传统、社会环境、成长认知、思维习惯等众多与主体相关的其他因素，文化过滤则主要强调文化对接受者文学接受的作用。文化过滤首先研究由于文化“模子”的不同而产生的文学变异现象，其次是文学主体的接受活动，最后是接受者对原文学的变异。也就是说文化过滤主要有三方面的含义，“第一，接受者的文化构成性”，“第二，接受过程中的主体性与选择性”，“第三，接受者对影响的反作用”[③]。

“接受者的文化构成性”，主要是指接受者的文化“模子”。文化“模子”是台湾学者叶维廉在《东西比较文学中“模子”的应用》一文中率先提出的，叶维廉指出，所有的心智活动，不论其在创作上或是在学理的推演上以及其最终的决定和判断，都有意无意地必以某一种“模子”为起点。而“文化一词，其含义中便有人为结构行为的意思，去将事物选组成为某种可以控制的形态，这种人为的结构行为的雏形（文化模子的雏形）因人而异，因地而异，却是一个历史的事实”[④]。文化“模子”既作为特定的背景，也作为主体性的重要组成部分发挥着作用。文化“模子”过滤机制的

---

① 曹顺庆．比较文学概论 [M]．北京：高等教育出版社，2015：156—157.

② 曹顺庆．比较文学教程（第二版）[M]．北京：高等教育出版社，2010：98.

③ 曹顺庆．比较文学概论 [M]．北京：高等教育出版社，2015：173—174.

④ 李达三，罗钢．中外比较文学的里程碑 [M]．北京：人民文学出版社，1997：45—47.

主要作用方式就是文学翻译，文学在不同的国家和文化之间传播首要考虑的就是翻译引起的文化过滤，翻译是用接受国的文化体系来理解（过滤）和阐释传播国的历史人文。

“接受过程中的主体性与选择性”主要是指接受者基于自身接受素质，在接受过程中对原文本信息的选择性接受。无论是在同质文化圈内还是在异质文化圈内，不同的生活经历形成的读者的生活观念、价值体系、知识背景和审美趣味也不完全相同，就会形成接受者在文化上的不同接受素质，接受者根据自己所需进行选择和过滤，文学变异现象也伴随着发生。“只有当读者将他们充满了空白和不确定性的观点根据他们自己的理解和想象具体化，这样艺术作品才最终形成”[①]，“一千个读者就有一千个哈姆雷特”就是最好的诠释。

“接受者对影响的反作用”是指原文学在经过接受者过滤以后又对传播国产生影响，实现文学的双向交流，互补共进。最典型的就是影响研究中的“回返影响”，美国意象派开山鼻祖庞德对中国古诗进行文化过滤以后倡导并创立了美国诗歌史上的意象诗派，多年之后意象诗派又反过来影响我国现当代诗人戴望舒、卞之琳等，从而在中国掀起意象诗创作的新潮流。

文化过滤和文学接受两者都是主体参与下，通过主体导致文学活动变异的发生，但是需要注意的是，这两者虽然都与接受主体有关，两者依然是两个独立的理论，强调的侧重点不同。文化过滤理论强调的是不同文化之间用以辨别差异的文化模子的存在，文学活动中的文化过滤主要是通过阅读主体自身携带的文化基因来显现差异。此外，文化过滤需要异质文化圈内的社会集体的误读活动来体现，个体的误读活动往往只能反映文化差异，但是不能说明文化差异。文化过滤理论不考虑导致误读的其他原因，只研究代表文化差异的文化模子在阅读主体对文本阐释中的作用，进一步寻找变异性阐释背后隐藏的文化因子。文学接受理论主要是来源于西方的接受美学以及比较文学接受研究，消解作者对于文本意义的构建作用，突出阅读主体在文学活动中对文本的阐述作用。阅读主体根据自己的社会生活、文化体验、审美经验等对文本做出解释，使文本获得现时性意义，这

① Shunqing Cao.The Variation Theory of Comparative Literature[M].Heidelbery New York Dordrecht London：Springer-Verlag,2014:170.

个意义是个体的、暂时的，随着参与主体的变化，时空的变化，就会不断有新的文本阐释生成，这些新的阐释就是现实对历史的变异。

（3）文学误读与变异

文学误读本来是阅读学中的概念，用来指不正确、有误差性的以及理解错误的阅读，变异学提出的文化误读是指“文学交流活动中主要由于文化过滤的作用，或者说由于发送者文化与接受者文化的差异，而导致发送信息的减损和接受者文化的渗入，从而造成影响误差或者叫创造性接受，这就形成了误读”①。这里的“误读”已经摆脱了阅读学中的贬义色彩，而是将“误读”作为一种创造性要素进行强调。

有些著作中又有文化误读的提法，此处需要指明两者是不一样的，不能相互等同与替代，“文化误读是指不同于原语文化读者理解的‘误读’，它是以原语文化读者的理解和阐释为参照的”②。“文化误读”强调了误读的原因在于文化差异，首先，如用“文化误读”取代“文学误读”就会误导读者，使其在有无意识之间偏颇了研究的起点和重点，忽视文学重视文化，变文学研究为文化研究。其次，文化误读并不是产生文学误读的唯一原因，所以要将两者区别对待。文学误读一词明确强调研究的重点在文学，文化只是背景原因，文化误读是文学误读产生的重要原因之一，我们不能重蹈比较文学法国学派研究只重文学关系不重文学性本身的覆辙，所以为了避免学术词语的混乱，对于误读变异层面的术语使用，笔者提倡舍“文化误读”而不用，只用“文学误读”为表达此层含义的术语。

文学误读是接受者主体在文学接受和文化过滤活动后产生的结果。文学误读和变异产生的原因主要有四个方面：第一，作者的创作目的的独特性，“意图谬误”理论认为作者的作品所表达的意思往往与作者的意图相去甚远，作者的创作目的并没有最终完成，读者也就无法通过文本完全领会作者的创作初衷；第二，文学文本的开放性，文本是一个巨大的意义场，它的审美价值在接受主体的作用下呈现多样性，没有一成不变的完全客观的文本价值；第三，读者对文学的个体接受，即读者主观地参与构建文本的意义；第四，文本的传播，传播媒介在文本与读者之间起了重要作用，同时接受

① 曹顺庆．比较文学学 [M]．成都：四川大学出版社，2005：284.

② 曹顺庆．比较文学论 [M]．成都：四川教育出版社，2002：210.

不同文化和价值体系等的非一致性考验，导致误读与变异的必然。同时文学误读还体现在跨文化研究的各个层面：语言翻译研究、形象变异研究、主题变异研究等等[①]。

文本阅读阐释活动中的文学误读蕴含着巨大的创造力，个体在自我经验和传统文化影响下形成的趋于固化和类同的思维认知受到体现文本内涵的异质文化、思想维度、认知方式等的冲击，对接受者自身和文本都产生新的认知，并对文本做出创造性的阐释，使文本获得全新的生命力，这就是文学误读真正的价值所在。翻译活动中的“创造性叛逆”就是文学误读创新性的体现。此外，文学误读变异研究的目的在于“追求历史文本的变化和发展，揭示在不同文本接受过程中不同文化本质上的冲突，以获得文化发展和文化系统的良性平衡”[②]。

文学误读存在创新性，同时也存在一些其他问题，解构主义对文学文本终极意义的否定，使得“误读”的参考系变得模糊，变异学“从跨文化的视角，用动态的历史维度作为文本意义的协调”[③]，以历史的动态的文本意义评判文学中的误读现象。此外，曹顺庆教授还对文学误读理论提出三点问题：第一，文学误读和变异是否会变为一种新的哗众取宠，是在人们脑中新产生的文化反省；第二，文学文本意义的过度释放是否将使文本结束转向无界限的完全自由；第三，怎样在不损害原文明价值的基础上，通过跨文化文本价值的改变和创新来提升异质文化的整体性和交流性。[④]对文学误读理论面临的一系列问题和危机的解决也正是以后文学误读理论发展的一大努力方向和目标。

变异学的文学接受、文化过滤和文学误读是在文学活动的过程中伴随发生的，从源文学的传播到接受者的接受，其更侧重的是对文学接受者接

① Shunqing Cao.The Variation Theory of Comparative Literature[M].Heidelbery New York Dordrecht London:Springer-Verlag, 2014:176-177.

② Shunqing Cao.The Variation Theory of Comparative Literature[M].Heidelbery New York Dordrecht London:Springer-Verlag, 2014:179.

③ Shunqing Cao.The Variation Theory of Comparative Literature[M].Heidelbery New York Dordrecht London:Springer-Verlag, 2014:179.

④ Shunqing Cao.The Variation Theory of Comparative Literature[M].Heidelbery New York Dordrecht London:Springer-Verlag,2014:178.

受的研究。这和影响研究中的渊源学有一定的相似之处，但并不是通过文学的接受来研究文学影响发生的源头，更不是要顺着接受的下游来寻找并不明晰的流传源头，而是通过对比流传过程中接受发生的变异现象，来探寻文学变异发生的原因和规律。

2. 文学文本研究：主题变异、文类变异等

虽然曹顺庆主编的理论著作中对文学文本变异层面的研究有两个层次的划分，但是笔者从一开始就质疑这种划分的合理性。曹顺庆教授认为将文学接受直接划分为文本层面是当时编写教材的学生的误作，又考虑到文学接受并不能脱离文化过滤与文学误读单独对文学文本发生变异作用，接受的过程就伴随着主体选择的文化过滤，接受呈现的结果就是文学误读，所以，笔者还是坚持了原本将文学接受、文化过滤、文学误读三者划分在一起，在主题变异、文类变异等方面展开文学文本的变异研究。不论是主题变异还是文类变异都是文学接受、文化过滤、文学误读三者共同作用的结果。

（1）主题变异研究

主题学发源于19世纪末的德国民俗研究，当时主要是采用实证的手法研究主题之间相互影响的流传和渊源，到20世纪60年代主题学被正式纳入比较文学理论体系之中，主题学研究也不再限于实证影响研究，而是重在考察主题的文学性和审美性。在主题学发展过程中，法国学派影响研究认为主题学中的神话、信仰、传说等主题研究不但不能用实证的方法来证实，而且还涉及平行研究，所以法国学派排斥主题研究。而注重文学性和审美性的平行研究一方面认为主题学研究是一种历史化的外部研究，不具备文学性，另一方面，平行研究重视对不一定有事实联系的主题的研究。主题学的复杂性使得不能简单地将其归入影响研究或者平行研究中。变异学理论是在影响研究与平行研究的基础上发展起来的，对两者进行扬长补短，主题学研究在变异学视角下就获得了合理性存在空间——“它研究同一题材、母题、主题在不同民族和国家之间的流传、变异和成因，以及它们在不同作家笔下所获得的变异处理，从而更深刻地理解不同作家的不同风格

和民族文学的交往、影响，以及各自的特点，文化的异质性特征等问题”[①]，所以，主题学是比较文学变异学研究的一个分支。2005 年出版的《比较文学学》一书将主题学定位在不同民族与不同国家之间，随着变异学理论的发展，主题学的研究范围也相应地扩大到了不同文化和文明之中。

变异学的主题学研究主要包括三个大的范畴，第一是题材研究，研究相同题材在历史上的不同国家与民族的作品中的流传与变异，以及在没有事实关联条件下，不同国家与民族对相同或相似题材的使用和差异，还研究不同国家和民族中出现的不同题材，以探究文学之间的相异之处。第二是母题研究，母题是最小的主题性单位，往往可以用名词或名词性短语来表示，母题研究主要是对传统文学中特定或相似的情境母题，在不同民族、国家、文化间流传和变异的原型或典型的人物母题，蕴含不同文化内涵的意象母题等的研究。第三是主题研究，着重研究同一主题在文学史上以及不同文化圈内的不断重复和变异。

（2）文类变异研究

影响研究与平行研究体系中都包含文类学研究，法国学派影响研究采用比较的方式，对不同国家民族间的文类进行影响关系研究，忽视了文类在相互影响关系中的变异现象，更丢掉了比较文学研究的文学性。美国学派平行研究一方面用平行类比的方法研究同一文类在不同国家的发展状况，发现其相似点或不同点，另一方面将文类研究与文学形式研究紧密联系，使文类研究具有文学性。但还是忽视了不同国家、文化之间的异质性差异，以及文类在历史流传过程中的发展与变异问题。所以就像主题学一样，文类学既属于影响研究，又属于平行研究，同时还属于变异研究。不同于以上两者的是，变异学视角下的文类研究是把文化的异质性作为研究的根本出发点，研究异质文化差带来的不同文类的产生与划分，以及一种文类如何从一国流传到他国的影响关系和流传过程中的种种变异现象。变异学对文类学的定义是：“文类学主要研究的是文学类型的划分及其特点，探寻文类从一国流传到他国过程中发生的种种流传与变异，以及同一文类在不同国家、不同文明体系中的变异比较研究。”[②]现行的文类变异研究主要涉

① 曹顺庆. 比较文学学 [M]. 成都：四川大学出版社，2005：243.

② 曹顺庆. 比较文学学 [M]. 成都：四川大学出版社，2005：263.

及三个方面，第一是不同文化对文类的划分及其各自特点的研究，最典型的是对“缺类现象”的研究；第二是文类在不同文化之间的流传与变异研究，比如对十四行诗的探源变异研究以及流传到不同国家的变异研究；第三是同一文类在不同文化体系中的差异比较研究，以进一步探究出文类差异中隐含的传统文化的差异。

文学的交流活动中的变异不是单一的，文本变异不是只有主题变异或者文类变异，有时两者甚至是一起发生的。比如著名小说《鲁滨逊漂流记》，原本是18世纪英国著名的长篇探险小说，是一部着重批判资本主义社会残酷现实的力作，但是流传到中国以后，不但丢失了其批判现实主义的主题，变成了以历险和褒扬主人公才智和勇气为主的冒险小说，而且也因为情节跌宕、充满想象力而变异成为家喻户晓的通俗儿童文学作品，小说在流传到中国以后，原文本的主题发生了变异，原文本的文学类型也发生了不同程度的变异。

立足于文学文本的变异研究除了最常见的主题变异研究和文类变异研究，还应该包括对文学文本的语言变异的研究、结构变异的研究，以及题材变异的研究等等。语言变异的研究已经直接列为一节单独论述，而比较文学的文学文本结构和题材等原本多为平行类比研究，例如：吴士余的《〈水浒〉与〈堂吉诃德〉结构异同论》这一类的论文就是从两个文本的情节结构出发来对比两者的差异。正是这两者极少涉及不同文化文学之间的交流和变异，所以并没有作为变异学的研究对象被列出，通过研读最新的变异学定义也可以发现这个问题。但是并不是说在文学文本研究的这些领域不存在文学变异情况，只是相对较少，在比较文学研究中还是会遇到文本结构和题材方面的研究。

3. 变异学研究下的形象学

形象学研究起步于法国学派的异国形象研究，异国形象是本民族主客观情感与思想的混合，是在本民族自我文化观念下对客观存在的他者的历史文化现实进行变异和幻想的社会集体想象物，是本民族在客观文化历史环境下按照自身需要重塑和幻想的异国，是对真实的异国的变异和错误诠释，异国形象必然会发生偏离异国原型的变异。变异学形象研究主要是研究异国形象在流传过程中的变异情况和变异产生的影响。变异重构后的“形

象”不仅是一国对他国的诠释，还是反映本民族存在的方式，对异国形象的不同描写也是民族认同和凝聚力的重要体现。变异学视角下的形象学研究作者如何根据自己的理解重构和重写外国形象，以及这些形象在被接受和描写的过程中如何被选择、过滤和误读，研究导致形象接受和重构过程中发生文化过滤和文学误读的文化的因素。形象学研究总的目标是考察异国形象在民族文化中的产生原因、机制及其复杂的表现。

形象学研究主要涉及文本研究、作者研究、文化研究和变异研究四个方面。形象学范围内的文本研究首先是词汇研究，研究描绘异国形象的词汇中包含的丰富的文化信息，以及它们聚在一起产生的新观念、情感等对异国形象的构建作用；其次是措辞研究，措辞涉及在口语表达和文本表达中经常使用的具有象征含义的传统术语，措辞因高度的节略、意义复杂和象征手法不一而各有内涵，措辞产生于术语与主语的重叠或覆盖，以及自然属性和文化属性重叠两种模式；再者是叙述模式（情节）的研究，研究文本通过怎样的程序或模块的意义来构建外国形象。作者研究首先是通过作者外国形象知识的来源来研究作者创作的异国形象，明确作者的异国形象是来自个人在异国的直接经验还是文本的间接经验；其次是研究与作者相关的众多因素对形象创造的影响。文化研究首先是研究异国形象在一国文学中是如何描写的，然后是尝试总结形象是“什么”以及形象的特征。变异研究首先是对比形象原型与文本中描写的异国形象的“差异”特征，其次是解释“变化”和“不同”的环境，是什么引发了变异，读者、集体想象还是其他，再者是调查变异的内在原因。[①]

伴随着对人类社会学理论的后现代批评理论的运用，形象学自 20 世纪 80 年代以来获得长远的发展，越来越呈现出独立学科的姿态，其研究发展也不断深入，以上只是从变异学角度对形象学做简单梳理。

（四）跨文明变异研究与文学的他国化

1. 跨文明研究

变异学跨文明研究是在比较文学中国学派跨文明话语下产生的，重点

① Shunqing Cao.The Variation Theory of Comparative Literature[M]. Heidelbery New York Dordrecht London:Springer-Verlag, 2014:188-192.

是异质文明的可比性、互补性研究以及跨文明阐发研究和跨文明对话研究。不同文明之间的普适性就是文明间的可通约性，也是跨文明比较的基础，无论是在比较文学学科外的“文明冲突论”“东方主义”和“理论旅行”等理论，还是在比较文学学科内，对跨文明研究的呼声都在不断地高涨。尤其是以中国学派为代表的比较文学研究在跨文明领域取得了丰硕成果，它们共同宣布了比较文学的跨文明时代已经到来。变异学在提倡异质文明之间的可通约性的基础上也尊重文明间的不可通约性，强调不同文明之间的平等对话，互补互惠。杜维明等提倡的新儒学就是将儒家文化观作为一种可以克服不同文明间自我中心主义的普世文化，作为可以成为各文明之间对话基础的文化。

跨文明对话中话语的变异性主要体现在跨文明阐发研究中，阐发研究就是用一国的文论话语阐发另一国的文学现象。台湾学者率先提出阐发研究，认为比较文学中国学派的特征就是用西方的文学理论来阐发中国的文学现象。这种唯西方理论马首是瞻的单向阐发理论不但忽视了东西方文明体系内文化的异质性，没有认识到产生于西方文学研究中的文论并非完全适合于阐释中国文学，还将东西方对话置于不对等的地位。大陆学者陈惇、刘象愚在此基础上提出双向阐发理论，中国的文论也可以阐发一些西方的文学现象，实现跨文明对话的平等地位。但是中西跨文明阐发研究中最大的问题是中国文论在现代化进程中对古代文论的遗失以及现当代以来对西方文论的片面吸收，这使得中国在中西跨文明对话和阐释研究中拿不出自己独特的诗学理论，这也是变异学跨文明研究迫切需要解决的问题。

跨文明研究的最终目的不是简单的发现和研究文明异质性，而是突出异质文明文学存在的合理性，并在跨文明对话中促进不同文明之间的互补，迎接世界文学繁荣的世界文学时代。

2. 文学的他国化

（1）“他国化”和“化他国”

曹顺庆的《变异学与东方诗话影响研究》指出，文学的“他国化”是比较文学变异学理论首先关注的理论，“在不同国家的文学影响背景下，当一种文学与另一种文学相遇时，处于接收方的文学与文化对传播方的文学与文化会有一个过滤、选择和吸收的再创造过程，同时传播方的文化也

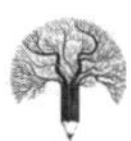

必然会打上接收方的文化烙印，这种现象，就是文学的他国化”[1]。在这里“他国化”就是一种双向的影响生成，当然，需要注意的是接收方和传播方并不一定是指两个不同的国家，也可以是同一国的不同时期，或者不同国的不同时期。接收方对传播方的接受存在两种情况，第一种是：接收方不考虑两者文化间异质性和自身的特殊性而对于传播方文化和文学不加区别地全盘接收，这样的现象是传播方同化接收方，这种由传播方全盘同化接收方的过程不是“他国化”，而是“化他国”。比如，中国五四新文化运动提倡“打倒孔家店”，彻底抛弃中国传统文化，割裂传统文化与新时期中国文学和文化的关系，走上全面向西方学习的道路，这就是典型的西方化中国。第二种是：接收方认识到两者的差异，立足自身文学、文化传统，结合文学创作实践，对传播方的文学、文化进行过滤和选择，为传统文化与文学注入新的活力，以创造出新的文化或文学传统，这就是“他国化”。比如，从魏晋南北朝时期到唐朝，中国对佛教的接收就是由一开始的中国佛教化转变为佛教中国化，用“格义”的方法结合儒家经典阐释佛典，生成与中国本土文化与文学传统密切结合的新枝——禅宗。中国历史进程中的他国化之路就是一条“中国化”与“化中国”相伴随发展的过程。

随着全球交流越发密切，不同文明和文化之间的接触也更加频繁和不可避免，如果接收方完全被传播方同化，那么接收方自身的文化、文学的特殊性和身份认同就会消失，世界文化多样性就会消失，人类的创造力也会衰减。相反，如果接收方辩证吸收，为我所用，不但可以消减异质文化之间的冲突，增进理解互信，还可以为其自身的文化、文学发展注入新的活力，促进世界各文明文化长足发展，共同繁荣。

（2）中国文论“他国化”

近代以来在中西方的碰撞中，严重的西方化使得中国传统文化和文学受到毁灭性的摧残是变异学理论首先关注文学“他国化”问题的主要原因，中国文论片面地尊崇西方，丢失了中国文论的国际“话语权”。曹顺庆强调“重建中国现代文学和文化理论的任务就是要从古代文论的现代转化开

① 曹顺庆. 南橘北枳——曹顺庆教授讲比较文学变异学 [M]. 北京：中央编译出版社，2014：266.

始，并在‘他国化’的原则上将西方文化中国化”[①]，文学“他国化”理论重点就是要借“中国化”这一途径拯救中国文化、文学被严重西方化的局面。笔者需要说明一下，文学“他国化”这个偏正短语中的“文学”，首先是“他国化”现象并非只存在于文学领域，近代中国的西化是全面的，哲学、医学、数理等等领域的西化现象也很严重。因为比较文学研究强调文学性，所以此处“他国化”的定位为文学，但不能因此就局限了思维，以为“他国化”现象只存在于文学领域。其次，这里的文学并非我们通常狭义理解的以语言为媒介的文学著作层面，还包括相关的文学理论、文体种类、表达方式等等。就现阶段的变异学“他国化”研究，基础的是对文学这个大范围内的“他国化”现象进行阐述，同时着重强调文学理论的“他国化”现象。

文学的“他国化”，主要涉及文学交流活动中相关的四大因素，即语言、文化、接受主体和学术规则[②]。语言的“他国化”是指在两种不同语言的文学作品进行沟通时，要以源文本为基础，尽量保留原文学语言本身，不能片面地错误翻译或者曲解源语言文学作品。如果在接受语中没有与传播语对应的表达，可以选择符合接受语规则的音译语等方式来代替。比如，对于中国文学中“龙”的翻译，如直译为英语中的“dragon”则会令英语世界读者误以为这里的龙就像西方象征邪恶、灾难的龙一样，如直接用中文的拼音“long”则和英文中的“长”相同，丢失了其文化内涵，现学者将中国文学中的龙翻译为“loong”，这样既符合中国的语言发音，又形象地表明其有独特的中国文化内涵。

文化的“他国化”是指在接受源语言的文学作品时要参考并符合传播方和接收方双方的语言环境。比如，中国作品中描写小偷祈求上帝保佑自己的偷窃行为不被发现，这样的情节如果被翻译到西方世界，西方读者是无法理解的，因为西方文化理解的上帝不但不保佑偷窃之徒，还要在其死后根据其在世犯的罪来惩罚他，这就是东西方在“上帝”观念上的文化差。

接受主体的“他国化”是指接受者是在特定的文化背景和时代下成长

① Shunqing Cao.The Variation Theory of Comparative Literature[M].Heidelbery New York Dordrecht London:Springer-Verlag, 2014:240.

② 曹顺庆. 南橘北枳——曹顺庆教授讲比较文学变异学 [M]. 北京：中央编译出版社，2014：176.

起来的，对外来的文化和文学会先进行符合自身客观条件的过滤和解读，更有甚者会对源文化和源文学进行改造利用，生成新的质态；学术规则的“他国化”是文学交流活动中发生的更深层次的变异，是指接受与传播双方的文化规则和文学话语不同，接收方在对源文学进行解读时，以本土规则为主，对传播方文学的话语规则的改造。[①]

曹顺庆对“他国化”的阐释：“传播国文学本身的文化规则和文学话语在根本上被接受国所同化，从而成为他国文化的一部分”[②]，突出强调了文学理论的“他国化”问题。这也是目前中国学界在激烈讨论的一个问题，究其原因，首先是对于中国古代文论现代流失的普遍认同，纵观中国现当代文学及文学理论，我们看到的是从里到外的西装革履，在主流文学中不见传统的文学方式和文论的踪影。其实是对重构中国文论必要性、可行性的不同见解，有学者认为中国近代以来的全盘西化是挺好的，现在的中国也正走在全面复兴的大国之路上。对于这样的观点，我们需要认清的是这里说的中国是大国是指经济、政治、军事等硬性条件的大国化，大国的真正复兴不是硬件跟上就可以的，文化软实力是不可忽视的。而近现代之路上中国传统文论惨遭摒弃，其无异于秦“焚书坑儒”之举，传统的丢失大大削弱了中国文化的软实力，中国文论在国际上发不出属于自己的声音，患上了“失语症”，故而重构中国文论是十分有必要的。同时也有学者认为，不同于西方文论重思辨讲逻辑的体系性，中国古代文论是重体悟重灵感的拾遗式零星记录，不具备体系性，因而中国文论的重构不具备可行性。在中国文论长期西化的过程中，这种西式的衡量标准是对中国古代文论一直有的属于自己的思辨方式的忽略，典型的如：钱钟书先生在《管锥编》中批评了黑格尔认为中国没有多维度思辨思维的观点。

中国古代文论重构的可行性体现在中国古代文论有其自身的文化规则和话语规则。其一是：“以‘道’为核心的意义生成和话语言说方式”[③]。

---

① 曹顺庆. 南橘北枳——曹顺庆教授讲比较文学变异学 [M]. 北京：中央编译出版社，2014：177—198.

② 曹顺庆. 南橘北枳——曹顺庆教授讲比较文学变异学 [M]. 北京：中央编译出版社，2014：44.

③ 曹顺庆. 比较文学与文论话语——迈向新阶段的比较文学与文学理论 [M]. 北京：北京师范大学出版社，2011：233.

老庄道家认为“道”是世界的本源，是一切的解释，“道”是客观存在的也是不可言说的，只能通过个体的体悟来领会，不可言说之“道”又必须要借助语言所携带的意义来表达，从无言之“道”到有言之道，就形成了“无中生有”的体悟式的中国传统文化规则。其二是：“儒家‘依经立义’的意义构建方式和‘解经’话语模式”[①]。“依经立义”是从孔子以来建立的对古代经典的解读与阐释方式，古人用传、注、正义、校、疏等复杂的注解方式来阐释经典的意义。后辈学者又在这套话语方式的基础上引申出“微言大义”“《春秋》笔法”“比兴互陈”等阐释原理，共同构成中国古代文论的话语模式。这些话语规则在近现代化的过程中逐渐退出了文学的历史舞台，当前最重要最迫切的就是实现它们的现代化。

（3）中国文论“中国化”和“西方化”的实现途径

中国古代文论的现代化又可称为中国文论的中国化。既然古代文论的现代化有其现实需要和现实可能，那么要如何实现古代文论的现代化呢？从比较文学变异学的视角来尝试解决这个问题，曹顺庆给出了他的真知灼见，笔者在此做简要梳理。

首先必须要理清的是中国文论中国化的目的或策略。对此曹顺庆主要提出三个方面：第一，“异质性还原与话语身份认同”要求恢复中国古代文论不同于西方文论的异质性，还原其中国性，并深入探究和呈现中国古代文论自身的话语规则，使其在新时期获得新的认同；第二，“无关性对视与互补性的融创变异”要求打破西方文论长期以来的话语主导，提倡中西文论之间的多样性互补，相互融合、变异创新；第三，“多元共生与和而不同的关连域构建”要求不同文化与文学同等地位的存在，在不断的交流碰撞中对视、反思和共同发展。[②]

其次是中国文论中国化的四大步骤：第一步，承认东西方文论的异质性和独立性。东西方文论的异质性就是两者基于不同的文明、文化机制和知识体系产生的从根本上就不同的文论话语，只有承认双方的异质性，并

① 曹顺庆. 比较文学与文论话语——迈向新阶段的比较文学与文学理论 [M]. 北京：北京师范大学出版社，2011：233.

② 曹顺庆. 南橘北枳——曹顺庆教授讲比较文学变异学 [M]. 北京：中央编译出版社，2014：372—378.

探究异质性形成的深层原因，才能更加深入透彻地认识双方不同的文论话语特色，为各自的存在和沟通寻找可能性和合理性。与西方文论的存在和发展一样，中国古代文论也有其存在和发展的合理性与特殊性。第二步，以中国文论话语规则为本。要实现中国古代文论的中国化，就必须采用中国传统的文论话语规则，在上文中我们已经简单论述了古代文论的传统话语规则，那么在中国化的过程中如何才能做到以中国文论话语规则为本呢?具体有以下三个方面，首先，采用传统的诗话、词话等论说方式来进行。如王国维的《人间词话》就是用“以词谈词”的方式展开叙述。其次，以“依经立义”的文化规则重读经典，采用注、疏、校等方式解释经典，而不是现代的剖析或转译的方式。最后，采用正义、阐释和解读的方式。如钱钟书先生的《管锥编》的第一章“周易正义”就是对《周易正义》的解读。第三步，打通古今的文论话语，展开中国古代文论的现代转换。曹顺庆的《中国古代文论话语》就总结了中国古代文论的话语规则和意义生成方式，使古代的话语规则不再是死规则，而是可以被现代理解、阐发和运用的。第四步，在承认中西方文论异质性因素的前提下，进行跨文明对话，最终达到“中西化合”的无垠境地。①

“中国化”不是盲目的复古或排斥西方，而是在中国古代文论的现代性意义转化的基础上，学习借鉴西方文论，也可以主动创造“理论旅行后的回归”，以为中国文论注入新的活力。为防止重蹈跨文明对话过程中中国文论被全盘西化的覆辙，中西文论跨文明对话应该坚持“话语平等独立”原则、“平等对话”原则、“双向阐发”原则和“求同存异，异质互补”原则。②

最后，曹顺庆还提出了中国古代文论中国化的具体可行措施。第一是用具有生命力和影响力的中国文论原命题话语重写文学概论。要重写的原因主要是中国当前的文学概论与教学中依然存在很严重的西方话语主导现象，使得中国文论缺乏创新性，经典的阐释缺少自己的话语。重写文学概论既要“以中国本土的文学基本话语形态为主导，结合中国当下的文学实

① 曹顺庆. 比较文学与文论话语——迈向新阶段的比较文学与文学理论 [M]. 北京：北京师范大学出版社，2011：288—293.

② 曹顺庆. 比较文学与文论话语——迈向新阶段的比较文学与文学理论 [M]. 北京：北京师范大学出版社，2011：238—341.

际展开纵贯历史的理论总结和归纳”，也要“有海纳百川的世界眼光”。在当代中国，传统的文论话语体系中既涵盖面宽广又有强盛的生命力和深远的影响力的原命题主要有“文、文思、文质、文气、文道、通变、言意论、诗法与文法、知音论、诗文评”这十个大的范畴，所以曹顺庆初步考虑的文学概论结构也就由这十个方面组成。[①]第二是重写中国（现当代）文学史，一是因为现当代文学史中几乎不包含传统形式的文言文作品，而文言方式是新时期的很多作家如郁达夫、冰心、陈寅恪等以及热爱古代文学的群众依然在坚持使用的，他们有一大批优秀的文言作品被我国现当代文学史所忽略。二是因为不论是古代文学史还是现当代文学史都忽视了少数民族文学[②]。

鉴于历史上西方著名学者海德格尔等人对中国传统文化的吸收利用，在强调古代文论现代化的同时，曹顺庆进一步提出了中国文论的西方化，以推进中国文学在“他国化”的路上逐步深化发展。如果说中国文论的“中国化”是“拿来”的他国化——要求我们坚持本国文化与文学，在此基础上，对传播方文化进行不同程度的吸收和解读，最终是为我所用，再创造地将其转化为本国文化的一部分。那么中国文论的西方化则是“送去”他国化，即要求将本土形成的完备成熟的文化与文学传播到有强烈需求的接受环境中，“送去”他国化的具体措施有：“要对文学作品的语言进行他国化”“应对某些文化事物，文学意象等进行他国化”“根据接受国读者的兴趣进行他国化”[③]。

笔者在致力于系统地梳理曹顺庆变异学理论近年来在文学“他国化”领域的研究成果的同时，也有一些自己的思考。首先需要明确的是中国文论的“他国化”现实处境，不是所有古代文论都能实现现代化，也不是所有中国文论都能实现“西方化”，古与今、中与外应该是异质性合理共存，在平等对话的基础上增进理解共通。其次是文论中国化除了应该强调古代

① 曹顺庆. 比较文学与文论话语——迈向新阶段的比较文学与文学理论 [M]. 北京：北京师范大学出版社，2011：244—251.

② 曹顺庆. 比较文学与文论话语——迈向新阶段的比较文学与文学理论 [M]. 北京：北京师范大学出版社，2011：316—319.

③ 曹顺庆. 南橘北枳——曹顺庆教授讲比较文学变异学 [M]. 北京：中央编译出版社，2014：207—212.

文论以外，对近代以来的文学实践中立足中国自身对西方文论变异后产生的文论新质也应该给予重视，比如，杨义先生从中国民族文化角度切入研究文学的叙事问题而提出的中国文化叙事学理论，对于这样有着明显“中国化”色彩的理论，我们应该给予什么样的地位呢？笔者认为，这还是需要具体分析其“中国化”的维度。当然还有其他许多问题有待于我们发现解决，对于中国文论中国化我们提出了问题，寻求解决的途径，也给予了很高的期望，但最重要和最切实可行的不是光有意识和空喊口号，而是要把研究落到实处，要从自己做起，做自己该做的事情，这才是我们真正可以为中华民族伟大复兴做的事情。

（五）变异学方法论探究

根据曹顺庆的提点并结合自己的思考，笔者将比较文学方法论分为两个层面来阐释，第一个层面是方法论原理，有中外两个方向的方法论原理。中国传统文学和文论著作中有许多关于“变”的思想，黑格尔批评中国思想不通变、无逻辑，显然是因为并没有真正了解中国的元典。本身“易”就有变的意思，郑玄对“易”的解释：“易一名而含三义：易简，一也；变易，二也；不易，三也”[①]。《易经》发源的通变思想在中国文学和文化中绵延不绝，南北朝时期的文学理论家、批评家刘勰编《文心雕龙》有《通变》一篇，强调作家进行文学创作，一方面要继承前辈贤能为文的优良传统，即要上通历史贤能，另一方面，要写出好文章还要懂得创新，不执着偏见，将这两者相结合，作家和文学本身都能获得长久发展，受益无穷。曹顺庆进一步解释：《文心雕龙》讲的“通变”是文学纵向发展上的继承与创新，变异学理论则是在已有的纵向发展“通”的基础上，进一步提出横向发展上的“变”，以变化和变异达到文学革新和创新的目的。从西方的现象学到阐释学理论都突出文学研究中主客体相互融合的关系，主体对客体的接受和解释是受主客观因素综合作用的，这样的融合就意味着变异的必然发生，这是变异学方法论的哲学原理。比较文学从法国学派到美国学派都忽视了异质比较的变异问题，到 21 世纪比较文学的异质性和变异性的可比性已经成为被证实的必然，异质性和变异性的可比性是变异学方法论的比较

---

① 曹顺庆. 中华文化原典读本 [M]. 北京：北京师范大学出版社，2011：7.

文学原理。

第二个层面是具体可实际操作的研究方法。目前并没有文献提供变异学的具体研究方法，曹顺庆在一次对研究生与博士生论文写作的指导讲座上，建议大家写论文的时候可以开拓思维，使用变异的方法来研究文学活动，这又给笔者一个新的思考：比较和变异本身就既有原理又有方法论的特点，所以另起炉灶地梳理变异学研究的方法论可能有些差强人意，况且方法论问题本身就是比较文学学科悬而未决的问题。首都师范大学林精华教授指出，“探讨如何进行比较文学研究的方法论问题，继续成为比较文学学科中重要而敏感的难题”①。但是无论是出于对变异学理论体系的完整性的思考，还是对本书探究变异学理论的价值要求，都需要进一步梳理变异学理论的方法论。对于这个具体研究方法，笔者考虑从比较文学学科本身发展的三大阶段来借鉴出变异学可用方法论。对于法国学派，最主要的是实证比较法，其次还有渊源学、媒介学、接受学三种研究方法。对于美国学派，最主要的是平行类比研究法，其次还有跨学科研究、比较诗学、主题学、文类学等方法，当然其中也包括无法明确说明是属于哪一个学派的翻译研究（译介学）、形象研究、接受研究等研究方法。以中国学派为代表的多元发展的比较文学，因其与变异学理论的同根同源，其研究方法对变异学研究方法是最具有借鉴意义的。曹顺庆教授 1995 年于《比较文学中国学派基本理论特征及其方法论体系初探》一文中根据中国比较文学研究呈现出的特征，总结了比较文学中国学派的五大方法论体系：“阐发研究”“异同比较法”“文化模子寻根法”“对话研究”“整合与建构研究”②。其次还有“文化探源法”等等。

“阐发研究”是比较文学中国学派使用最早，也较早发现问题的一种方法。变异学的阐发研究强调中西方的异质性以及阐发过程中的必然变异，要求研究变异的结果、合理性和变异发生的根本原因；“异同比较法”原本是指“立足于中国文学，以我为主地主动出击，主动将中国文学通过比

① 林精华．比较文学研究方法论上的五大难题 [J]．黑龙江社会科学，2012（4）：104.

② 曹顺庆．比较文学中国学派基本理论特征及其方法论体系初探 [J]．中国比较文学，1995（1）：19.

较的方法推向世界……更注重中华民族特色的探讨”[①]。变异学的异同比较法也应该从同出发，从同中发现差异，并研究比较双方出现差异的具体表现和原因，变异学要求突出中国文学特色的同时也要看到差异所在，求同存异，以比较促发展；“文化模子寻根法”是要看到两种或多种文化模子的重叠之处，变异学要更注重重叠以外被过滤和误读的差异之处，这样不同文化的特质就可以通过差异显现出来；“对话研究”要求在看到不同文学和文化的差异、变异的同时，倡导两者之间的平等对话，并积极寻求双方都能接受的对话方式；“整合与建构研究”就是以一种（他者）理论框架为主，建立（自我）新的文学理论，这样的文学理论建构不是照搬照用、生搬硬套，新的理论建构的过程中要注意两者的差异，对理论呈现新的结果用变异学原理进行研究，解析理论的合理性与否。文化探源法，“这就是要求对比较的双方都深入到其背后的深刻文化领域，揭示其价值、有意义的东西，否则就会流于表面”[②]。这个提法和“文化模子寻根法”应该是一个意思，只是表述不一样，同样应该从文学交流活动中呈现的参与者之间的异质性和变异性入手探究不同文学中显现的文化特征。

此外，乐黛云教授还提出“互动认知（Reciprocal Cognition）”[③]作为比较文学的认识论和方法论，要求用外在于自我的角度，寻找一个“参照系”，来重新认识自我。这也可以成为变异学研究的一大研究方法，从他者异质性入手，在与他者的比较中认识自我，为自我营造更良好的发展环境，这样的观点也更多地体现在于连的《迂回与进入》一书中。以上不同方法各有特性，变异学理论的研究应用应该主要集中在前四个和第六个，第五个相对较少，或者说在现阶段的研究中应用得还不多。

---

① 曹顺庆. 比较文学中国学派基本理论特征及其方法论体系初探 [J]. 中国比较文学，1995（1）：25.

② 曹顺庆. 比较文学与文论话语——迈向新阶段的比较文学与文学理论 [M]. 北京：北京师范大学出版社，2011：5.

③ 乐黛云. 互动认知（Reciprocal Cognition）：比较文学的认识论和方法论 [J]. 中国比较文学，2001（1）：1—7.

二、变异学理论提出的重大意义及运用

（一）变异学理论提出的重大意义

变异学理论的提出对比较文学中国学派具有重要意义。变异学理论是比较文学中国学派提出的富有创新性的理论，变异学理论成果就是比较文学中国学派的成果，变异学理论的发展与获得的认同，就是比较文学中国学派获得的认同。比较文学虽然在国内已经如火如荼地发展了30多年，并且成果颇丰，但是外国学者对中国学者的研究不甚了解，更谈不上认同问题。2008年，佛克马（Douwe Fokkema）教授来中国访学，被问到对比较文学中国学派的看法时，他表示，“如果有比较文学的中国学派那自然是很好的事情，学派意味着在比较文学和世界文学研究上投入了大量精力和进行了大量研究工作的学术团体”[①]，这话的言外之意就是他对比较文学中国学派这样的提法还是不认同的。法国学派以影响研究为特征，美国学派以平行研究为特征，那么中国学派的特征是什么呢？以前学者会说是“跨文明”研究，这样的说法自然可以，但是跨文明研究并未形成理论体系，只能说是比较文学中国学派的研究特征。变异学理论为比较文学中国学派提供了学派安身立命需要的理论资源，一方面推动比较文学中国学派的建立，另一方面，为比较文学中国学派的发展指明了方向。2015年11月11日，中国社会科学网刊载了记者毛莉的文章——《比较文学“中国学派”已“水到渠成”》，直接指明比较文学中国学派已经蔚然成风了。

跨文明语境下的变异学理论是中国学派立足于世界比较文学之林的他山之石，也是中国文学理论向世界发出的声音。中国在现代化的路上丢失了自己的文论，也就丢失了文论的话语权，现在中国学者对西方文论很熟悉，对中国文论不知道，这已经成为普遍现象，也是中国文论在世界文坛上发不出自己声音的主要原因。中国比较文学学者根据中国比较文学长期以来的实践提出变异学理论，为比较文学中国学派寻得生存空间和话语权。变异学研究的文学他国化问题，也致力于为中国古代文论寻找新的生存话语。或者说，在古代文论滋养下提出的变异学理论也是实现中国古代文论新话

① 王蕾. 比较文学、中国学派和文学变异学——佛克马教授访谈录[J]. 世界文学评论，2008(1)：8.

语的另一体现，对实现古代文论的话语权具有借鉴意义。

变异学理论对比较文学学科发展的最大意义在于其将比较文学学科思维逻辑由求同转向求异，为呈衰微之态的比较文学学科带来新生。曹顺庆、徐欢共同发表的《变异学——世界比较文学学科理论研究的突破》以及庄佩娜的《填补世界比较文学学科理论的空白——曹顺庆教授英文专著〈比较文学变异学〉评介》，两篇论文的题目就直接道明了变异学理论对比较文学学科的意义。变异学理论的学科意义在于："第一，为跨越异质文化的文学比较确立了真正的理论支点和合法性，第二，'求异'对每一个文化主体都进行文化身份的确认，促进当今世界文化的丰富多样性"[①]。也就是说，变异学的异质性与变异性可比性理论为跨异质文化的比较文学研究提供了依据，对于文化异质性的认可就是对于不同主体文化身份差异的认可。变异学通过研究异质性和差异性存在的合理性，倡导通过平等对话的方式，增进相互认识和理解，在求同存异的基础上实现不同文化身份的主体的和平共处。"曹顺庆说，变异学进一步明确了比较文学学科跨越性的基本特征，并聚焦于不同文化交流过程中出现的变异现象，这不仅有助于发现人类文化的互补性，而且为找到通往真理的不同途径提供了可能"[②]，从这一角度来说，变异学理论对缓解当今世界文化冲突和地区矛盾，实现人类社会共同发展具有极其重要的指导意义。

（二）变异学理论的应用

1. 国内学者对变异学理论的研究与应用

变异学理论自 2005 年提出以来，在国内外获得了不同程度的接受与认可，尤其是国内学者，对变异学理论持赞赏者居多。国内学者对变异学理论的研究主要有变异学理论构建层面和理论运用层面，中国学者对变异学理论阐释的热情十年来不曾间断。按照变异学理论的不同层面划分，中国学者对变异学理论的运用主要体现在：形象变异研究、文学翻译变异研究、文学接受变异研究、文学误读变异研究等。其中文学翻译变异研究与形象

① 曹顺庆. 南橘北枳——曹顺庆教授讲比较文学变异学 [M]. 北京：中央编译出版社，2014：102.

② 毛莉. 比较文学"中国学派"已"水到渠成"[N]. 中国社会科学学报，2015-11-11.

变异研究最为广泛，文学他国化研究涉及西方文论的中国化，理论阐释的相关研究开始得比较早，也是学者关注的焦点。相比而言，文学误读与文学接受方面的研究则比较少。

中国学者对变异学理论的运用，首先是文学翻译变异研究，主要是运用变异学理论研究文学翻译活动中出现的翻译文本与原文本语言以及文化的不对称现象。一方面通过差异性的对比肯定翻译者翻译结果的合理性，以对不同的译本做出评判；另一方面发现两者语言、文化等方面的不对称性，为读者解读和译者再译提供可借鉴的语言与文化经验。如，陕西师范大学刘建树博士的毕业论文——《印度梵剧〈沙恭达罗〉英汉译本变异研究》（2013），参照印、英、中三种文化背景，以英汉两种译本为依据，研究流传甚广的印度文学大师迦梨陀娑的梵剧经典之作——《沙恭达罗》。在文本细读的基础上运用译介学、文学接受学、形象学、变异学等相关研究方法，通过该剧英汉经典译本变异中的典型案例，分析不同文化语境下各种译本的变异历程，发现中、印、英之间的巨大文化差异。

形象变异研究，是将已有的形象理论与变异学理论相结合，着重对跨越不同文化的形象变异的研究，并通过变异的不同呈现和状态，发现变异背后深层的社会文化和意识形态等差别问题。复旦大学周宁教授对国外的中国形象研究卓有成就地出版了一系列书，主要有 2004 年学苑出版社出版的丛书“中国形象：西方的学说与传说”，共八卷：《契丹传奇》《大中华帝国》《世纪中国潮》《鸦片帝国》《历史的沉船》《孔教乌托邦》《第二人类》《龙的幻象》和 2006 年北京大学出版社出版的上下两册本《天朝遥远：西方的中国形象研究》。虽然周教授的研究运用了曼海姆、利科等人的形象学理论，而没有直接运用变异学理论，但是周教授正是通过研究外国文学对中国形象的变异呈现，发现了外国文学描绘的中国形象中暗含的知识不对称和权力不平等的问题。

文学接受变异研究的相关文章，如四川大学张海燕的硕士论文《〈查泰莱夫人的情人〉在中国的接受与变异》（2007），由于劳伦斯这最后一部长篇小说——《查泰莱夫人的情人》，无论是在英国，还是传入中国以后，都是颇受争议的作品，所以国内学者对这部小说的翻译的研究也比较多，但是多数是直接从翻译研究或者译介学的角度展开的。张海燕的这篇硕士

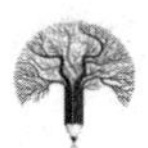

论文则是直接使用变异学理论，论文的前四章对应变异学研究的四个层面，对这部小说在中国的接受情况进行研究。

以文学误读变异研究为主的相关文章则相对非常少，主要有四川大学李颖晖的硕士论文《双向的误读：杜拉斯与中法文学》（2007），论文指出中国读者对杜拉斯的了解和接受大部分仅仅是在《情人》这部作品的内容、创作手法这样的浅层次上，缺乏对杜拉斯的整个创作体系的理解，中国读者的这种接受是片面的。受到杜拉斯创作手法影响的一批中国女性作家的作品又冠以“身体书写”之特征被介绍到法国，在法国得到了远超于国内读者的接受与认同。文学的译介和传播中的接受环境的差异形成了中国读者对杜拉斯和法国读者对中国女性作家作品的双向误读。论文主要是通过对这种双向“选择性误读”成因的分析，指出异质文学和文化在交流过程中产生文学变异的同时也促进了不同文化之间的交流发展。这里我们需要认识到的是，并不是打着变异学理论旗帜的误读研究才是文学误读变异研究，只要是和变异学文学误读理论内核一致的误读研究，我们也认为是变异学范围内的误读研究，只是还缺少研究者对变异学理论的肯定和使用。

相比于文学误读，以文化过滤变异研究为主的论文则更少。四川外国语大学潘英英的硕士毕业论文——《比较文学变异学视野下的〈尘埃落定〉与〈喧哗与骚动〉》（2014）从比较文学变异学出发，用文本细读的实证法结合文化过滤理论，即从文化模子差异性角度，来研究阿来的《尘埃落定》与福克纳的《喧哗与骚动》两部作品的具体差异性。

变异学跨文明阐释研究从异质性和差异性出发，进一步将阐释理论发展到文学他国化研究，自变异学理论提出以后，这方面的论文络绎不绝。如四川大学李夫生的博士论文《现代中国文论中的马克思主义话语（1919—1949）》（2006），论文从寻找和追求马克思与恩格斯等的马克思主义思想对中国现代文艺理论的影响出发，借助接受理论、比较文学变异理论和赛义德的“理论旅行”中的“历史”与“情境”两个概念，探讨马克思主义理论旅行到中国，其阶级性或者阶级斗争学说、现实主义理论和“人民性”问题的理论在中国现代文论中发生的思想变异。

除了以上与变异学理论对应的几大层次的理论应用，变异学理论还被国内学者运用到其他更多类型的文学研究中。首先是跨民族变异研究，王红的《变异的本土化：民间故事跨民族传播研究》（2006）一文就是以比较文学变异学为基础，以民间故事为对象，从传统文化、流传过程和语言媒介等不同角度探究跨民族交流过程中民间故事的变异规律，同时指出跨民族交流中的文本变异情况是原民族文学和文化被接受民族本土化和民族化的过程；其次是纵向历史跨越变异研究，四川大学李卫涛的博士论文《中国新诗观念和中国古诗观念的变异性关联研究》（2005），出于对中国新诗的发展是在中国古诗和西方诗歌的不平衡的融合交汇下完成的思考，论文以文学的断裂史观为指导，以比较文学变异学为基本方法，研究新诗和中国古诗之间可能存在的承传关系。通过新旧诗的对比，探究在西方诗歌影响下产生的中国新诗的什么特征在哪些方面对中国古诗进行了变异。

比较文学变异学理论自提出以来，从早期的理论研究到现在理论被广泛地使用，从早期以曹顺庆教授和四川大学为主要阵地，到现在以四川外国语大学为主的全国多所高校和研究者参与其中，从传统的形象变异、翻译变异等研究领域到更宽广的跨民族、跨学科变异的研究，变异学理论的构建和运用获得了极大的发展。

2. 变异学理论的国际评价与影响

2013 年，《比较文学变异学》（英文版）（*The Variation Theory of Comparative Literature*）由全球最大的科技出版社之一，德国的施普林格（Springer）出版社出版发行。中国学者提出变异学理论与方法，在世界比较文学界产生了影响，该著作系统地梳理了比较文学法国学派与美国学派研究范式的特点及局限，首次以全球通用的英语语言提出了中国比较文学学科理论话语：比较文学变异学。该书的出版，将变异学这一彰显中国特色的比较文学学科理论话语及研究方法呈现给世界。比较文学变异学理论作为比较文学“中国话语”，受到了国际学界的广泛关注与高度评价。

英文版《比较文学变异学》一经问世，即受到了西方比较文学学者的关注。国际比较文学学会前任主席（2005—2008 年）、荷兰乌特勒支大学（Utrecht University）比较文学荣休教授杜威·佛克马（Douwe W. Fokkema）亲自为《比较文学变异学》（英文版）作序。正如杜威·佛克马教授所言：“曹顺庆教授的著作《比较文学变异学》（英文版）的出版，是打破长期以来困扰现在中国比较文学学者的语言障碍的一次有益尝试，

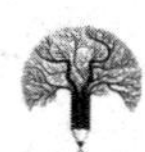

并由此力图与来自欧洲、美国、印度、俄国、南非以及阿拉伯世界各国学者展开对话。中国比较文学学者正是发现了之前比较文学研究的局限，完全有资格完善这些不足。”[①]

美国科学院院士苏源熙（Haun Saussy）、欧洲科学院院士多明哥（Cesar Dominguez）等学者合著的比较文学专著（Introducing Comparative Literature:New Trends and Applications. London and New York:Routledge,2015），高度评价了笔者提出的比较文学变异学。在该专著的第 50 页，作者引用了《比较文学变异学》（英文版）中的部分内容，阐明比较文学变异学对于另一个必要的比较方向或者说是十分重要的成果。“与比较文学法国学派和美国学派形成对比，曹顺庆教授倡导第三阶段理论，即，新颖的、科学的中国学派的模式，以及具有中国学派本身的研究方法的理论创新与中国学派，通过对中西文化异质性的‘跨文明研究’，曹顺庆教授的看法会更进一步的发展与进步。”前任国际比较文学学会主席汉斯伯顿（Hans Bertens）在与曹顺庆教授的信件中写道：“我花了不少时间来阅读您的著作，但很享受阅读的过程。由于我个人的专业领域是二战战后文学，所以显然对于您书中所涉及的大部分材料，我称不上行家，但您的论辩与博学却使您的著作和研究很有价值。”

西方学者对变异学理论的肯定，对于中国文学理论的变异和西方文学理论的研究意义，具有十分重要的价值。法国索邦大学比较文学系主任贝尔纳·弗朗科（Bernard Franco）教授在最近出版的专著 *La Littérature Comparée His-toire*，domaines，méthodes 中，多次提及曹顺庆教授提出的变异学理论，并给予高度评价，认为是中国学者对世界比较文学的重要贡献。

此外，多位学者专门撰写书评，肯定了变异学对于比较文学学科发展的非凡意义。欧洲科学院院士（副院长、人文部主席）、丹麦奥尔胡斯大学（Aarhus University）教授斯文·埃里克·拉森（Svend Erik Lars-en），在《世界文学》（*Orbis Litterarum*）期刊第 70 期第 5 卷中，发表了《比较文学变异学》（英文版）的专门书评。在书评中，他指出：“在《比较文学变异学》（英文版）阅读过程中，北京（师范大学）、四川（大学）比较文学教授曹顺

① Shunqing Cao.The Variation Theory of Comparative Liter ature[M].Berlin Heidelberg:Springer-Verlag, 2013:v-vii.

庆有着广博非凡的学识。他既通晓始于约1800年的欧洲比较文学，又熟知中国的元思考文学的悠久的历史。与许多世界文学的研究一样，曹顺庆教授始终关注不同文化文本的文学性。同时，他还探索产生文学现象、效果及概念的跨文化互动。因此，《比较文学变异学》（英文版）是进入与西方比较文学对话的邀请。而此时机也已成熟。”欧洲科学院院士德汉（Theo D'haen）评论：“我已经非常确定，《比较文学变异学》将成为比较文学发展的重要阶段，以将其从西方中心主义方法的泥潭中解脱出来，拉向一种更为普遍的范畴。”

美国哈佛大学教授、美国科学院院士达姆罗什对变异学的评论：“非常荣幸也很欢迎《比较文学变异学》用英语来呈现中国视角的尝试。对变异的强调提供了很好的一个视角，一则超越了亨廷顿式简单的文化冲突模式，再者也跨越了普遍的同质化趋向。”[①]

① 德汉（Theo D'haen）、达姆罗什（David Damrosch）给曹顺庆教授的学术评论邮件。

第八章　比较文学中国范式理论话语建构

比较文学与世界文学是一门国际性的理论学科，需要具备世界性的眼光与胸怀。长期以来，比较文学的学科理论完全由西方学者创造，无论是法国学派主张的“同源性”研究，还是美国学派主张的“类同性”研究，都以求同建立比较文学的可比性。然而，如果不承认异质文学间的可比性，比较文学就不可能是真正全球性的。比较文学中国学派经过了四十余年的发展，在几代学者的共同努力下，建构起了比较文学的中国话语。

一、比较文学中国话语建构的必要性

所谓“中国话语”，从根本上是指中国所特有的术语、概念和言说体系，是中国特有的言说方式或表达方式。[①] 对于比较文学学科而言，既要提出能够体现中国文化传统的概念和观点，还要用以解决世界范围内的学术研究问题。

近年来，“中国学术话语体系”的建构已经成为学术研究的重要议题，文化强国也成为中国的文化战略目标。习近平曾指出：“落后就要挨打，贫穷就要挨饿，失语就要挨骂。现在国际舆论格局总体是西强我弱，别人就是信口雌黄，我们也往往有理说不出，或者说了传不开，一个重要原因是我们的话语体系还没有建立起来，不少方面还没有话语权，甚至处于‘无语’或‘失语’状态，我国发展优势和综合实力还没有转化为话语优势。”[②]

1995 年，在《21 世纪中国文化发展战略与重建中国文论话语》一文中，

① 高玉．中国现代学术话语的历史过程及其当下建构 [J]．浙江大学学报（人文社会科学版），2011（2）：140—151.

② 中共中央宣传部编．习近平总书记系列重要讲话读本（2016 年版）[M]．北京：学习出版社、人民出版社，2016：210.

曹顺庆教授提出了中国在文学理论中的失语现象：中国现当代文化基本上是借用西方的理论话语，而没有自己的话语，或者说没有属于自己的一套文化（包括哲学、文学理论、历史理论等等）表达、沟通（交流）和解读的理论和方法。[①]时至今日，中国文学理论界的“失语”问题仍然没有得以解决，一旦离开了西方学术话语，就几乎没办法进行学术研究。中国的比较文学同样如此，在长时期内依赖西方学者建构的理论话语，以“求同”为比较文学研究的基础，排除文学传播过程中产生的一系列变异现象。

然而，由西方比较文学界构建起的比较文学理论，存在着许多漏洞与不足，导致了比较文学学科新的危机。作为一门国际性的人文学科，比较文学学科应当具备世界性的研究视野，承认异质文化间文学的可比性，这就为建构比较文学中国话语提供了前提。

长期以来，不少从事比较文学学科理论研究的学者认为，有了法国学派所提出的影响研究和美国学派所倡导的平行研究，整个比较文学学科理论体系就是一座完满的大厦。事实是否真的如此？回答当然是否定的。通常，没有学过比较文学学科理论的人，在比较文学研究中都会自觉或不自觉地认为：比较文学是既求同又求异的，比较就是求同中之异，异中之同。这种直觉，实际上是正确的。但是，在欧美比较文学学科理论中，比较文学的根本目的是求同的，而不是求异的。不管是影响研究还是平行研究，其研究基础都是“求同”，是求异中之同。具体来说，影响研究求的是“同源性”，即渊源的同一性；平行研究求的是“类同性”，即不同国家文学、文学与其他学科之间的类同性。

法国学派提出的国际文学影响关系的同一性保证了实证性研究的可能性和科学性，但是却忽略了文学流传过程中的变异性。法国学派所倡导的文学影响研究，实际上是求同性的同源影响研究，仅仅关注同源性文学关系，忽略了其中复杂的变异过程和变异事实。实际上，变异是一个文学与文化交流的基本事实，更是文化交流与文明交融及创新的基本规律。影响研究不研究变异性，是法国学派学科理论的最大缺憾。在平行研究中也存在着变异问题，这是指在研究者的阐发视野中，在两个完全不同的研究对象的

---

① 曹顺庆. 21 世纪中国文化发展战略与重建中国文论话语 [J]. 东方丛刊，1995（3）：223—237.

交汇处产生了双方的变异因子。所以，我们可以认为，不同文明的异质性导致了不同文明在阐释与碰撞中必然会产生变异，而这种变异恰好被美国学派平行研究学科理论所忽略了。

缺乏“求异”的理论，是法国学派和美国学派都存在的问题，也是他们都忽视了的问题。事实上，不承认异质性与变异性的比较文学，不可能是真正的全球性比较文学学科理论话语。而对异质性与变异性的重视，也正是比较文学变异学超越前人学科理论的创新之处。随着我国综合国力的不断增强与中外各领域交流的不断深化，比较文学“中国话语”成为学界关注的焦点。在文学研究领域，“比较文学”是一门国际性、前瞻性很强的学科。目前中国学者正在倡导建设比较文学中国学派，创建比较文学的中国话语。只有自身的学科理论强大了，本学科的民族话语充实了，我们才有底气、有实力在国际比较文学界发出自己的声音，发挥应有的作用，建设好人类共有的国际性人文学科，并推动更加合理、公正的国际学术新秩序逐步形成。

在全球化语境下的今天，国与国之间的竞争主要是整体的综合国力的竞争。对学术研究领域而言，谁占领了学术创新的制高点，走到学术最前沿，谁就能够掌握竞争的主动权和先机。尽管国家一直在大力倡导学术创新，但在人文社会科学领域真正的学术创新和学派创建却并不多见。比较文学中国学派的建立过程正是一个学术话语创新的典型案例，比较文学在中国作为专门的、建制性的学科被学术界公认是在20世纪的80年代。就是这样一门年轻的学科，其学术队伍的庞大和学术创新的潜力却是不容低估的。中国比较文学在快速的成长中经历的波折是可以想象的，有一些问题是比较文学学科在中国诞生伊始就已经存在的，而且至今仍然存在，干扰着大家对比较文学作为学科的理解，影响了比较文学在中国存在的学理基础。经过学者们的努力奋斗，中国学人终于建立起了全球比较文学第三阶段的学科理论体系。从这个意义上说，比较文学中国学派的建立作为一个示范性个案可为我们提供一个良好的学术创新的视角。

二、比较文学中国话语建构的方向与路径

（一）比较文学中国话语建构的方向

1. 明确目标

比较文学研究最具启发和创新意义的理念，是人类的文学具有民族文化差异性。而现有的普世主义理论，包括其中的思维方式、概念、价值观、原则，并不能够囊括一切文学活动。比如，西方文学理论注重文本，强调实证主义方法，因而侧重文学表层（语言结构和内容）。而对中国文学研究传统来说，这样的研究可能会误入歧途。因此，构建相应的文化范式（哲学、理论、方法、问题系统），并以此为框架探索民族文化的特性、共性、联系、互动关系，便成为比较文学研究的主要目标。由此，世界文学研究可以作为与比较文学研究相连的伴侣，因为两者都是对于西方中心主义的文化研究的纠偏修正。

然而，中国的比较文学还有很大的发展空间——中国和世界都已经发生巨大变化，许多老矛盾没有解决，更多新问题将出现，特别是从中国的角度看。关于如何探索比较文学与世界文学研究的中国道路、中国学派的问题，可以从“文化话语研究”和“当代中国话语研究”作进一步的阐发。

文化话语研究，作为一种新范式，主要是要超越西方尤其是美国主导的交际学（Communication Studies，在中国常被翻译成传播学）——这一讨论无不与文学研究有关联。此传统受西方中心主义的影响，包括二元对立的思维方式导致的局限，比如，它关心语言，或语言使用的主体，或媒介，或受众，因而它采取的是分而治之的方式，无视它们的整体性、联系性；更有甚者，它忽视或者说无视人类交际的文化性，包括文化差异性；也没有关注到，在不同的文化语境下，不同文化话语或者文化话语体系之间的互动性，以及在文化互动过程中产生的权力竞争性。更不用说，西方的价值观在这里同样被当作普世的标准。

与交际学类似，文化话语研究关心的是人类交际实践。但起码有两大不同点。一是它采取的是整体观：研究对象不仅仅是语言，或媒介，或主体，而是整个交际事件，所以它包括多元要素组成的交际主体、言语形式和内容、使用的媒介（当今数字化、网络化环境下，应特别关注媒介使用）、目的

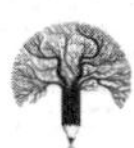

和效果、历史关系、文化关系。这六个要素之间是辩证相联的，需综合考虑，才能真正认识世界、认识社会、认识人。二是更强调人类交际的"文化性"。"文化"指的是一个民族的思想、语言、习俗、信仰、符号等要素在交际实践中形成的系统；而"文化性"反映在不同民族交际实践系统之间的异同关系和互动关系中。中国人和欧美人的交际方式，一方面在世界观、价值观、策略以及社会经济条件方面都有差异性，除了一些共性之外；另一方面，两个不同文化群体在交际互动过程中，会相互联系、相互影响、相互渗透、相互改变。这里，特别需要关注研究的是这种文化互动所含有的权势关系，特别是不平等的权力。要知道，美国主导了当今整个人类的交际格局和秩序，包括信息、话题、价值观、交际渠道等，也控制了世界互联网。那么，文化话语研究的目的和功能，就是要指导和推动国际学界，尤其是包括中国在内的发展中国家的学界，去探索文化主义的话语研究模式和进路。

当代中国话语研究的体系，具体地说，以植根本土、放眼世界为进路，提出了关于当代中国话语的哲学、理论、方法、议题体系。简约地说，其特点是哲学上强调"整体全面""对话求知""学以致用"，理论上强调"平衡和谐""言不尽意"，方法上强调"察言观色""理性经验兼用"，议题上强调"普遍安全""共同发展"。另外，以此为框架的一系列实证研究，涉及当代中国人权、外贸、城建、安全、科学、少数民族文学等领域的话语。在这一系列本土现实问题的研究中，从事当代中国话语研究的学者们深刻认识到西方模式的局限及其带来的隔靴搔痒效果。

从这样的话语研究视角出发，可以很容易发现比较文学研究的本质和应该选择的方向和道路。在此框架下，文学是一种话语，是全球话语多元体系中的一支，并列于政治话语、经济话语、科学话语、法律话语、外交话语、军事话语、媒体话语等；而文学话语又可以并应该以民族文化为尺度来划分，因此就有了西方/东方/发展中世界/亚洲/中国文学话语，如此等等；它们互相渗透，并在全球文学网络中互动。同样，在此框架下，（比较）文学研究，作为社会科学话语体系的一支，其使命一方面是选择、描述、解释、评价，另一方面是启发、引导文学实践，尤其是文学的生产和传播。

同样，根据文化话语研究和当代中国话语研究原则，中国的比较文学研究的发展目标，应该是建立具有中国特色的话语体系，更确切地说，构造出一个植根中国、胸怀世界的独立研究体系：它超越单一文化研究范式，既能够更加有效地指导中国文学的繁荣发展，同时也能够引领世界不同民族文学更加积极地相互借鉴、相互启迪，共同促进人类社会的自由、和谐、幸福，换言之，激励“人类命运共同体”的构建。

2. 做好内功建设

简单讲，我们探寻外国文学研究的方向与方法实际上就是在摸索自己的文学研究方法与方向，因为从根本上来说，我国的外国文学研究在本质上正是我国的文学研究的一个重要组成部分。改革开放历经 40 年，我国各个方面发生了天翻地覆的变化，我们的对外开放还要继续深化，我们的外国文学研究还要继续发展，然后才能实现在此基础上的中国传统文化之传承与创新。

鲁迅在跨文化交流中提出“拿来主义”，疾呼“要进步或不退步，总须时时自出新裁，至少也必取材异域，倘若各种顾忌，各种小心，各种唠叨，这么做即违了祖宗，那么做又像了夷狄，终生惴惴如在薄冰上，发抖尚且来不及，怎么会做出好东西来”。鲁迅倡导“汉唐气魄”，认为“汉唐虽然也有边患，但魄力究竟雄大，人民具有不至于为异族奴隶的自信心，或者竟毫未想到，凡取用外来事物的时候，就如将彼俘来一样，自由驱使，绝不介怀”。[①]我们现在发展了，气象就应该更加宏大，继续努力推动比较文学与外国文学研究的深入发展正是谋求我国文学研究跨越式发展与接受新挑战的前提之一。

说到汉唐气魄之于中外交流，鲁迅是从弱势民族“取用外来事物”的心态与做法而发出呐喊，而鉴真东渡可说很有另一个层面上的代表性，这一事件可启示我们今天的中国文化如何“走出去”。鉴真六次东渡，历经12年，具有深刻的文化史意义。鉴真在日本弘扬佛法，始创日本佛教“律宗”一派；在开辟日本佛教新文化的同时，也把包括唐诗、书法、建筑、绘画、雕刻、医药等唐代文化全方位地介绍给日本，在中日交流史上留下了浓墨重彩的一笔，为传播唐代文化和促进日本社会诸方面发展做出了不可磨灭的重大贡献，其影响迄今不衰。[②]

---

① 鲁迅．鲁迅全集（第 1 卷）[M]．北京：人民文学出版社，2005：209.

② 严绍璗，刘渤．中国与东北亚文化交流志 [M]．北京：北京大学出版社，2016：70—75.

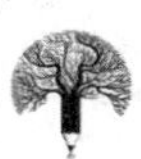

从呼吁中外交流中的“汉唐气魄”出发，这里我们重点讨论鉴真东渡之于中华文化走出去的意义。鉴真东渡的真相是“走出去”，还是“请出去”？8世纪的日本，佛教已经有了一定的基础，但存在着律法短缺，尤其是戒律不明带来度僧受戒混乱的严重现象，使日本宗教界和国家僧尼管理出现困难局面。鉴真东渡，正是因应日本遣唐使到中国求学或者延请高僧大德至日本讲学的新形式。因此鉴真东渡性质上是被“请出去”首设戒坛，播扬律学，日本政府诚心礼聘鉴真的目的是弘扬佛教、传播先进的唐文化。鉴真无疑超乎预设，极其出色地完成了任务。日本人民直到今天还称鉴真为“天平之甍”，鉴真的成就立起了日本天平时代文化的屋脊，是一座象征着中日友好交流历史的跨文化之桥。

鲁迅是中华民族的脊梁，历史上不少著名人物被称之为“民族的脊梁”，如林则徐、钱学森等，鲁迅也是其中的一个。另外，鲁迅自己确也说过有关“中国的脊梁”的论断。如鲁迅在杂文《中国人失掉自信力了吗》中指出，“我们从古以来，就有埋头苦干的人，有拼命硬干的人，有为民请命的人，有舍身求法的人……虽是等于为帝王将相作家谱的所谓‘正史’，也往往掩不住他们的光耀”，这些人就是“中国的脊梁”，[①]鲁迅在另一篇文章《最先与最后》中又说，“优胜者固然可敬，但那虽然落后而仍非跑至终点不止的竞技者，和见了这样竞技者而肃然不笑的看客”，乃正是“中国将来的脊梁”。[②]而鉴真因其东渡弘法，成就了自己“天平之甍”这一日本文化“屋脊”的地位，不免让后人生出许多钦敬。慨叹之余，另有两个层面的启示，一是忠告我们面对欧美的强势文明，不必自卑，“取用外来事物的时候，就如将彼俘来一样，自由驱使，绝不介怀”，采用辩证合理的“拿来主义”；第二个层面的含义在鉴真东渡的光环投射下会映照得更加清楚。遣唐使屡请而不得，六次东渡终于完成鸿业，被“请出去”的鉴真作为一种跨文化交流范式，说明“汉唐气魄”还具有一种很难企及的雍容气度与自信。因此，两相对照，必须认识到今日我国创新文化还与我们能否对传统整合发展，进而熏染凝练出新时代的“汉唐气魄”成正相关。否则，急匆匆走出去，硬要大干快上，硬要“送出去”，其本质还是难掩一种“影响的焦虑”与“深

① 鲁迅. 鲁迅全集（第6卷）[M]. 北京：人民文学出版社，2005：122.

② 鲁迅. 鲁迅全集（第3卷）[M]. 北京：人民文学出版社，2005：153.

层次自卑”。

打铁还需自身硬，我们在物质、经济上有了很大发展以后，要练好内功，精神、信仰层面的建设就需要跟上。必须承认我们自己的文化创新还有不足，学了一百年西方，做了一个世纪以西释中的功课，哪能这般迅速做一个一百八十度的大转弯，就地调转黑板的朝向，向西方开讲以中释西的教材？如果内功没练好，如此急匆匆“走出去”，难免盲目，就会变味成“送出去”。“走出去”“送出去”与“拿出去”三者之间存有很大的差别，其成效也截然不同。尤其是前两者，我们有些模糊了两者之间的差异和界限。“送出去”在外国人看来，有硬塞与夹带私货之嫌，容易产生一种本能的抵触情绪。如果我们送出去的中国文化，在国内都尚是学者们的案头之物，在西方国家也未必是汉学家的研究对象，那么其效果只能是使西方学者窃窃私语或者沉默不语。

我们需要扪心自问一句：这些“走出去”的中国文化是西方社会真正需要的吗？因为冷战结束后，异质文化交流的主要模式还是按需所取。中国文化当然必须要“走出去”。然而我们如此这般急切，似乎有些颠倒了“弘扬创新中国文化”与“走出去”的先后顺序。顺序一经颠倒，其效果截然不同。其背后暴露的，还是百年来所累积的文化不自信与民族性焦虑，再度陷入“越是民族的越是世界的”泥淖而不自觉。

需要强调的是，真的是“越是民族的越是世界的”吗？未必。对中国文化走出去的借鉴意义就是，我们还需要做好自己的内功建设，抑或人家需要的话会拿出去的。特别是有着比较文学领域“奥运会”之称的国际比较文学学会（ICLA）年会，其第22届年会已经于2019年7月25日—8月2日在深圳—澳门两地联合举行，此次大会既创造性地开辟了“一会两地”的新模式，还是“越民族越世界”以及“世界文学难题”在我国学界的又一次爆棚。在当下，“越是民族的越是世界的”，在一定程度上呼应了大国复兴、伟大崛起等政治符号所指涉的中华民族重大关切。这让我们很容易想到杨瑞松所著《病夫、黄祸与睡狮：“西方”视野的中国形象与近代中国国族论述想像》一书中所揭示的“中国形象与近代国族共同体建构”

所具有的丰富意涵。[①] 只不过这一次完全是相反意义上的，中国强大了，其关切也有所不同。

（二）比较文学中国话语建构的路径

比较文学中国话语建构的路径其实是中国的比较文学该迈向何种比较文学与外国文学研究“第三阶段”。

乐黛云先生《比较文学发展的第三阶段》一文明确指出，如果说比较文学发展的第一阶段主要在法国，第二阶段主要在美国，那么，在全球化的今天，它已无可置疑地进入了发展的第三阶段，而中国比较文学则又是继法国、美国比较文学之后在中国本土出现的、全球第三阶段的比较文学的集中表现。[②] 另外，曹顺庆、王向远等也先后发表《比较文学学科理论发展的三个阶段》（《中国比较文学》2001 年第 3 期）、《比较文学学术系谱中的三个阶段与三种形态》（《广东社会科学》2010 年第 5 期），从“中国学派”与“跨文化诗学”两个方面，将三阶段说上升至比较文学系谱学建构的高度，进一步做了理论与实践上的双重准备。

无论如何铺陈，他们都认为国际比较文学的发展轨迹可以做出如下清晰划分：第一阶段的萌蘖始于 20 世纪初期，其高峰在欧洲尤其是法国，其主要特征是围绕文学史所开展的影响研究；第二阶段始于 20 世纪 50 年代的比较文学“危机之争”，以美国为主，40 年代兴起于欧洲的“新批评”思潮逐渐在美国成为主流，比较文学开始转向审美批评的平行研究，其标志则是 1960 年美国比较文学学会的成立，意味着“美国学派”开始形成；第三阶段的根本特征则是以发扬多元文化交流为旨归，且就目前的发展态势而言，国际比较文学研究的重心将不可避免地呈现多点发散的态势。其重心已经转换为多极的一个显著标志，则是 2019 年 7 月在中国澳门召开的第 22 届国际比较文学年会。一个崭新的“中国学派”已经屹立于国际比较文学之林。质言之，迈向国际比较文学第三阶段的中国比较文学是否可以建立“中国学派”，正是未来一段时期内我国人文学界话语体系建设的重

① 杨瑞松. 病夫、黄祸与睡狮：“西方”视野的中国形象与近代中国国族论述想像 [M]. 台北：政大出版社，2010.

② 乐黛云. 比较文学发展的第三阶段 [J]. 社会科学，2005（9）：170—175.

大使命，任何一个学派的建立都不是自封的，它呼唤着学界真正的理论创新。

相较于国际比较文学三个阶段的划分是从世界范围内比较文学学科诞生、理论衍变及其发展史的系统述评与整体研判而来的，因为研究对象的囿限，外国文学三阶段的划分则只能从我国的外国文学研究出发。结合学界已有的总结，本书理出新中国成立70年来外国文学发展的三个阶段脉络:

第一阶段是新中国成立之后的第一个30年（1949—1978年），为新中国外国文学学科的发展初期，30年的外国文学研究“峥嵘岁月”①，外国文学作品通过翻译开始大量进入国人视野，而研究动向上与政治风向的关系较为密切。俄苏文学一度占据统治地位，英美文学受到忽视，东欧与亚非拉的文学译介取得不俗成绩。

第二阶段是新中国成立之后的第二个30年（1978—2010年），为我国外国文学学科发展的“黄金时代”。②随着改革开放的不断深入，体现出两个显著特征，特征之一即为绵延到20世纪90年代以前还没有真正断绝的关于民族性与世界性的大辩论，其最早的源头甚至可以上溯至清末民初，如“中学为体，西学为用”“西学中源”等即为其滥觞。在外国文学界，一个标志性的事件就是《外国文学》1997年发起的对于“越是民族的越是世界的”的专门讨论；特征之二为对于外国文学研究方向与方法的探讨，即鲁迅所言“权衡校量”阶段。《外国文学评论》推出的“外国文学研究方向与方法探讨”专题虽然同样是在20世纪90年代，但此专题的研讨发展被“后殖民理论”带偏，实际上仍然没有走出“越民族越世界”的怪圈。但不能否认，此专题的问题意识相当强，提出的外国文学研究方向与方法论建构问题统摄与覆盖了其后20余年的外国文学实践，可以说迄今为止，我们的外国文学方法论建设还是在路上的。

第三阶段，2010年迄今的“发现中国”阶段，也即在外国文学的镜鉴之下整合创新，别立新宗的中国文学研究的复兴阶段。发现中国，任重而道远，中国归根结底还是“世界的中国”③，而不是世界文明长河中的一个另类。它需要我们面对强势文化不自卑，更不必要刻意追求中国文化的普

① 陈众议．外国文学翻译与研究60年[J]．中国翻译，2009（6）：13—19.

② 陈众议．外国文学翻译与研究60年[J]．中国翻译，2009（6）：13—19.

③ 刘康．世界的中国，还是世界与中国——我的回应[J]．文艺争鸣，2019（6）：134—136.

世性，因为那是另一种打磨得更加圆润光滑细腻的“深层次自卑”。它需要我们不唯外，也不唯中，既要“西化”，还要“化西”，对整个中华文化进行系统还原与更新，重塑“汉唐气魄”，真正从“世界与中国”“多样性与同一性”“民族性与世界性”的二元模式中走出来。

对于中西文明整合之后的创新，鲁迅主张“外之既不后于世界之思潮，内之仍弗失固有之血脉，取今复古，别立新宗”，[①]这无异于把这样一种道理揭示给国人看：既然文明的偏颇任何一种文明都在所难免，那么我们就应该彻底从“越民族越世界”的怪圈中走出来，不自卑，不膜拜，而是作为“明哲之士必洞达世界之大势，权衡校量，去其偏颇，得其神明，施之国中，翕合无间”。[②]鲁迅对于中西文化的深刻认识及其解决方案，这种文明更新路径对于我们国家比较文学与外国文学研究三个阶段具体划分及其走向等问题有着重要的参考价值。

以上所论大致是梳理比较文学与外国文学的三个阶段，可以看到国际比较文学与外国文学研究都已经处在了“第三阶段”这样一个比较重要的关节点上。对于比较文学来说，“第三阶段”意味着世界比较文学的重心已经发散并呈现出鲜明的多元竞艳格局，对于外国文学来说，“第三阶段”意味着学科话语、学术话语与理论话语的创新与再造。实际上，此种“第三阶段”，无论对于比较文学，还是对于外国文学，甚至对于我们的文学乃至哲学社会科学而言，理论的创新已经到了刻不容缓的地步。西方的理论再好，它隔靴搔痒，未必能解决中国的实际问题，必须要经过“第三阶段”方法论的摸索，这其中很重要的任务就是要由“西化”过渡到“化西”，把双脚踩在中国的土地上，发现中国，变中国为“世界的中国”。此“中国”与世界同呼吸共命运，必然会为世界贡献出“中国智慧”。

说到底，“中国本来有学说，只恨现在的学者没有心得，到底中国不是古来没有学问，也不是近来的学者没有心得，不过用偏心去看，就看不出来”[③]。章太炎所讲的两种不利于中国文化复兴的偏心，第一种偏心为“只佩服别国的学说”而“一概不采”本国的学说，第二种偏心为“治了一项学说”

① 鲁迅. 鲁迅全集（第 1 卷）[M]. 北京：人民文学出版社，2005：57.

② 鲁迅. 鲁迅全集（第 1 卷）[M]. 北京：人民文学出版社，2005：57.

③ 汤志钧. 章太炎政论选集（上）[M]. 北京：中华书局，1977：506.

就认为其余各项“无足重轻，并且还要加以诋毁”。[①]笔者认为，第一种偏心的警醒比较适合当下的外国文学界，第二种偏心的警醒则比较适合当下的比较文学界。整个中国正在发生广泛而深刻的社会变革，“第三阶段”的文化创新已经到了关键的转折点上，“不偏心”，既不盲目拔高自己（自己专攻的学问以及自己国家的传统），又不随意贬抑他人（他人专攻的学问以及其他国家的文化）。“一任他看成野蛮何妨”，就是一种“既不唯中，又不唯外”，“既可西化，又能化西”的“汉唐气魄”。

必须要强调指出的是：“国际比较文学中国学派”，它首先是属于国际比较文学的，它不是独断论的中国学派，它是国际比较文学的中国学派，不是国际比较文学与中国学派；更不是排他性的，此种意义下的“国际比较文学中国学派”，它更多强调的是国际比较文学大家庭里的中国比较文学一派；此种意义下的“国际比较文学中国学派”必然有着自己的“中国道路”与“中国模式”，有着中国比较文学发生的特色路径。由此特色路径，我们有理由期待“国际比较文学中国学派”必将激发出有益于国际比较文学发展的“真正有价值的问题意识与独特的研究方法”。

这也决定了我国的比较文学与外国文学要在“第二阶段”上历经一个比较长的时期，也就是要在民族性与世界性上纠缠很久，要在研究方向与方法论建构上遭遇长久的拷问与挑战，这势必就要在“第三阶段”上面临长期彷徨与艰难转型。“第三阶段”注定要经历一个较长时期的“迷惘的一段/代”。在这个艰难的转型期，先扎扎实实做好自己，在没有做好自己的前提下，直面“影响的焦虑”与“深层次自卑”，不要急于调转黑板的方向。仍然需要坚定不移地搞好改革开放，坚定不移地做好外国文学的介绍与评论，坚定不移地汲取与借鉴外国理论中好的方面。通过做好以上工作，为我们国家自己的文学研究方法论建构服务，端正心态，面对中华文化传统与外国的理论方法做到“两不偏心”。我们在复兴路上的中国文化“走出去”、“讲好中国故事”、中国哲学社会科学话语体系建设应该是一件水到渠成的事情。

---

① 汤志钧. 章太炎政论选集（上）[M]. 北京：中华书局，1977：506.

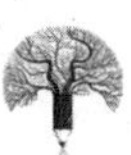

三、民族复兴的现代文化重构与比较文学跨文明阐发的全球文化互动

我们正在进行伟大的民族复兴，民族复兴的学理基础离不开文化的复兴与当代学术的重构，其实每一个文明传播源的横向影响力与纵向发展活力，都有学术文化的创辟之功，都有诗心人文的原创力与文化复兴的古今文化跨文明整合之道，以及多元文化交融与时代文化建设的学术重构。这样从文化复兴的文明重构解决当代学术的发展问题，是当务之急，也是立足之本。

（一）民族复兴与文化复兴

中国现在正进行一场前所未有的伟大历史变革，在这场变革与文化转型中，中国要在现代化中实现经济的腾飞，科技的发达，环境的和谐，社会制度的完善，人民生活的富强，文化的振兴与文明的进步。要争取全球化进程中的生存权、发展权与话语权，要实现伟大的民族复兴。这一切都离不开文化的原创力，中国文化的整合力与多元文化互动的发展力。文化，作为一个民族、时代思维、行为方式的模式、原型与水准，已渗透到经济、技术、制度、习俗及环境生态、价值观念的各方面，是原创力，也是动力体系与文明内核。一个民族的复兴，现代化的发展，国家的繁荣富强，社会的进步与文明的完善，仅有经济、技术是不够的，还要有文学、文化的复兴，有心灵的生活与发展的灵魂，有人文关怀与人文价值体系。犹太人几经沉浮，放逐流离而犹能有其全球话语的生存权而重返家园，就是因为有文化，有其社会文明、民族精神、国家理念的灵魂。中国文化在现代化发展新阶段，在后殖民时代全球话语中的新生与复兴，变异与重构，在多元化文化互动、交流、对话中的发展与重振，是有着重大的机遇与现实可能性的。一是中国文化渊源的博大精深，生于忧患的人文关怀社会文明基因，天人合一、物我融一的文化诗学，宇宙哲理的生态哲学环境文明基因，礼乐诗心的社会和谐礼俗与文明基因，不断反叛/激活与还原/发展的自我解构与重构生机，都使其获得现代性的生命与能够打通古今、中西与俗雅文明而得以新生和复兴；二是全球化进程与全球话语结构中，文化多元化发展的需求与人类文明多元互动的现实需要，使中国文化有可能在吸收、融合外来文化的基础上又获得自身的新生与复兴；三是在经济、技术与现代社会组织制度、生活习俗中，又亟需精神文明、东方人文的整合与中国文化的复兴来完善社会的发展与文明的进步；四是近百年的现代化历程中，中国文化精英的不断积累与努力，使中国文化已渗入现代化进程，成为其原创体系获得新的生机，在新理性重构与新人文发展中真正得以在文学阐释、文明阐发、文化互动中复兴；五是比较文学的理性自觉、中国学派的理论探索与多元互动跨文明阐发学科体系的建设，使中国文化能够在诗学与科学、原创与现代、本土与世界中获得新生与复兴；六是两大文化资源的发掘与互动，中国传统文化资源及与西方对话的文化资源体系的纵向发展与横向交流，使中国文化在跨文明整合中能够获得新生与复兴。

（二）文化复兴与比较文学的学术宗旨

在中国文化复兴中，一是本土文化的整合，中国文学再阐释的文化重构，构成重要的渊源与基础；二是现代化进程中的现代人文基础与现代文化积累，几代人的努力，构成中国文化复兴跨文明阐发中的主题学构型与影响学伟力；三是一系列现代文化思想困惑与历史难题的破解，构成中国文化复兴的思想理论与文化科学力量。我们认为这既是一条现实的道路，又是一个历史的必然，既有诗学、文学及文化诗学的原创力、原创体系，又有文化整合、文明抉择的历史前途。人类在现代化、全球化进程中的“生物进化”，正如物种发展的生态平衡一样，任何单一的块样，对整体都是很深的伤害。从这个意义上来谈，中国文化作为东方文明的核心体系，它的复兴，也是人类多元共存、互动互补世界文化体系的复兴，也涉及人类社会文明的完善与未来文明的抉择。也正是从这个意义上来说，比较文学学科建设与理论发展，有着重要的文化使命与学术宗旨，正如曹顺庆教授给《东南学术》杂志写的文化寄语所说：加强东方与西方文明之间的对话，促进世界的和平与发展，实现中华民族伟大复兴，是我们这代学人义不容辞的责任。曹顺庆教授曾谈到当代中国学术与当代中国文化建设的关系，谈到二者的学科、科学与学术、文化联系及其在当代文化中的缺失，谈到人文学科的人文关怀与人文价值，谈到现代阐释学的人文性内涵与学术大师的文化灵魂及其跨文明阐发体系，对于中国文化复兴的学术文化建设与

伟大民族复兴的学者文化使命，都是深有启发而切中肯綮的经验之论。

（三）当代人文学科的人文价值重构与全球多元文化互动的学者使命

一方面，多元文化发展、民族文化复兴、中国文学的再阐释、全球话语的交融与互动需要比较文学的学科建构与理论发展、学术规范与学理基础；另一方面，比较文学与人文学科在走向规范化及中国文学再阐释在走向学术功夫化的同时，也使学术文化与科学范式逐渐丧失文化灵魂、文化精神、人文价值与文明生机。正如曹顺庆教授所谈，学术研究成了“百科全书”的规范概念与“外语词典”的洋码堆砌，当代学术与学者治学道路正在丧失文化生机，失去了文化的现实生机、历史生机而走向象牙塔，走向学术范式的格式塔心理误区，中国文化的复兴一是来自传统文化渊源，要有中国文学再阐释的文史哲基础及“整理国故”的小学功夫，二是来自全球文化互动的多元化体系，要有世界文化眼量与未来文明抉择的判断，三是来自现实发展的需求与问题，实践与生机，要有现实性与现实人文关怀的时代精神特点。也就是说，中国文化复兴的学术理论建设，一不能回避传统文化的重构与中国文化的整合，二不能回避全球文化的整合与多元文化的发展，三不能回避时代文明的发展与现实社会的人文关怀。从文化方向性上来说，中国文化复兴一要重建中国诗学话语、诗学体系与文化话语文化体系的阐释结构，二要在多元互动的全球话语中重建中华民族的话语生存并具有参与超越后殖民话语的世界文明抉择主导体系，三是重建主导未来文明并解决现实问题的社会发展灵魂与现代文明体系，正是从此出发，我们在总结历史、关注现实、主导未来的文化探索与比较文学学科建设中探讨民族复兴与文化复兴的学理与理论，学术问题与学科建设，历史过程与文化构型，以在民族复兴的现代文化重构与比较文学，跨文明阐发的全球文化互动中发展比较文学，确立我们的追求与使命，学术宗旨与科学理性，更好地促进伟大的民族复兴与全球化进程中的多元文化交流、发展及世界文明的进步。

参 考 文 献

[1] 古添洪，陈慧桦. 比较文学的垦拓在台湾[M]. 台北：东大图书公司 1976.

[2] 萧统：文选（第一册）[M]. 北京：中华书局，1977.

[3] 汤志钧. 章太炎政论选集（上）[M]. 北京：中华书局，1977.

[4] 鲁迅. 鲁迅全集（第 8 卷）[M]. 北京：人民文学出版社，1981.

[5] 钱钟书. 林纾的翻译[M]. 北京：商务印书馆，1981.

[6] 张隆溪. 钱锺书谈比较文学与“文学比较”[J]. 读书，1981（10）.

[7] 马·法·基亚. 比较文学[M]. 颜保，译. 北京：北京大学出版社，1983.

[8] 王国维. 观堂别集[M]. 上海：上海古籍书店，1983.

[9] 丁福保. 历代诗话续编[M]. 北京：中华书局，1983.

[10] 卢康华，孙景尧. 比较文学导论[M]. 哈尔滨：黑龙江人民出版社，1984.

[11] 中国比较文学杂志笔谈会. 建立比较文学阵地 开展比较文学研究[J]. 中国比较文学，1984年创刊号.

[12] [法]艾金伯勒. 比较不是理由——比较文学的危机[J]. 罗芃，译. 国外文学，1984（02）.

[13] 干永昌，廖鸿钧，倪蕊琴，编选. 比较文学研究译文集[M]. 上海：上海译文出版社，1985.

[14] 黄宝生. 建立比较文学的中国学派：读〈中国比较文学〉创刊号[J]. 世界文学，1985（05）.

[15] 刘献彪. 比较文学及其在中国的兴起[M]. 南宁：广西人民出版社，1986.

[16] 韩冀宁. 维斯坦因教授谈比较文学中国学派[J]. 中国比较文学，1986

（01）.
[17] 廖鸿钧. 列宁的哲学思想与文艺思想对比较文学研究的指导意义[J]. 中国比较文学，1986（01）.
[18] 季羡林. 文化交流与比较文学——〈中国比较文学年鉴〉前言[J]. 国外文学，1986（03）.
[19] [美]乌尔利希·韦斯坦因. 比较文学与文学理论[M]. 刘象愚，译. 沈阳：辽宁人民出版社，1987.
[20] 乐黛云. 比较文学与中国现代文学[M]. 北京：北京大学出版社，1987.
[21] 朱光潜. 文艺心理学[M]// 《朱光潜全集》（第一卷）. 合肥：安徽教育出版社，1987.
[22] 乐黛云. 比较文学原理[M]. 长沙：湖南文艺出版社，1988.
[23] 智量. 比较文学在中国[J]. 文艺理论研究，1988（01）.
[24] 乐黛云，王宁. 超学科比较文学研究[M]. 北京：中国社会科学出版社 1989.
[25] 刘若愚. 中国古诗评析[M]. 王周若龄，周领顺，译. 开封：河南大学出版社，1989.
[26] 杨周翰. 镜子与七巧板[M]. 北京：中国社会科学出版社，1990.
[27] 季羡林：比较文学与民间文学[M]. 北京：北京大学出版社，1991.
[28] 孙景尧. 为“中国学派”一辩[J]. 文学评论，1991（03）.
[29] 乐黛云等. 世界诗学大辞典[M]. 沈阳：春风文艺出版社，1993.
[30] 刘介民. 比较文学方法论[M]. 天津：天津人民出版社，1993.
[31] 乐黛云. 文化转型时期与中西诗学对话[J]. 传统文化与现代化，1993（03）.
[32] 童庆炳主编. 文学理论要略[M]. 北京：人民文学出版社，1995.
[33] 余华. 余华作品集（第2卷）[M]. 北京：中国社会科学出版社，1995.
[34] 余华. 余华作品集（第3卷）[M]. 北京：中国社会科学出版社，1995.
[35] 曹顺庆. 比较文学中国学派基本理论特征及其方法论体系初探[J]. 中国比较文学，1995（01）.
[36] 曹顺庆. 21 世纪中国文化发展战略与重建中国文论话语[J]. 东方丛刊，1995（03）.

[37] 严绍璗．双边文化关系研究与“原典性的实证”的方法论问题[J]．中国比较文学，1996（01）．

[38] 钱林森．比较文学中国学派与跨文化研究[J]．中外文化与文论，1996（02）．

[39] 叶嘉莹．我的诗词道路[M]．石家庄：河北教育出版社，1997.

[40] 叶嘉莹．迦陵论诗丛稿[M]．石家庄：河北教育出版社，1997.

[41] 叶嘉莹．唐宋十七讲[M]．石家庄：河北教育出版社，1997.

[42] 陈惇，谢天振，孙景尧．比较文学[M]．北京：高等教育出版社，1997.

[43] 李达三，罗钢．中外比较文学的里程碑[M]．北京：人民文学出版社，1997.

[44] 邓楠．比较文学中国学派之我见[J]．中国比较文学，1997（03）．

[45] 乐黛云．文化相对主义与跨文化文学研究[J]．文学评论，1997（04）．

[46] 曹顺庆．道与逻各斯：中西文化与文论分道扬镳的起点[J]．文艺研究．1997（06）．

[47] 黄维樑，曹顺庆，编．中国比较文学学科理论的垦拓——台湾学者论文选[M]．北京：北京大学出版社，1998.

[48] 乐黛云等．比较文学原理新编[M]．北京：北京大学出版社，1998.

[49] 余华．我能否相信自己——余华随笔选[M]．北京：人民日报出版社，1998.

[50] 谢天振．译介学[M]．上海：上海外语教育出版社，1999.

[51] 余华．东西融贯 探本溯源——读曹顺庆新著《中外比较文论史》[J]．中国比较文学，1999（01）．

[52] 支宇：寻找跨东西方文化的共同文学规律：评张隆溪的道与逻各斯[J]．中国比较文学，1999（02）．

[53] 刘洪涛．对比较文学形象学的几点思考[J]．北京师范大学学报，1999（03）．

[54] 孟昭毅．比较文学通论[M]．天津：天津人民出版社，2000.

[55] 向天渊．跨文化视野下的新创获——评《中外文学跨文化比较》[J]．外国文学研究，2000（04）．

[56] 孟华．形象学研究要注意总体性与综合性[J]．中国比较文学，2000

（04）.
[57] 孟华. 比较文学形象学[M]. 北京：北京大学出版社，2001.
[58] 王向远. 比较文学学科新论[M]. 南昌：江西教育出版社，2001.
[59] 陈思和. 20世纪中外文学关系研究中的“世界性因素”的几点思考[J]. 中国比较文学，2001（01）.
[60] 乐黛云. 互动认知（Reciprocal Cognition）：比较文的认识论和方法论[J]. 中国比较文学，2001（01）.
[61] 曹顺庆. 比较文学学科理论发展的三个阶段[J]. 中国比较文学，2001（03）.
[62] 周荣胜：中国文明中的逻各斯中心主义问题[J]. 求是学刊. 2001（03）.
[63] 李春青. 文化诗学视野中的古代文论研究[J]文学评论，2001（06）.
[64] 乐黛云. 跨文化之桥[M]. 北京：北京大学出版社，2002.
[65] 杨乃乔主编. 比较文学概论[M]. 北京：北京大学出版社，2002.
[66] 陈惇，刘象愚. 比较文学概论[M]. 北京：北京师范大学，2006.
[67] 曹顺庆. 比较文学论[M]. 成都：四川教育出版社，2002.
[68] 王向远. “阐发研究”及“中国学派”：文字虚构与理论泡沫[J]. 中国比较文学，2002（01）.
[69] 刘介民论跨文化研究的视角——兼《曹顺庆中外文学跨文化比较》[J]. 广州大学学报（社会科学版），2002（04）.
[70] 王向远. 试论比较文学的“超文学研究”[J]. 中国文学研究，2003（01）.
[71] 曹顺庆. 跨文明比较文学研究：比较文学学科理论的转折与建构[J]. 中国比较文学，2003（01）.
[72] 曹顺庆. 《论比较文学中国学派》《跨文化比较诗学论稿》[M]. 银川：广西师范大学出版社，2004.
[73] 乐黛云. 比较文学与比较文化十讲[M]. 上海：复旦大学出版社，2004.
[74] 缪钺. 缪钺全集（第七八合卷）[M]. 石家庄：河北教育出版社，2004.
[75] 张隆溪. 走出文化封闭圈[M]. 北京：三联书店，2004.
[76] 张廷国. “道”与“逻各斯”：中西哲学对话的可能性[J]. 中国社会科

学．2004（01）．

[77] 杨乃乔主编．比较文学概论[M]．北京：北京大学出版社，2005.

[78] 张隆溪：中西文化研究十论[M]．上海：复旦大学出版社，2005.

[79] 曹顺庆．比较文学学[M]．成都：四川大学出版社，2005.

[80] 鲁迅．鲁迅全集（第1卷）[M]．北京：人民文学出版社，2005.

[81] 鲁迅．鲁迅全集（第3卷）[M]．北京：人民文学出版社，2005.

[82] 鲁迅．鲁迅全集（第6卷）[M]．北京：人民文学出版社，2005.

[83] 乐黛云．中国比较文学百年史整体观[J]．文艺研究，2005（02）．

[84] 詹杭伦．刘若愚及其比较诗学体系[J]．文艺研究，2005（02）．

[85] 孟昭毅．朱维之先生与比较文学[J]．中国比较文学，2005（03）．

[86] 尹德翔．关于形象学实践的几个问题[J]．文艺评论，2005（06）．

[87] 乐黛云．比较文学发展的第三阶段[J]．社会科学，2005（09）．

[88] 刘若愚．中国文学理论[M]．杜国清，译．南京：江苏教育出版社，2006.

[89] 张隆溪．同工异曲跨文化阅读的启示[M]．南京：江苏教育出版社，2006.

[90] 张隆溪．道与逻各斯[M]．南京：江苏教育出版社．2006.

[91] 杨乃乔．比较文学概论[M]．北京：北京大学出版社，2006.

[92] 张一兵．不可能的存在之真——拉康哲学映像[M]．北京：商务印书馆，2006.

[93] 刘人锋．超越差异：张隆溪与赵毅衡的中西比较诗学研究[J]．2006（03）．

[94] 谢天振．译介学导论[M]．北京：北京大学出版社，2007.

[95] 王向远．王向远著作集（第3卷）[M]．银川：宁夏人民出版社，2007.

[96] 王向远．王向远著作集（第7卷）[M]．银川：宁夏人民出版社，2007.

[97] 王向远．王向远著作集（第8卷）[M]．银川：宁夏人民出版社，2007.

[98] [英]特雷·伊格尔顿．二十世纪西方文学理论[M]．伍晓明，译．北京：北京大学出版社，2007.

[99] 何云波．比较文学：越界与融通——兼评马焯荣先生的“泛比较文学论”[J]．四川师范大学学报，2007（01）．

[100] 杨乃乔. 论比较诗学及其他视域的异质文化与非我因素[J]. 北京大学学报（哲学社会科学版）. 2007（01）.

[101] 曹顺庆. 中西比较诗学[M]成都：巴蜀书社，2008.

[102] 叶嘉莹. 迦陵论诗丛稿[M]. 北京：北京大学出版社，2008.

[103] [德]瓦尔特・本雅明. 译者的任务[M]. 张旭东，王斑，译. 生活・读书・新知三联书店，2008.

[104] 余华. 没有一条道路是重复的[M]. 北京：作家出版社，2008.

[105] 王蕾. 比较文学、中国学派和文学变异学——佛克马教授访谈录[J]. 世界文学评论，2008（1）.

[106] 廖七一. 论谢天振教授的翻译研究观[J]. 渤海大学学报，2008（02）.

[107] 叶嘉莹迦陵说词讲稿[M]. 北京：北京大学出版社，2008.

[108] 杨乃乔. 路径与窗口——论刘若愚及在美国学界崛起的华裔比较诗学研究族群[J]，北京大学学报，2008（05）.

[109] 王向远. 比较文学系谱学[M]北京：北京师范大学出版社，2009.

[110] 尹德翔. 比较文学形象学本土化二题[J]. 求索，2009（03）.

[111] 陈众议. 外国文学翻译与研究60年[J]. 中国翻译，2009（06）.

[112] 王国维. 人间词话[M]. 北京：北京理工大学出版社，2010.

[113] 张晓芸. 翻译研究的形象学视角[M]. 上海：上海译文出版社，2010.

[114] 曹顺庆. 比较文学教程（第二版）[M]. 北京：高等教育出版社，2010.

[115] 杨瑞松. 病夫、黄祸与睡狮："西方"视野的中国形象与近代中国国族论述想像[M]. 台北：政大出版社，2010.

[116] 王一川. 中国现代文论中的若隐传统——以"感兴"论为个案[J]. 文艺争鸣，2010（03）.

[117] 罗列，穆雷. 翻译学的学科身份：现状与建设[J]. 上海翻译，2010（04）.

[118] 曾繁仁. 乐黛云教授在比较文学学科重建中的贡献[J]. 北京大学学报，2010（05）.

[119] 孟昭毅. 中国当代比较文学三十年——寻找文学性原点[J]. 广东社会科学，2010（05）.

[120] 杨叶. 比较文学形象学中的互动性理论[J]. 重庆广播电视大学学报，

2010（06）.

[121] 高方，许钧．现状、问题与建议——关于中国文学走出去的思考[J]．中国翻译，2010（06）.

[122] 朱光潜．诗论[M]．北京：北京出版社，2011.

[123] 曹顺庆．比较文学与文论话语——迈向新阶段的比较文学与文学理论[M]．北京：北京师范大学出版社，2011.

[124] 赵颖．略论当下比较文学形象学的四组争议[J]．世界文学评论，2011（02）.

[125] 高玉．中国现代学术话语的历史过程及其当下建构[J]．浙江大学学报（人文社科版），2011（02）.

[126] 曹俊峰．康德美学引论[M]．天津：天津教育出版社，2012.

[127] 高旭东．比较文学实用教程[M]．北京：北京大学出版社，2012.

[128] 李文静．中国文学英译的合作、协商与文化传播——— 汉英翻译家葛浩文与林丽君访谈录[J]．中国翻译， 2012（01）.

[129] 林精华．比较文学研究方法论上的五大难题[M]．黑龙江社会科学，2012（04）.

[130] 李红，张景华．在形象学视角下美国华裔文学的汉译问题[J]．安徽工业大学学报，2012（02）.

[131] 王向远．中国比较文学百年史[M]．北京：中国社会科学出版社，2013.

[132] 杨乃乔．比较文学概论[M]．北京：北京大学出版社．2013.

[133] 谢天振．译介学（增订本）[M]．南京：译林出版社，2013.

[134] 余华．第七天[M]．北京：新星出版社，2013.

[135] 王宁：翻译与跨文化阐释[J]．中国翻译，2013（02）.

[136] 范方俊．中西比较诗学的对话危机及诗学话语转型[J]．江淮论坛，2013（02）.

[137] 王志勤、谢天振：中国文学文化走出去：问题与反思[J]．学术月刊 2013（02）.

[138] 姜智芹．英语世界中国当代文学译介与研究的方法论及存在问题[J]．中外文化与文论，2013（24）.

[139] 廖七一．翻译研究：从文本、语境到文化建构[M]．上海：复旦大学出

版社，2014.
[140] 周宁，周云龙．他乡是一面负向的镜子：跨文化形象学的访谈[M]．北京：北京大学出版社，2014.
[141] 曹顺庆．南橘北枳——曹顺庆教授讲比较文学变异学[M]．北京：中央编译出版社，2014.
[142] 曹顺庆．中华文化原典读本[M]．北京：北京师范大学出版社，2011.
[143] 谢天振．超越文本 超越翻译[M]．上海：复旦大学出版社，2014a.
[144] 谢天振．隐身与现身——从传统译论到现代译论[M]．北京：北京大学出版社，2014b.
[145] 刘志锋．比较文学形象学视野中的“长安形象”：以韩国汉诗为中心[J]．中国比较文学，2014（01）.
[146] 林曦．权力联姻：跨文化形象学的困境与路径[J]．中国图书评论，2014（01）.
[147] 纪建勋．廓清横亘于中国学派发展道路上的障碍——再论孙景尧比较文学学科方法论思想[J]．中国比较文学，2014（03）.
[148] 刘建军．文学伦理学批评：中国特色的学术话语构建[J]．外国文学研究，2014（04）.
[149] 王宁．走出“语言中心主义”囚笼的翻译学[J]．外国语（上海外国语大学学报），2014（04）.
[150] 邬震婷、葛桂录：思想史语境里的他者形象研究[J]．福建师范大学学报：2014（07）.
[151] 刘圣鹏．比较诗学的知识类型和典型问题[J]．广西社会科学，2014（12）.
[152] 苏源熙编．全球化时代的比较文学[M]．任一鸣，等译．北京：北京大学出版社，2015.
[153] 钱林森．中外文学交流史：中国—法国卷[M]．济南：山东教育出版社，2015.
[154] 曹顺庆．比较文学概论[M]．北京：高等教育出版社，2015.
[155] 刘耘华．中西文化差异与比较诗学方法论建构的若干问题[J]．上海师范大学学报，2015（03）.

[156] 徐东日．论朝鲜朝使臣李宜眼中的顺治帝形象[J]．中国比较文学，2015（04）．

[157] 周云龙．另一种跨文化形象学的可能：从“影子媒介”出发[J]．中国比较文学，2015（04）．

[158] 鲍晓英．译介学视野下的中国文化外译观——谢天振教授中国文化外译观研究[J]．外语研究，2015（05）．

[159] 严绍璗，刘渤．中国与东北亚文化交流志[M]．北京：北京大学出版社，2016.

[160] 陈晓兰．旅行写作、帝国叙述、异域再现——当代英美“旅行写作”研究述评[J]．中国比较文学，2016（01）．

[161] 童明：说西—道东：中西比较与结构[J]．首都师范大学学报．2016（02）．

[162] 张小玲．论《开往中国的慢船》中作为符号的美国与中国形象[J]．中国比较文学，2017（01）．

[163] 赵云龙，马会娟，邓萍，等．中国翻译学研究十五年（2001-2015）：现状与发展新趋势——基于17种外语类核心期刊的统计分析[J]．中国翻译，2017（01）．

[164] 虞又铭．埃及的鳄鱼：论《安东尼与克莉奥佩特拉》中的异域想象及自我反思[J]．中国比较文学，2017（02）．

[165] 谭渊．名哲还是诗伯？——晚清学人视野中歌德形象的变迁[J]．中国比较文学，2017（02）．

[166] 冯定雄．罗马中心主义抑或种族主义：罗马文学中的黑人形象研究[J]．外国文学评论，2017（02）．

[167] 赵佳．政治寓言中的他者形象和西方的危机：评乌勒贝克的《屈从》[J]．当代外国文学，2017（02）．

[168] 谭渊．异域光环下的骑士与女英雄国度：德语巴洛克文学中的中国形象研究[J]．同济大学学报，2017（04）．

[169] 王茜．“空洞”的所指：《一个中国人在中国的遭遇》与文学形象学另议[J]．中国比较文学，2017（04）．

[170] 周云龙．亚洲景框与世界图像的视觉隐喻[J]．福建师范大学学报，

2017（06）.

[171] 张晓红、刘小玲．全球本土化语境中的世界文学和世界主义[J]．国际比较文学，2018（03）.

[172] 王宁．比较文学在中国：历史的回顾及当代发展方向[J]．上海交通大学学报，2018（06）.

[173] 聂茂．文化批判视域下新时期文学道路选择[J]．湖南师范大学社会科学学报：2018（11）.

[174] [英]T.S.艾略特．艾略特文集[M]．陆建宽、卞之琳，等，译．上海：上海译文出版社．2019.

[175] 汪子嵩，范明生．希腊哲学史[M]．北京：人民出版社．2019.

[176] 张辉．重提一个问题：什么是比较文学？——基本共识与新的思考[J]．浙江社会科学，2019（01）.

[177] 谢天振．译介学：理念创新与学术前景[J]．外语学刊，2019（04）.

[178] 刘康．世界的中国，还是世界与中国？[J]．文艺争鸣，2019（06）.

[179] 曹顺庆，秦鹏举：变异学：比较文学学科理论的新进展与话语创新—曹顺庆教授访谈[J]．衡阳师范学院学报，2019（40）.